ro
ro
ro

ro
ro
ro

Carmen Iarrera ist Autorin und Journalistin. Zusammen mit Federico Zeri hat sie zwei Thriller verfasst, die in der Welt der Kunst spielen. Sie lebt in Rom.

Carmen Iarrera

Mord in der Scala

Ein Fall für Ruggero Solara

Deutsch von Peter Klöss

Rowohlt Taschenbuch Verlag

Deutsche Erstausgabe
Veröffentlicht im Rowohlt Taschenbuch Verlag,
Reinbek bei Hamburg, Dezember 2004

Redaktion: Katharina Gerhardt
Die Originalausgabe erschien 2003 unter dem Titel
«Delitti alla Scala» bei Fazi Editore, Rom

Umschlaggestaltung: any.way, Wiebke Jakobs
(Foto: mauritius images/Leblond)
Satz Janson PostScript bei
Pinkuin Satz und Datentechnik, Berlin
Druck und Bindung
Druckerei C. H. Beck, Nördlingen
Printed in Germany
ISBN 3 499 23853 5

Für Piero, of course

Personen

Luca Gentile Modotti, künstlerischer Leiter des Teatro alla Scala.

Ruggero Solara, Staatsanwalt.

Giandomenico Berri, Intendant des Teatro alla Scala.

Mario Guidetti, Hauptkommissar.

Federica Navarro, Ärztin.

Demetrio Boldini, stellvertretender Pressesprecher.

Benedetta Gentile Modotti, Ehefrau von Luca.

Antonio Oriani, Oberstaatsanwalt.

Mary Rose Caine, Sopran.

Domiziana Folego, Tänzerin.

Caterina Ossola, Geigerin.

Pier Antonio Rovetta Valesi, Vorsitzender des Vereins Milano per La Scala.

Liliana Capua, Sopran.

Alberto Rossi, Ehemann von Mary Rose Caine.

Bona Rovetta Valesi, Ehefrau von Pier Antonio.

Fabio und Alessandra, Freunde von Federica Navarro.

Margaret Guglielmini, Agentin von Mary Rose Caine.

Rodolfo Biagetti, Ex-Freund von Domiziana Folego.

Anita Patarella, Kostümbildnerin.

Nanni Ossola, Bühnenmeister.

Michelangelo Loewenstein, musikalischer Leiter des Teatro alla Scala.

Annalisa De Angelis, Regisseurin.

Giangiacomo Guidi, Regieassistent.

I

Es war ein Ritual. Ein intimes, heimliches Ritual, eine Mischung aus Beschwörung und Sentimentalität, begleitet von immer wieder neuem Staunen. Niemand wusste davon, er selbst hätte es gewiss geleugnet und sich hinter dem ironischen Blick seiner intelligenten Augen versteckt. Es leugnen zu müssen, hätte ihm aber auch einen Stich ins Herz versetzt, und tief in der Tasche hätte er die Finger gekreuzt und seine eigenen Worte Lügen gestraft. Er musste über sich selbst lächeln. Was für ein widersprüchlicher Mensch er doch war! Von Haus aus Ingenieur, in wissenschaftlichem Denken geschult und rational bis auf die Knochen, hatte er sich mit Leib und Seele dem Theater verschrieben, war abergläubisch wie ein Fischer und gab stets seinen Gefühlen nach. Obwohl er aufrichtig in seine Frau verliebt war, konnte er nicht anders, als sie andauernd zu betrügen ...

Im Gegensatz zu den meisten Männern gefiel es ihm, die verschiedenen Aspekte seiner Persönlichkeit so lange zu analysieren, bis er Ursprung und Ursache verstand. Er erforschte die eigenen Handlungen und Gefühle, als gehörten sie einem anderen. Er bewertete und klassifizierte sie, nur um sie am Ende großmütig zu entschuldigen. Es machte ihm Spaß, über sich selbst nachzudenken. Doch jetzt war nicht der rechte Zeitpunkt dafür.

Keine zwei Stunden, dann würde im Teatro alla Scala die neue Spielzeit mit einer glanzvollen Premiere eröffnet werden, er musste sich beeilen. In wenigen Minuten bewältigte er mit elegantem, bis zur letzten Stufe federndem Schritt die fünf Treppen hinauf zur Galerie im sechsten Rang, dem heiligen Ort seines Rituals.

Von dort oben hatte man einen großartigen Blick auf das Theater, und noch immer, obwohl er dort seit nunmehr neun Jahren täglich ein und aus ging, war er von dem Anblick überwältigt. Er stützte die Ellbogen auf das Messinggeländer über der niedrigen, mit rotem Samt verkleideten Balustrade, legte das Kinn auf die langen verschränkten Finger und ließ den Blick träge schweifen.

Das Licht der großen Wandleuchter entlang den Logen wurde von den Ornamenten aus Gold und Stuck zurückgeworfen, legte sich dann aber weich, wie ein Hauch, auf den scharlachroten Samt der Sitze im Parkett.

Im Halbdunkel sah er, wie Floristinnen flink und sicher zahllose Gebinde aus weißen und roten Rosen arrangierten, unmittelbar gefolgt von den Putzkräften. Die Platzanweiserinnen, die bereits ihre strengen Uniformen trugen, unterhielten sich leise bei ihrem letzten Kontrollgang. Überall in dem großen hufeisenförmigen Saal, auf den Gängen, zwischen den Sitzreihen, in den Logen, selbst im Gewirr der zahllosen Glaskugeln des gigantischen Muranoleuchters war ein erregtes, erwartungsvolles Beben spürbar. Es lag in der Luft, fast konnte man es einatmen. Sogar der schwere, rot-goldene Vorhang schien zu vibrieren und es kaum erwarten zu können, sich für die großartige Musik zu heben.

Luca Gentile Modotti, seit neun Jahren künstlerischer Leiter des Teatro alla Scala, schickte sich zum neunten Mal an, die Premierengötter günstig zu stimmen. Sein Ritual war banal und kindisch, aber gerade deshalb durfte niemand davon erfahren.

Beim ersten Mal, als er noch ganz neu im Amt war, hatte er aus irgendeinem Grund hinauf in die Galerie steigen müssen. Und während unten die letzten Vorbereitungen für die Premiere getroffen wurden, hatte er seine Nervosität zu unterdrücken versucht, indem er leise und blitzschnell die sechshundertachtundneunzig Sitze im Parkett durchzählte. Wenn er es bis sechshundertachtundneunzig schaffte, ohne sich zu verzählen, dann würde es eine gute Spielzeit werden, hatte er sich gesagt. Er hatte sich nicht verzählt, und es war eine grandiose Spielzeit geworden.

Und als hätte er ein Gelübde abgelegt, war er seither an jedem 7. Dezember gegen vier, Viertel nach vier Uhr nachmittags auf die Galerie zurückgekehrt, um voller Spannung, Demut und Aberglauben die Sitze von neuem abzuzählen. Ist das nicht lächerlich?, fragte er sich jedes Mal. Nein, absolut notwendig, lautete die Antwort. Denn in der Liebe – und er liebte dieses Theater von ganzem Herzen – gibt es nichts Lächerliches.

Die Lichter erloschen. Totale Finsternis. Dann wurden sie mit ganzer Kraft wieder eingeschaltet. Als Nächstes erstrahlten die dreihundertfünfundsechzig Glühbirnen des riesigen Kronleuchters, wurden gleich darauf schwächer und erloschen schließlich. Nur die Wandleuchter warfen jetzt noch einen schwachen Schein.

Die Beleuchtungsprobe war zu Ende. Jetzt konnte er anfangen zu zählen. Er richtete sich auf und stützte die Hände auf das kalte Messinggeländer. Er atmete ein, atmete aus, atmete noch einmal ein. Er war bereit.

«Eins zwei drei vier fünf sechs sieben acht neun zehn elf …»

Er war bei einhundertsiebzehn angekommen, als jemand ihn an den Knöcheln packte, seine Beine anhob, ihn aus dem Gleichgewicht brachte und in die Tiefe stürzte. Instinktiv klammerte er sich am Geländer fest, mit vor Entsetzen verkrampften Händen. Zwei kurze harte Schläge auf die Finger zwangen ihn, den Griff zu lockern.

Mit einem Schrei stürzte er senkrecht nach unten. Er streifte einen Wandleuchter, wurde um die eigene Achse gewirbelt und landete kopfüber auf dem scharlachroten Teppichboden. Exakt zwischen den Sitzen 1-X und 1-V im Parkett links.

Er war unruhig und wusste nicht, weshalb. Nein, er war unruhig, aber er wollte sich nicht fragen, weshalb.

«Wenn uns etwas beunruhigt, wissen wir im Grunde immer, was es ist, aber wir verbergen es lieber vor uns selbst.» Dieser Satz, ein typischer Marta-Satz, hallte in seinem Hirn wider. Mit Mühe löschte er ihn aus. Alles, was mit Marta zu tun hatte, war schwer auszulöschen, im Guten wie im Bösen. Und letztlich war das auch der Grund dafür, weshalb er, Ruggero Solara, sich jetzt hier befand, in diesem Büro, in Mailand.

Er nahm die Brille ab, massierte seine Nasenwurzel, starrte auf die unscharfen Formen, die ihn plötzlich umwallten, und wurde sich bewusst, dass diese Unruhe ihn schon seit sechs Uhr morgens plagte, seit er im stickigen Zwielicht seines Zimmers erwacht war, schlagartig, mit Kopfschmerzen und bitterem Geschmack im Mund. Kopfschmerzen und bitterer Geschmack waren gewiss dem Whiskey zuzuschreiben, den er am Abend zuvor einsam getrunken hatte – so weit, so gut. Aber was hatte ihn so früh geweckt? Er hatte angefangen zu lauschen. Die Residence lag in tiefer Stille. Ein Geräusch von draußen vielleicht? Um der Sache auf den Grund zu gehen, war er ans Fenster getreten, hatte den Rollladen hochgezogen, mit einer Hand über die beschlagene Scheibe gewischt und hinausgeschaut.

Das gelbe Blinklicht des Müllwagens, dessen Geschepper ihn geweckt hatte, kämpfte vergebens gegen das Grau des Nebels ringsum an und wurde langsam verschluckt. Plötzlich war ihm eingefallen, dass er als Kind gern die Pinsel seiner Mutter in ein Glas mit Wasser getaucht und dann ungläubig beobachtet hatte, wie ein kleiner Tupfen Schwarz klares Wasser in eine seltsam trübe, graue Flüssigkeit verwandeln konnte, gegen die die bunten Farbreste an den Rändern eine kurze Zeit lang vergeblich ankämpften, bis sie verschwanden.

Und genau in diesem Augenblick hatte er gespürt, wie die Unruhe von ihm Besitz ergriff. Wahrscheinlich hatte etwas in ihm die Unbestimmtheit dieses Bildes mit der Unbestimmtheit seiner eigenen Zukunft in Verbindung gebracht, die sich mit einem Schlag so ganz anders darbot, als er sie lange Zeit für sich entworfen hatte.

Nein, nur keine Seelenbeschau jetzt. Das gehörte zu Martas Spezialitäten, und Marta durfte nicht noch einen Treffer landen. Nicht jetzt. Er hatte zu arbeiten. Er setzte die Brille wieder auf, und sofort bekam das Büro in der Staatsanwaltschaft wieder die scharfen Umrisse von vorher.

Weiße Wände, ein Kalender, ein Schwarzweißfoto von Pferdekutschen vor dem Mailänder Dom, ein Schreibtisch aus hellgrauem Holz, mausgraue Metallaktenschränke, Anthrazitgrau draußen vor dem Fenster. Wäre er nicht eben erst hierher versetzt worden, überlegte Solara, hätte er etwas Buntes auf den Schreibtisch gestellt. Eine Pflanze, einen Stein, ein Foto, einen Stapel gelbes Schreibpapier, etwas, das seine Stimmung gehoben hätte, irgendwas, Hauptsache, es war nicht deprimierend grau. Doch er fand es klüger, darauf zu verzichten, zumindest vorläufig. Lieber nicht gleich in den Ruf eines Exzentrikers geraten, sondern sich rasch der Umgebung anpassen.

Diesen Preis muss zahlen, wer an eine neue Stelle versetzt wird, und Solara zahlte ihn auch deshalb gern, weil er sich vollkommen bewusst war, dass er es mehr als gut getroffen hatte. Was zunächst einmal mit seinem bisherigen Karriereverlauf zu tun hatte, der ihn an die Spitze der Rangliste der Bewerber befördert hatte, sicher aber auch schlicht Glück gewesen war. Denn die freien Stellen waren in einer Zeit ausgeschrieben worden, als er so von ohnmächtigem Zorn erfüllt war, dass er einfach alle möglichen Orte angekreuzt hatte, von Mailand abwärts, er erinnerte sich nicht mehr, welche es waren, aber er hätte wohl auch in Nuoro oder Enna landen können.

Um vor Marta zu fliehen, war er aus Rom geflohen. Er spürte keine Reue, es war die richtige Entscheidung, davon war er vollkommen überzeugt. Nicht lange, und er würde sich eingelebt haben. Prächtig würde es ihm hier ergehen, in Mailand.

Er griff nach der Akte, die zuoberst auf dem Stapel lag, und versenkte sich in die Arbeit. Er hatte alle Zeit der Welt und absolute Ruhe. Wegen des Brückentags waren die Kollegen allesamt ausgeflogen, und am Tag des heiligen Ambrosius, des Stadtpatrons, würde schon gar niemand an seine Tür klopfen.

«Dottor Solera?»

«Solara», erwiderte der Staatsanwalt pikiert und fixierte die plumpe Gestalt des Amtsdieners, der, ohne zu klopfen und ganz außer Atem, in sein Büro geplatzt war.

«Entschuldigung, Dottore, aber das ist hier so undeutlich geschrieben …»

Er wedelte nervös mit einem Blatt, wahrscheinlich dem Dienstplan, und wartete ungeduldig darauf, zu sagen, was ihm auf der Seele brannte. «Sie sind doch der Dienst habende Ermittlungsrichter, oder?»

«Ja, der bin ich. Was gibt's?»

«Die Polizei hat angerufen … es gibt einen Toten!»

«Einen Toten?»

Solara musterte den Amtsdiener und fragte sich, ob der sich wohl jedes Mal so erregte, wenn die Staatsanwaltschaft wegen der Freigabe einer Leiche gerufen wurde.

«Ja, einen Toten, in der Scala, ausgerechnet heute!», rief der Amtsdiener noch erregter, «so ein Unglück!»

«Was soll das heißen, ‹ausgerechnet heute›? Was ist denn heute so Besonderes?»

«Heute ist der 7. Dezember, Dottore!», kreischte der Amtsdiener fast, die Würde eines Mailänder Staatsbediensteten vergessend. «Heute ist Spielzeiteröffnung in der Scala!»

Solara musterte ihn erneut. Er beurteilte Menschen nicht gern, aber in diesem Fall überkam es ihn automatisch. Der Amtsdiener war ein vierschrötiger Kerl mit großen Händen und Füßen und einer willfährigen Körperhaltung, die etwas Atavistisches an sich hatte. Bestimmt war er der Sohn einfacher Leute, die unendlich viele Opfer gebracht hatten, damit er, vor vielen, vielen Jahren, die mittlere Reife erlangte. Weshalb also erregte er sich so wegen der Premiere in einem Theater, in das er aller Wahrscheinlichkeit nach niemals einen Fuß setzen würde?

Wenn Nebel sich lichtet, sagt man, dass er sich hebt. Doch der Nebel an diesem Tag schien von einem Himmel, der sich langsam in Blei verwandelte, gegen Asphalt und Häuserwände gepresst zu werden. Er war dichter geworden und überdeckte alles mit seiner feucht-trüben Patina. Sogar die Menschen, die über die Bürgersteige hasteten oder den Platz vor dem Gebäude der Staatsanwaltschaft überquerten und darauf achteten, nicht mit den Füßen in die rutschigen Straßenbahnschienen zu geraten, sahen aus wie von dieser Patina bedeckt. Die Umrisse verschwammen, und die plötzlich kantenlose Welt wirkte unnatürlich freundlich.

Der Staatsanwalt vergewisserte sich, dass nicht etwa seine Brillengläser verschmutzt waren, schlug den Mantelkragen hoch und ging die Freitreppe hinunter, um dort auf den Dienstwagen zu warten.

Vor seiner Versetzung war er als Tourist oder auf der Durchreise ein paar Mal in Mailand gewesen und hatte den Dom, die Galleria und Leonardos Abendmahl gesehen, aber von der Stadt als ganzer hatte er dabei kein Bild gewonnen. Als er von seiner Ernennung erfuhr, hatte er sich daher einen Stadtplan besorgt und akribisch die Stadtanlage studiert, um sich nicht allzu verloren zu fühlen. Er hatte sich die einzelnen Viertel, die Namen der Umsteigestationen und Endhaltestellen der U-Bahn, die Lage der wichtigsten Gebäude sowie die Straßen, durch die er gehen musste, um von einem Ort zum nächsten zu gelangen, genau eingeprägt. Mit dem Auto hätte er bei all den Durchfahrtsverboten und Einbahnstraßen wahrscheinlich Schwierigkeiten bekommen, aber zu Fuß fühlte er sich imstande, jedes Ziel zu erreichen.

In die Scala zum Beispiel wäre er jetzt gern zu Fuß gegangen, um die eigenartige Luft an diesem Tag zu schnuppern und um sich ein wenig die Beine zu vertreten. Er erinnerte sich nicht, jemals dort gewesen zu sein, aber er wusste, dass es nicht weit war.

Largo Augusto, Via Cavallotti, Piazza Beccaria … aber selbst wenn er sich beeilt hätte, wäre er mindestens fünfzehn bis zwanzig Minuten unterwegs gewesen und daher weder in der Eile, die einem Verstorbenen seiner Meinung nach gebührte, noch mit der Würde, die sein Amt erforderte, eingetroffen – blieb nur zu hoffen, dass der Dienstwagen der Staatsanwaltschaft tatsächlich würdevoll war.

Der Wagen, ein dunkelblauer Fiat Marea, erwies sich durchaus als würdevoll, doch als sie vor dem Theater anhielten, nahm niemand davon die leiseste Notiz.

Jedes Jahr in den ersten Dezembertagen, wenn die neue Spielzeit der Scala eingeläutet wurde, quollen die italienischen Zeitungen über von Sonderbeilagen, Interviews und Artikeln, die je nachdem den Dirigenten oder den Tenor, die Oper oder den Sopran in den Himmel lobten. Auch Ruggero Solara hatte manchmal der Neugier nachgegeben und die Berichte überflogen, aber von dem Rummel, der ihn hier erwartete, hatten sie ihm keine Vorstellung vermittelt. Nur in amerikanischen Spielfilmen über den rasanten Aufstieg eines Stars hatte er je so viele Autos, so viele Taxen, so viele Fernsehkameras und so viele Leute gesehen, die sich vor den Türen eines Theaters drängten.

Er sah hinreißend schöne Frauen und Frauen, die so taten, als wären sie es, sowie Männer mit zufriedener oder betrübter Miene. Die Männer trugen alle Smoking, schwarzen Mantel und weißen Seidenschal. Als farbenfrohe, vielgestaltige Pracht hingegen präsentierten sich Frisuren, Pelze und Kleider der Damen, Beweis für den Eifer, mit dem sie sich auf die Jagd nach ein paar originellen Ideen gemacht hatten, und für die Selbstverständlichkeit, mit der sie die Schecks ausgefüllt hatten, um sich diese Ideen zu sichern.

Man lächelte einander an, grüßte, schüttelte Hände und warf sich Küsschen zu, und während alles dem Eingang zustrebte, versuchte jeder aus den Augenwinkeln die geeignetste Fernsehkamera oder die der «wichtigsten» Nachrichtensendung auszumachen.

All die Erregung und der Prunk wollten so gar nicht zu der seltsamen Nüchternheit des Theaterbaus passen, der nun vollständig von einem leichten Nebelschleier eingehüllt wurde, sodass das Licht der vier gusseisernen Laternen auf dem Balkon der Fassade und das nur wenig hellere der drei Kugelleuchter in der Vorhalle gedämpft wurden.

Keine beeindruckende Freitreppe führte hinauf zum Eingang, es gab keine pompösen Dekorationen, kurz, da war nichts Erhabenes. Nur diese Vorhalle, die der Fassade vorgesetzt worden war, wahrscheinlich aus praktischen Erwägungen, damit die Damen vor Regen geschützt ihren Karossen entsteigen konnten, drei einfache Bögen, entsprechend den drei grünen Eingangstüren. Über der Vorhalle ein eher bescheidener, mit Blumentöpfen dekorierter Balkon, auf den Glastüren mit kleinen Giebeln führten. Zwischen den Glastüren standen Halbsäulen mit Kapitellen, wohl korinthischen, wenn der Staatsanwalt sich recht an das erinnerte, was er auf dem Gymnasium in Kunstgeschichte gelernt hatte. Als Abschluss ganz oben ein großer dreieckiger Giebel.

Das berühmte Teatro alla Scala der Stadt Mailand in der ganzen Pracht seiner ach so berühmten Premiere zur Eröffnung der neuen Spielzeit machte keinen besonderen Eindruck auf den Staatsanwalt. Er sprang aus dem Wagen, bahnte sich einen Weg durch Pelze und Duftwolken, entdeckte einige Polizisten, die die Menge mit unschlüssigem Gesichtsausdruck betrachteten, als suchten sie jemanden, den sie nicht kannten, wies sich aus, schob sich weiter durch die Menge und betrat schließlich den Zuschauerraum.

Eine Leiche, vor allem wenn der Mensch eines gewaltsamen Todes gestorben ist, erregt nicht auf Anhieb das gebotene Mitleid, sondern löst eine Vielzahl widersprüchlicher Empfindungen aus. Grauen über die plötzliche Anwesenheit des Todes, Achtung vor dem Opfer, Neugier auf die Identität des Mörders, Phantasien über den Tathergang, Abscheu hinsichtlich des häufig blutigen und geschundenen

Zustands der Leiche, unwillkürliches Nachdenken über den eigenen Tod, daraus folgend Bestürzung, die sich manchmal in Tränen Bahn bricht … Daneben auch Ärger und Sorge wegen der Scherereien, die dieser plötzliche Tod machen wird, und Unduldsamkeit oder Gleichgültigkeit bei denen, die einfach nur routiniert ihre Arbeit tun.

All diese Empfindungen standen, unterschiedlich in Stärke und Grad, den Menschen ins Gesicht geschrieben, die sich um die sterblichen Überreste von Luca Gentile Modotti geschart hatten.

«Herr Staatsanwalt, endlich!»

Der Mann im Smoking, der sein nervöses Hin- und Hergerenne zwischen dem rückwärtigen Teil des Saals und der Bühne unterbrochen hatte, um sich vor Solara aufzubauen, wirkte, als durchlitte er eine heftige Fieberattacke. Die hektischen schwarzen Augen glänzten, das Gesicht war unglaublich blass. Seine Hände zitterten leicht, und seine Worte überschlugen sich fast.

«Das Publikum wartet schon am Eingang, Sie haben es ja gesehen. Die Türen müssten schon geöffnet sein. Geben Sie diese Genehmigung zum Abtransport, oder wie das heißt, und lassen Sie den armen Modotti auf der Stelle wegschaffen, ich bitte Sie. Es ist ein großes Unglück, ich bin schrecklich betroffen, glauben Sie mir, aber in Kürze beginnt die Premiere, und wir sind schon spät dran. Die Vorstellung …»

Solara musterte ihn verärgert.

«Entschuldigung, wer sind Sie überhaupt?»

Der Mann zuckte zusammen und richtete sich dann zu seiner vollen, nicht unbeträchtlichen Größe auf.

«Das ist Giandomenico Berri, Herr Staatsanwalt, der Intendant des Theaters», mischte sich gelassen ein untersetzter Mann in den Vierzigern ein, der trotz seiner unauffälligen Kleidung etwas Nachlässiges an sich hatte. «Und ich bin Kommissar Guidetti vom Kommissariat Mailand Zentrum. Meine Leute waren schon vor Ort und haben mich sofort gerufen. Ich bin wenige Minuten nach der Tat eingetroffen.»

Der Intendant wollte etwas sagen, aber der Staatsanwalt unterbrach ihn mit einer schroffen Geste und richtete seine Aufmerksamkeit auf den Kommissar.

«Wie kommt es, dass Ihre Leute schon hier waren?»

«Das Theater liegt in unserem Zuständigkeitsbereich, und bei Veranstaltungen wie dieser, wo wir viele Prominente bis hin zum Staatspräsidenten erwarten, koordinieren wir auch die Sicherheitsvorkehrungen. Ich kann Ihnen gern einen Bericht geben.»

«Sehr gut», antwortete der Staatsanwalt und trat mit dem Kommissar ein paar Schritte beiseite, während der stehen gelassene Intendant bang auf die Zeiger seiner ultraflachen Schweizer Armbanduhr starrte, die unerbittlich vorrückten.

«Um sechzehn Uhr siebenundvierzig», begann der Kommissar seinen Bericht, «stürzte Luca Gentile Modotti, künstlerischer Leiter des Theaters, in den Zuschauerraum. Vielleicht aus einer Loge, vielleicht von weiter oben, von einem der beiden oberen Ränge. Niemand weiß, warum er sich dort aufhielt. Jedenfalls befanden sich im Saal noch die Floristinnen, die Putzfrauen, die Platzanweiserinnen sowie einige Wachleute. Ich habe alle hier behalten, aber keiner will etwas gesehen haben. Sie haben lediglich einen Schrei gehört und dann den Aufprall. Für eine formelle Vernehmung war natürlich noch keine Zeit. Die Dienst habende Ärztin, die sofort herbeigeeilt ist ...»

«Die haben hier sogar eine Dienst habende Ärztin?»

«Ja, insgesamt gibt es in der Scala sogar fünf oder sechs

Ärzte. Irgendeiner ist immer da, einschließlich Hals-Nasen-Ohren-Spezialist. Sie wissen schon, wegen der Sänger … Also, die Dottoressa, die Dienst hatte, hat sofort den Tod festgestellt. Alle haben an einen Unfall geglaubt, an eine Unachtsamkeit. Die Brüstungen der Galerien sind ja nicht besonders hoch …»

«Es war aber kein Unfall, stimmt's?»

«Besser, sie sagt es Ihnen selbst.»

Der Staatsanwalt sah in die Richtung, in die der Kommissar deutete, und begegnete dem goldenen Blick einer Frau, die mit übereinander geschlagenen Beinen auf der Lehne eines Parkettsitzes saß. Beachtliche Beine, doch waren es die Augen, die seine ganze Aufmerksamkeit auf sich zogen. Diese Augen waren groß, ruhig und honigfarben. Solara wusste nur zu gut, dass Marta ihn für alle anderen Frauen blind und taub gemacht hatte, aber trotzdem verblüffte es ihn, dass er diese nicht früher bemerkt hatte.

Federica Navarro stand auf und schüttelte mit einer leichten Kopfbewegung ihre rote Haarpracht, deren Echtheit vom schneeweißen, mit Sommersprossen durchsetzten Teint ihrer Haut bezeugt wurde. Sie stand auf, bewegte sich aber nicht von der Stelle. Sie war die Hommage der Männer gewohnt, für sie war es normal, dass diese zu ihr kamen, einschließlich Staatsanwälten und Kommissaren.

«Es handelt sich weder um einen Unfall noch um Selbstmord, Herr Staatsanwalt», kam sie ohne Vorreden auf den Punkt, «kommen Sie, ich zeige es Ihnen.»

Der Leichnam des künstlerischen Leiters war mit einem grellgrünen, goldbestickten Brokattuch bedeckt, das eine mitleidige Platzanweiserin rasch aus der Schneiderei geholt hatte. Gut möglich, dass es ursprünglich für die Weste eines Herzogs von Mantua oder für den Mantel einer Turandot vorgesehen war. Stattdessen bildete es nun einen schreienden Kontrast zum Dunkelrot des Teppichbodens, und nicht einmal die kostbare Stickerei vermochte von der unnatürlich verdrehten Haltung der Leiche abzulenken.

Die Dottoressa hob einen Zipfel des Brokattuchs an, und Solara sah unvermittelt in zwei blaue Augen, die mit verzerrtem Blick auf die Lache aus schwarzem Blut zu starren schienen, die sich ringsum wie eine Aureole des Todes ausgebreitet hatte.

«Der Tod ist sofort eingetreten. Beim Aufprall ist der Schädel geplatzt und das Genick gebrochen.»

Sorgfältig deckte sie das Gesicht wieder zu, ließ aber die Hände unbedeckt.

«Schauen Sie hier», fuhr sie fort, «mehrere Knochenglieder sind gebrochen. Sehen Sie das Hämatom? Sieht aus wie eine durchgehende Linie über die Finger, als hätte jemand quer darüber gehauen … Im Fallen kann er sie sich unmöglich gebrochen haben, sonst hätte er sich nicht nur die Fingerglieder gebrochen, sondern auch die Handgelenke und Arme … also muss es passiert sein, bevor er hinuntergestürzt ist. Und da jemand mit derart zugerichteten Fingern gewöhnlich nicht im Theater spazieren geht, sondern sofort in die Ambulanz läuft …»

«… lässt sich daraus schließen, dass er im Fallen versucht hat, sich irgendwo festzuhalten, und geschlagen wurde, damit er losließ», beendete Solara den Satz.

«Genau.»

«Sie sollten Gerichtsärztin werden.»

Das war als Kompliment gemeint, und Federica Navarro nahm es auch so auf, konnte es sich aber nicht verkneifen, den Mund zu verziehen.

«Nein, danke. Ich kann Tote nicht ausstehen. Mir sind die Lebenden lieber», sagte sie und lächelte.

«Herr Staatsanwalt, die Vorstellung!»

Noch blasser und nervöser als zuvor kam der Intendant auf ihn zugeeilt.

«Wir fangen gleich an. Würden Sie bitte sofort diesen Tot… den Leichnam des armen Modotti, meine ich, von hier wegschaffen?»

«Das geht nicht. Zumindest nicht sofort. Wir haben es mit einem Mord zu tun.»

«Mord?! Hier? In der Scala?», rief Berri konsterniert.

Solara breitete die Arme aus. Morde waren ihm schon an den unmöglichsten Orten untergekommen. Einmal sogar in einem Zen-Kloster.

Aufgeregt blickte der Intendant erneut auf seine Armbanduhr.

«Wie dem auch sei, ob Mord oder Unfall, können Sie ihn in, sagen wir, zwanzig Minuten von hier wegschaffen? Das ist das Äußerste, glauben Sie mir. Die Premiere muss um Punkt achtzehn Uhr beginnen. Das ist Tradition.»

Es passierte Solara nicht oft, aber manchmal kam es doch vor, dass das Blut plötzlich schneller durch seine Adern floss und ihm zu Kopf stieg, seinen Hals anschwellen ließ, in seinen Schläfen zu hämmern begann und seinen Blick trübte. Hinterher haderte er dann mit sich und konnte sich nicht entscheiden, ob er sich nicht besser gesittet zurückgehalten hätte, anstatt seinem Naturell zu folgen und zumindest so viel Dampf abzulassen, dass die Dinge klargestellt waren und seine Anspannung sich in einem ordentlichen Wutanfall entladen konnte.

Denn wenn ihm das Blut zu Kopf stieg, dann folgte Ruggero Solara seinem Naturell.

«Die Vorstellung beginnt, wenn ich es sage!», brüllte er, «und das heißt nicht eher, als bis der Gerichtsarzt fertig ist und die Leute von der Spurensicherung dieses Theater komplett auf den Kopf gestellt haben!»

Giandomenico Berri stockte der Atem. Seit er im Alter von sechs Jahren den bordeauxroten Lack des Bentley seines Onkels Alvise mit einem Nagel zerkratzt hatte, war er nicht mehr so angeschrien worden. Es war unglaublich. Aber noch unglaublicher war, *was* dieser Verrückte da sagte. In wenigen Minuten würden der Staatspräsident, der Kulturminister und vielleicht sogar der Ministerpräsident eintreffen. Und in ihrem Gefolge weitere Minister, zahllose Staatssekretäre, berühmte Schauspielerinnen und Schauspieler, Finanzmagnaten, die Vorstandsvorsitzenden der namhaftesten Unternehmen ... überaus bedeutende Persönlichkeiten, die er bestimmt nicht vor dem Theater warten lassen konnte, damit sie sich gegenseitig auf die Füße traten ... Er nahm seine Kräfte zusammen und schüttelte die Bestürzung ab. Seine Stimme war kaum mehr als ein Röcheln.

«Herr Staatsanwalt, ich weiß nicht, wie ich es Ihnen erklären soll. In der langen Geschichte der Scala ist noch nie eine Eröffnungspremiere abgesagt worden ...»

«Für alles im Leben gibt es eine ‹Premiere›», unterbrach Solara ihn, drehte ihm dann den Rücken zu und wandte sich an den Kommissar. «Schaffen Sie diese Leute fort. Sie sollen irgendwo in der Nähe warten, bis sie mit dem Verhör dran sind. Und dann rufen Sie Spurensicherung und Gerichtsarzt ...»

«Schon erledigt.»

«Das ist Amtsmissbrauch», platzte der Intendant heraus, «Missbrauch der Amtsgewalt! Ein unerhörter Vorgang! Ich werde den Oberstaatsanwalt anrufen, ich werde den Minister anrufen!»

«Rufen Sie an, wen Sie wollen, aber jetzt gehen Sie! Raus hier, alle!»

Solara ließ sich auf einen Platz fallen, nahm die Brille ab und blieb lange so sitzen, den Blick ins Nichts gerichtet, ohne sich dessen bewusst zu sein, wie immer, wenn er das Bedürfnis verspürte, die Gedanken zu ordnen.

Durch die geschlossenen Türen vernahm er gedämpft das aufgeregte Lärmen des Publikums, das sich darauf vorbereitete, die Vorstellung zu genießen und – warum nicht? – auch ein wenig selbst Hauptdarsteller zu sein. Dann hörte er, wie die Stimmen erstarben, um kurz darauf unvermittelt in ungläubige Ausrufe auszubrechen, ein aufgeregtes Stimmengewirr, aus dem hier und da einzelne Rufe vernehmlich waren. Schließlich ebbte der Lärm ab und erstarb.

Erst da setzte Solara die Brille wieder auf und sah sich zum ersten Mal aufmerksam um. Das also war der Tempel der Musik, das berühmteste Theater der Welt, die Bühne, auf die die größten Künstler strebten?

Vier cremefarbene, mit goldenem Stuck verzierte Logenreihen, die auf den großen geschlossenen Samtvorhang ausgerichtet waren, gingen rechts und links von der imposanten Königsloge ab und wirkten wie eine Fassung für das Rot des Zuschauerraums. Von der hellen, gewölbten Kassettendecke hing ein riesiger Leuchter, dessen unzählige Glaskugeln nur durch zarte Ketten aus facettiertem Kristallglas gehalten schienen.

Alles ruhte in vollkommener Stille.

Einen Augenblick lang kam es Solara vor, als wäre er an einen Ort jenseits von Zeit und Raum katapultiert worden und könnte die Gegenwart, Empfindungen und Regungen all jener spüren, die je auf dieser Bühne gestanden, im Orchestergraben gespielt, in diesem Parkett gesessen und sich in diesen Logen und Galerien gedrängt hatten – die dieses Theater geliebt hatten.

Eine befremdende, ganz neue Empfindung, die sich gerade erst regte, als sechs Männer von der Spurensicherung hereinplatzten, gefolgt vom Gerichtsarzt, Kommissar Guidetti und einem groß gewachsenen, ausgesucht eleganten Mann um die vierzig. Er hatte dichtes, kurz geschnittenes Haar, das vorzeitig ergraut war, und die vielen Fältchen in den Augenwinkeln verrieten, dass er häufig lächelte, obwohl er in diesem Augenblick offensichtlich weder Anlass noch Lust dazu hatte.

Der Mann stellte sich formvollendet als Demetrio Boldini vor. Er sei stellvertretender Pressesprecher des Theaters und stehe ganz zu seiner Verfügung.

2

Es war fast ein Uhr nachts. Ruggero Solara rieb sich die Augen unter den Brillengläsern, rückte das Gestell auf der Nase zurecht und wandte sich an Guidetti.

«Mehr können wir heute Abend nicht tun, denke ich.»

Der Kommissar reckte die Arme. Mit dem Bartschatten, der sich auf seinem Gesicht gebildet hatte, sah er noch nachlässiger aus als sonst.

«Ich glaube nicht, nein, obwohl wir nicht gerade viel zusammengetragen haben … Der beschädigte Wandleuchter ist ein eindeutiger Hinweis darauf, wo genau Gentile Modotti hinuntergestürzt ist, die Kollegen von der Spurensicherung brauchten nicht lange zu suchen. Da zudem das Geländer erst kurz vorher poliert wurde, war die Stelle, an der er sich mit den Händen festklammerte, unübersehbar. Darüber hinaus haben sie aber nichts gefunden, leider. Keinen Hinweis, kein Indiz …»

Unwillkürlich blickte Solara hinauf zur Galerie.

«Und keine Visitenkarte des Mörders», versuchte er einen Scherz, der aber selbst in seinen Ohren schal klang. Sofort wurde er wieder ernst. «Ganz schöner Sturzflug. Wie hoch wird das sein? Dreizehn, vierzehn Meter? Ich frage mich, was er dort oben wollte.»

«Vielleicht hatte er eine Verabredung mit seinem Mörder …»

«Oder auch nur mit dem Tod … Wie viele Personen haben wir verhört?»

Der Kommissar warf einen Blick auf den zerfledderten schwarzen Block, auf dem er sich Notizen gemacht hatte.

«Bisher neunundzwanzig Personen, Floristinnen, Platzanweiserinnen, Reinigungskräfte und Wachleute. Alle, die zum Zeitpunkt des Verbrechens im Zuschauerraum waren.»

«Beziehungsweise alle, die zugegeben haben, dass sie dort waren. Wie dem auch sei, keiner will etwas gesehen haben. Das ist unerfreulich.»

«Das Theater ist riesig, alle hatten zu tun und waren in Eile, niemand hatte einen Grund, zu den obersten Rängen hinaufzublicken, und außerdem …»

«Außerdem muss es blitzschnell gegangen sein, ich weiß. Gut. Machen wir für heute Schluss. Gehen wir einen Happen essen? Es hat doch bestimmt noch etwas in der Nähe auf.»

Der Kommissar machte ein zerknirschtes Gesicht.

«Es tut mir Leid, aber … meine Frau bleibt immer auf und wartet auf mich und …»

Solara zwang sich zu lächeln. Ein stechender Schmerz fuhr ihm plötzlich in die Magengrube. Auf ihn wartete niemand, weder zu Hause noch sonst wo.

«Verstehe. Dann eben ein anderes Mal.»

Er sammelte seine Unterlagen ein und griff nach dem Mantel. «Wo geht es hier hinaus?»

Wie auf Knopfdruck betrat Demetrio Boldini den Saal. Der Staatsanwalt zog ein wenig die Braue hoch. Eine implizite Frage, auf die er sofort eine Antwort erhielt.

«Ich habe gewartet, bis Sie mit der Arbeit fertig sind. Ich konnte nicht zulassen, dass die Honneurs des Hauses, wie man so schön sagt, einem Pförtner anvertraut werden. Ich begleite Sie zum Ausgang und … darf ich Sie vielleicht zum Essen einladen, Herr Staatsanwalt?»

Er muss tatsächlich irgendwo gestanden und gelauscht haben, dachte Solara, sonst hätte er auch den Kommissar eingeladen. Es sei denn, er meinte, die Angelegenheit hierarchisch behandeln zu müssen. Der Staatsanwalt zögerte, aber wenn er diese Einladung nicht angenommen hätte, dann wäre er um diese Uhrzeit und ohne die leiseste Ahnung, wohin er in der praktisch unbekannten Stadt gehen sollte, allein geblieben und garantiert in der erstbesten Pizzeria gelandet, die noch geöffnet hatte. Die Vorstellung, mutterseelenallein irgendeinen Fraß hinunterzuschlingen, deprimierte ihn sehr, und mit Boldini essen zu gehen bot immerhin die Gelegenheit, etwas über das Theater zu erfahren und sich ein Bild von dem Milieu zu machen.

«Einverstanden, gehen wir.»

«Dann machen Sie sich auf etwas gefasst.»

«Inwiefern?»

«Sie werden sehen.»

Ein schneidender Wind hatte den Nebel vertrieben. Ein paar Sterne funkelten am schwarzen Himmel über dem Palazzo Marino. Die Laternen warfen transparentes Licht. Alles war klar, jeder Umriss gestochen scharf. An den scharlachroten Begonien in den Beeten vor dem Theater hätte man jedes Blütenblatt einzeln zählen können. Eine derart klare Nacht ist selten in Mailand.

Ruggero Solara blieb keine Zeit, das zu würdigen. Ein Blitzlichtgewitter und unzählige Fragen, die wie Maschinengewehrfeuer aus einem Wald von hingehaltenen Mikrophonen und Recordern auf ihn einprasselten, empfingen ihn, als er aus dem Theater trat. Ein wildes Gedränge, das von den Polizisten nur mühsam in Schach gehalten wurde. Solara erstarrte.

Er hatte nie darauf geschielt, die Presse für seine Karriere zu nutzen. Er verabscheute es, wenn seine Worte um einer fetteren Schlagzeile willen entstellt wiedergegeben wurden, wenn nicht Schlimmeres. Wann immer er in der Vergangenheit an einem Fall gesessen hatte, der, wie man so schön sagt, die Ehre des Medieninteresses genoss, waren die wenigen trockenen und unmissverständlichen Erklärungen, die er sich hatte entlocken lassen, in den Zeitungen zweideutig und verzerrt wiedergegeben worden, was ihm viel Bitterkeit verursacht und oft auch Ungemach bereitet hatte. Seitdem bedrängte die Journalistenschar ihn vergeblich.

Er schlug den Mantelkragen hoch und verschanzte sich hinter einem unausgesprochenen «No comment».

Demetrio Boldini nahm die Situation in die Hand. Lächelnd und geschmeidig verwies er die Journalisten auf die bereits herausgegebenen offiziellen Verlautbarungen, versprach für den folgenden Tag weitere, bugsierte den Staatsanwalt unterdessen zu einem grünen Rover und ließ ihn einsteigen.

«Ich kenne mich in der Theaterhierarchie nicht aus», sagte Solara, während sie mit quietschenden Reifen Richtung Via Filodrammatici davonfuhren. «War der Tote ein wichtiger Mann?»

«Ja, er war wichtig, allerdings ist nicht sein Tod die Ursache für diesen Rummel, sondern die Absetzung der Eröffnungspremiere. Sie sind aus Rom, nicht wahr?»

«Ja ...»

«Und gehen normalerweise nicht in die Oper ...»

«Na und?»

Ruggero Solara war irritiert. Er wusste genau, worauf der andere hinauswollte, und das gefiel ihm ganz und gar nicht. Er warf ihm einen schiefen Blick zu. Aber Boldini lächelte herzlich und fuhr in leichtem Plauderton fort, als ob nichts wäre.

«Ich mache diese Arbeit seit zehn Jahren, ich weiß, wie

Journalisten denken. Wenn Sie möchten, gebe ich Ihnen eine Zusammenfassung davon, was die italienischen und ausländischen Zeitungen morgen schreiben werden.»

«Lassen Sie hören …»

«Gut. Die ausländischen Zeitungen schreiben über die Geschichte des Theaters, als Einstieg. Sie schreiben über die 2450 Tonnen alliierter Bomben, die das Gebäude in der Nacht vom 15. auf den 16. August 1943 fast vollständig zerstört haben, sie schreiben, dass dieser Stolz der Stadt in unglaublich kurzer Zeit von den Mailänder Bürgern wieder aufgebaut wurde, noch bevor den vierhunderttausend Ausgebombten ein Dach über dem Kopf zur Verfügung gestellt wurde, sie erzählen, dass zur Wiedereinweihung 1946 der neunundsiebzigjährige Toscanini eigens aus den Vereinigten Staaten heimkehrte, dass er an diesem Abend mit einem besonderen Taktstock dirigierte, grün-weiß-rot wie die italienische Nationalflagge, und so weiter und so fort … Jede Zeitung wird die Dirigenten und Künstler aus dem jeweiligen Land auflisten, die die Ehre hatten, auf der Bühne der Scala zu stehen. Dann verlieren sie ein paar Worte über das Opfer, die Umstände des Mordes werden zusammengefasst, und alle werden Schlagzeilen über acht Spalten über die Absage der Eröffnungspremiere bringen.»

«Und die italienischen Zeitungen?»

«Natürlich auch Riesenschlagzeilen wegen der Absetzung der Eröffnungspremiere, etwas über die Geschichte des Theaters und so weiter wie die ausländischen, aber darüber hinaus bringen sie noch schauerliche Beschreibungen der Leiche des armen Modotti, Interviews mit jedem, der ihn gekannt haben könnte, selbst mit dem Barmann an der Ecke, Einzelheiten aus seinem Privatleben …»

«Welcher Art?»

«Aller Art, aber mit besonderer Betonung auf der Tatsache, dass er ein großer Tombeur de femmes war, der häufig den Zorn der Ehemänner auf sich gezogen hat …»

«Was wissen Sie darüber? Ich meine, können Sie mir Namen nennen?»

«In diesem Theater passiert nur wenig, von dem ich nicht erfahre …»

«Gut, dann kommen wir später darauf zurück. Aber ich habe Sie unterbrochen, fahren Sie doch bitte fort.»

«Ganz wie Sie wünschen, Herr Staatsanwalt», sagte Boldini mit seltsam befriedigtem Lächeln. «Nun, es werden bestimmt unzählige Interviews mit dem Oberstaatsanwalt abgedruckt, und in einigen wird man versuchen, ihn zu einer vorzugsweise negativen Beurteilung der Anordnungen zu bewegen, die Sie heute Abend getroffen haben, außerdem wird es Artikel über Sie und Ihr Privatleben geben und in allen Fällen gewühlt, die Sie bearbeitet haben … Und die Mailänder Zeitungen werden mit Sicherheit nicht unerwähnt lassen, dass Sie Römer sind, dass Sie diese Stadt nicht verstehen, dass Sie sie nicht verstehen können …»

«Was gibt es denn da zu verstehen?»

«Na, dass die Absetzung einer Eröffnungspremiere …»

«Also wirklich, ein Mord ist ein Mord! Jeder andere an meiner Stelle hätte dasselbe getan. Ob aus Rom oder Mailand oder meinetwegen aus Cagliari!»

«Das ziehe ich nicht in Zweifel, aber man wird bestimmt darauf herumhacken, Sie werden sehen. Die Zeitungen werden fragen, ob es wirklich unumgänglich war, das Theater zu schließen, sie werden die Erklärungen des Intendanten abdrucken … haben Sie mitbekommen, was er gesagt hat?»

«Nein.»

«Er war außer sich. Gott möge uns vor den Übereifrigen bewahren, hat er gesagt, und dass Sie bestimmt anders gehandelt hätten, wenn Sie Mailänder wären und auch nur den Funken einer Ahnung davon hätten, welche Bedeutung die Scala hat.»

Solara spürte, wie die Wut wieder in ihm hochstieg. Wütend starrte er den Pressesprecher an, der seinen Blick bemerkte und ihm beschwichtigend zulächelte.

«Ich gebe nur wieder, was der Intendant gesagt hat.»

Der Staatsanwalt schäumte vor Wut.

«Ich weiß sehr gut um die Bedeutung der Scala in Mailand und in der Welt, aber ich sage es nochmals: Es handelt sich um Mord. Da gibt es ein bestimmtes Procedere, an das man sich halten muss, ob man will oder nicht …»

«Das ist mir klar. Ich bezweifle das nicht. Es sollte wirklich keine Kritik sein. Nicht von mir. Aber ich war dabei, als der Intendant interviewt wurde, und ich versichere Ihnen, ich habe noch nie gesehen, dass er derart die Beherrschung verloren hätte. Wobei ich ihn allerdings verstehen kann, von seiner Warte aus hat er vollkommen Recht. Abgesehen von dem Schaden durch die schlechte Publicity – wissen Sie, wie viel die Absetzung der Premiere das Theater gekostet hat?»

«Nein.»

«In etwa so viel wie die gesamte Inszenierung.»

«Und wie viel ist das?»

«Rund eine Million Euro.»

«So viel?»

«Tja.»

Ruggero Solara zog den Kopf zwischen die Schultern.

«Daran ist der Mörder schuld, nicht ich. Wenn man den Tatort nicht absperrt, reduziert sich die Chance, den Schuldigen zu erwischen, praktisch auf null, das weiß jedes Kind, das im Fernsehen schon mal einen Krimi gesehen hat.»

Demetrio Boldini lächelte weiter und parkte den Wagen vor einem kleinen Restaurant, das ziemlich elegant wirkte.

«Regen Sie sich nicht auf, Herr Staatsanwalt. Das bringt nichts.»

«Ich rege mich überhaupt nicht auf», knurrte Solara und stieg aus.

In dieser Nacht träumte er nicht von ihr. Zum ersten Mal, seit er nach Mailand gezogen war, suchte Martas Gesicht seine Träume nicht heim, und er hatte auch nicht das Gefühl, ihr Körper liege neben seinem. Sein Schlaf war tief und schwer, und als er erwachte, waren ihm Arme und Beine eingeschlafen. Als hätte er sich in der Nacht kein einziges Mal umgedreht, sondern wäre durch etwas, vielleicht seine Gedanken, dort wie festgenagelt gewesen.

Ein ordentlicher Dauerlauf hätte diese Benommenheit von Körper und Geist vertrieben. Für einen richtigen Lauf bedurfte es jedoch einer festgelegten Strecke, wenn möglich in einem Park, die er auswendig kannte, sodass er «automatisch» laufen und die Gedanken schweifen lassen konnte, damit sie von allein zu einer Idee, einer Überlegung oder einfach nur zu einem Bild zusammenfinden konnten. Doch in Mailand hatte er noch nicht die Zeit gehabt, sich nach einem geeigneten Ort umzuschauen. An irgendeiner unbekannten Straße entlangzulaufen, wo man vielleicht auch noch den Autos ausweichen musste, hätte ihn bestimmt nicht entspannt, im Gegenteil. Er beschloss, darauf zu verzichten.

Er hatte auch gar keine Zeit. Die Witwe, Benedetta Gentile Modotti, wollte ihn um neun empfangen.

Es war sehr zuvorkommend von ihr, sich sofort zur Verfügung zu stellen und sich nicht hinter ärztlichen Attesten zu verschanzen, die einen Schockzustand diagnostizierten und Beruhigungsmittel verschrieben. Und es war sehr zuvorkommend von Solara, anzubieten, sie zu Hause aufzusuchen, statt sie in die Staatsanwaltschaft vorzuladen. Eine Rücksichtnahme, die einer Frau gebührte, deren Mann gerade ermordet worden war, die Solara aber auch ermöglichte zu sehen, wie das Opfer gelebt hatte.

Wohnungen, davon war Solara überzeugt, besitzen eine Seele, sie erzählen von den Menschen, die sie bewohnen. Aber sie verraten nicht nur, wie viel die Bewohner verdienen oder ob sie einen guten Geschmack haben. Sie enthüllen mehr, tiefer Liegendes. Ob die Bewohner die Einsamkeit lieben oder sich mit Freunden umgeben, ob sie sich in die Lektüre eines Buches vertiefen können, ob sie gutes Essen zu schätzen wissen, ob sie weit gereist sind, ob sie Erinnerungen hochhalten, ob sie Dingen den rechten Wert beimessen, ob sie lieber protzen oder sie selbst sind, sich lieber zur Schau stellen oder wirklich zeigen, wie sie sind. Sich verstecken oder sich offenbaren. Wohnungen enthüllen den Charakter der Bewohner, und sie enthüllen auch, ob die Bewohner glücklich sind.

Luca Gentile Modotti musste ein glücklicher Mensch gewesen sein.

Das Treppenhaus des alten Hauses am Corso Venezia war strahlend weiß. Weiß der Marmor der Treppen, weiß auch die Wände, die der Kontrast mit den schmiedeeisernen Gittern von Tür und Aufzugkäfig noch heller wirken ließ. Kaum war er eingetreten, empfand der Staatsanwalt ein Wohlbehagen, das er sich im ersten Augenblick nicht erklären konnte. Erst als er plötzlich das dringende Bedürfnis verspürte, den Mantel aufzuknöpfen, begriff er. Das Treppenhaus wurde von altmodischen, soliden weißen Heizkörpern beheizt, die bestimmt noch aus Gusseisen waren. Ein winziges Detail mit großer Wirkung, das einem, gewiss noch bevor man die eigene Wohnung betrat, das Gefühl vermittelte, zu Hause zu sein.

Ein dunkelhäutiges junges Mädchen, eine Singhalesin oder eine Inderin vielleicht, öffnete ihm. Einen Augenblick lang durchbrach die Spontaneität ihres Lächelns ihre der Situation angemessene Trauermiene und milderte auch die Strenge des schwarzen, durch ein weißes Spitzenschürzchen kaum weniger förmlich wirkenden Dienstkleids.

«Sie Anwalt?»

«Ja.»

«Bitte. Signora gleich kommt.»

Sie führte ihn in ein geräumiges Wohnzimmer mit hoher Decke, in dem mehrere große moderne Sofas mit weichen cremefarbenen Samtbezügen standen und das mit leicht verblassten und abgenutzten Teppichen mit ausgeklügelten Mustern ausgelegt war. An den Wänden unverständliche moderne Bilder, neben den Sofas antike Beistelltischchen übersät mit exotischem Silber, Büchern und Zeitschriften. Ein gigantischer Ficus benjamini vor hellen Vorhängen, duftende weiße Lilien in einer Kristallvase, in einem Körbchen auf dem Boden eine Kreuzstichstickerei, ein riesiger Fernseher in einem High-Tech-Regal voller Kassetten, ein altes Klavier mit offenem Deckel.

Ein ausgesprochen schönes Wohnzimmer, das nicht mit seiner Fülle protzte, wo jedes Ding in natürlicher Harmonie mit allem Übrigen stand, das eine Atmosphäre der Ruhe und Gelassenheit ausstrahlte.

Der Staatsanwalt versuchte sich vorzustellen, wie Gentile Modotti durch dieses Zimmer ging, ein Buch in die Hand nahm, einen Film aussuchte. Und er stellte ihn sich lächelnd vor, heiter. Ja, dachte er, dies war die Wohnung eines glücklichen Mannes, der ermordet worden war.

In Solaras ganz privater Wertung wog die Ermordung

eines glücklichen Menschen schwerer als die Ermordung eines unwirschen Menschen. Denn, so war er überzeugt, mit der Ermordung eines glücklichen Menschen wird nicht nur dessen Leben zerstört, sondern auch eine fragile und seltene Konstruktion, die auf Ausgeglichenheit und Talent basiert. Eine schon an sich positive Sache, die sich gewiss auch positiv auf die Umgebung auswirkt. Wenn ein glücklicher Mensch ermordet wird, ist der Verlust total.

Ruggero Solara schüttelte diese Gedanken, die er als deprimierend empfand, ab und zwang sich, vom Sofa aus die Titel der Filme zu entziffern, die sich auf dem Fernseher stapelten. Es gelang ihm nicht. Er wollte gerade aufstehen und näher herangehen, als Signora Benedetta eintrat.

Klein, schwarzes, sehr kurzes Haar, keine Schminke, Samtpantoffeln an den Füßen – auf den ersten Blick sah sie aus wie ein Mädchen. Aber die nervösen schmalen Hände, zwei tiefe senkrechte Falten zwischen den Brauen, das bleiche, angespannte Gesicht, die geröteten Lider, die sich über tiefschwarzen Augen schlossen, und die Spannung, die von ihrem Körper ausging, verrieten, dass sie eine erwachsene Frau war – eine Frau, die litt.

Solara war verlegen und flüchtete sich in rituelle Beileidsbezeugungen. Sie unterbrach ihn mit einer leisen Handbewegung und forderte ihn auf, sich zu setzen.

«Sagen Sie mir vor allem eins. Hat mein Mann gelitten?»

Der Staatsanwalt sah Luca Gentile Modottis verdrehte Körperhaltung wieder vor sich, seinen ins Nichts gerichteten Blick, den zerschmetterten Schädel. Leidet man, wenn der Schrecken in einen fährt? Leidet man, wenn beim Aufprall auf dem Boden der Kopf zerplatzt und die Halswirbel zertrümmert werden? Was für eine Frage war das? Schließlich begriff er, dass man der Ehefrau bestimmt einen zurechtgemachten Körper präsentiert hatte, ohne Blut und mit geschlossenen Augen, denn dieser Blick, den Solara sich nicht länger vorstellen konnte und wollte, wäre ihr wohl unerträglich gewesen. Er sah sie an. Benedetta Gentile Modotti wartete bang auf die Antwort, eine Hand gegen die Brust gepresst.

«Nein, er hat nicht gelitten, der Tod ist sofort eingetreten.»

Dieser kurze Satz, eine Mischung aus Lüge und Wahrheit, vermochte die Starre, in der sie gefangen war, zu lösen und ihre Züge zu entspannen.

«Danke. Und nun bitte, stellen Sie mir so viele Fragen, wie Sie wollen. Beziehungsweise so viele», korrigierte sie sich, «wie Sie müssen.»

Plötzlich wusste der Staatsanwalt nicht mehr, wo er anfangen sollte. So stellte er die banalste aller Fragen.

«Hatte Ihr Mann Feinde?»

«Zahllose. Leute, die scharf auf seine Stellung waren, denen er eine Gefälligkeit versagt, oder umgekehrt, denen er eine Gefälligkeit erwiesen hatte und die noch nicht zufrieden waren oder die es abscheulich fanden, dass sie ihm ihre Karriere verdankten, sowie all die anderen Feinde, die ein künstlerischer Leiter in einem Theater wie der Scala haben kann. Aber wenn Sie mich fragen, ob einer von ihnen ihn hätte umbringen können, dann lautet die Antwort nein. Es war unmöglich, ihn derart zu hassen. Er … er war ein guter Mensch, heiter, verbindlich, freundlich. Höchstens …»

«Ja?»

«Ich weiß nicht …», antwortete Benedetta, während sie das schlichte schwarze Strickkleid, das sie noch kleiner aussehen ließ, über den Knien glatt strich. «Vielleicht ist er am Ende an einen Ehemann geraten, der eifersüchtiger als die anderen war …»

Sie blickte wieder auf und fixierte ihn. Solara sah hinter dem aktuellen Leid ein älteres, nie verheiltes Leid aufscheinen, und da begriff er, was ihr die beiden Falten zwischen den Brauen eingekerbt hatte.

«Ja, ich habe immer von seinen Abenteuern gewusst. Das heißt, ich wusste immer, dass er welche hat. Luca war sehr diskret, und ich wollte nie Details erfahren, verstehen Sie?»

Solara begriff nicht, dass die Frage rein rhetorisch war.

«Nicht ganz.»

«Sind Sie noch nie so verliebt gewesen, dass Sie etwas, das Sie nicht ertragen konnten, so lange ertragen haben, bis Sie sich schließlich damit abzufinden versucht haben?»

Wie ertappt zuckte der Staatsanwalt zusammen, merkte aber diesmal sofort erleichtert, dass Benedetta Gentile Modotti keine Antwort erwartete. Sie machte sich bloß Luft.

«Ich habe Luca vor sechs Jahren geheiratet. Ich wusste, dass er ein Don Giovanni ist, aber ich hoffte, er würde sich ändern. Er war aufrichtig in mich verliebt, er liebte mich, und deshalb machte ich mir vor, ich könnte ihn ganz für mich haben. Stattdessen … er war nun mal so … Schließlich habe ich begriffen, dass Menschen sich nicht ändern. Wir können sie nur so akzeptieren, wie sie sind.»

«Oder auch nicht.»

«Oder auch nicht, gewiss. Aber ich habe ihn geliebt. Und er hat mich auch geliebt, auf seine Art. Ich habe nie bereut, dass ich ihn geheiratet habe. Er war ein wunderbarer Ehemann, trotz allem.»

«Ich verstehe.»

«Tatsächlich?»

Sie musterte ihn eindringlich. Diesmal erwartete sie eine Antwort. Eine seltsame Frau. Ruggero Solara fühlte sich unbehaglich und wusste nichts Besseres zu tun, als sich für die Störung zu entschuldigen und eilig zu verabschieden.

Noch vor einem Jahr wäre Oberstaatsanwalt Antonio Oriani überglücklich gewesen, eine Ausrede, oder besser gesagt: einen über alle Zweifel erhabenen Grund wie einen Mord in der Scala zu haben, um seine Frau den Plaudereien der Salons von Cortina d'Ampezzo überlassen zu können und, zurück in Mailand, mit seinen harten Stellungnahmen und seinen scharfen Urteilen die Staatsanwaltschaft und die Berichterstattung in den Zeitungen aufzumischen.

Vor einem Jahr hatte ihm aber auch noch niemand einen sicheren Sitz im Parlament versprochen.

Ein Versprechen, das eine unglaubliche Verwandlung bei ihm bewirkt hatte. Ein Abgeordneter oder Senator zählt auf dem unübersichtlichen Tableau der Machtpositionen kaum mehr als ein Oberstaatsanwalt, doch Antonio Oriani hatte eine äußerst hohe Meinung von sich und seinen Fähigkeiten. Wenn er es vom kleinen Provinzstaatsanwalt zum Leiter einer der bedeutendsten Staatsanwaltschaften des Landes geschafft hatte, wenn er als junger Mann, der mit seinem bescheidenen Gehalt auskommen musste, eine der wohlhabendsten und einflussreichsten Frauen Mailands geheiratet hatte, was konnte er dann nicht alles von der Startposition eines Abgeordneten aus werden? Staatssekretär, mindestens, oder Minister. Mit Sicherheit ein Meinungsführer. Warum nicht? Seit längerem befand sich die Politik des Landes in einer Phase, in der selbst das Unwahrscheinlichste plötzlich wahrscheinlich, ja zwangsläufig werden konnte. Und deshalb tatsächlich: warum nicht? Zumal er die Mittel, den Verstand und die Beziehungen hatte. Er konnte die nötige Unterstützung finden.

Er musste nur «politischer» werden. Er musste noch mehr, als er es als Oberstaatsanwalt war, über den Parteien stehen. Er hatte sich sofort im Wahlkampf gesehen, und von diesem Augenblick an war er vorsichtig geworden, umsichtig und – was für ihn das Schwerste war – ganz darauf bedacht, den Mächtigen zu gefallen und niemandem zu missfallen.

Der Mord in der Scala machte ihm einen ärgerlichen Strich durch die Rechnung. Er hatte ihn aus seinem schönen Haus in Cortina vertrieben, wo seine Frau, die seine neuen Karrierepläne begeistert aufgenommen hatte, ihren Salon vorübergehend veranstaltete und eine unendliche Folge von Abendessen organisiert hatte, die noch exklusiver als gewöhnlich waren und sämtlich seine zukünftige Politikerkarriere befördern sollten. Vor allem aber hatte dieser Mord zu einem deutlichen und gefährlichen Bruch zwischen der Leitung der Scala (und damit allem, wofür diese in Mailand stand) und der Staatsanwaltschaft geführt.

Am Abend zuvor, als er hektisch von einer Nachrichtensendung zur nächsten zappte, hatte er wieder und wieder die zornigen Verlautbarungen des Intendanten gehört und beschlossen, sich aus dem Streit herauszuhalten. Er würde in der Staatsanwaltschaft präsent sein, sicher, wie ein Chef, der unerschütterlich auf dem Befehlsstand ausharrt. Aber mäßigend, gelassen, pragmatisch. Seine Ziele waren zu hoch gesteckt, als dass er sich in eine Ermittlung hineinziehen lassen durfte, durch die er sich die Scala und die mächtige Welt, die um sie kreiste, zum Feind machen konnte.

Er würde das Vorgehen seines Untergebenen erst einmal unterstützen, allerdings mit Vorsicht, und abwarten, wie sich die Dinge entwickelten. Der schwarze Peter lag bei Ruggero Solara. Er, Antonio Oriani, würde ihn ihm bestimmt nicht abnehmen.

Verlassen glitzerte die Piazza San Babila im klaren kalten Sonnenlicht des Sonntagvormittags. Die Geschäfte waren geschlossen, die Bürgersteige verwaist, der Taxistandplatz nur ein Stückchen gelb markierter Asphalt. Ab und zu kam ein einsamer Passant aus der U-Bahn hervor, schaute sich wie verloren in dieser plötzlichen Stille um und steuerte dann eine der beiden geöffneten Bars oder den Zeitungskiosk an, die ganz allein die Fahne des sprichwörtlichen Mailänder Fleißes hochhielten.

Im vom erstorbenen Verkehr geöffneten Raum gewann die kleine, schlicht aus dunklen Backsteinen errichtete Kirche mit den sparsamen schneeweißen Marmorverzierungen an den Portalen den Platz zurück, der ihr auf der nach ihr benannten Piazza gebührte; und der auf der Säule kauernde Löwe, ohne Flügel und Bibel, wurde wieder zu dem, was er ursprünglich war, nämlich das alte weltliche Wappentier des Stadtviertels.

In diesem Zustand der Ruhe gefiel die Piazza Ruggero Solara so gut, dass er sie, bevor er unter den Arkaden des Corso Matteotti verschwand, einmal langsam umrundete und sogar die nicht erleuchteten Schaufenster der zahlreichen Geschäfte betrachtete. Dann schüttelte er plötzlich seine Beschaulichkeit ab, bog schnellen Schrittes in den Corso ein und war in zehn Minuten an der Scala. Mit gesenktem Kopf bahnte er sich den Weg durch eine Schar Journalisten und Neugieriger, die sich offenbar seit gestern Abend nicht von der Stelle bewegt hatte, zeigte dem Wache haltenden Polizisten seinen Ausweis, fragte nach Demetrio Boldini und betrat dessen Büro, in dem es von Papieren und Faxen nur so wimmelte.

Der stellvertretende Pressesprecher empfing ihn mit einem Lächeln, das in den Winkeln seiner grauen Augen einen dichten Faltenkranz erscheinen ließ. Sein Bürstenhaarschnitt war untadelig, so wie alles an ihm untadelig war, vom braunen Tweedsakko bis zu den Spitzen der englischen Schuhe.

«Ich habe gute Nachrichten. Das heißt, ich hoffe, dass es auch für Sie gute Nachrichten sind. Ich habe soeben die Anweisung bekommen, mich zu Ihrer vollständigen Verfügung zu halten und Sie, so gut es geht, in Ihrer Arbeit zu unterstützen. Ich bin noch nie bei einer Ermittlung dabei gewesen und gestehe, dass mich die Sache sehr reizt. Ich werde Ihr Schutzengel sein, Ihr Schatten, Ihr Vergil in den Mäandern des Theaters. Leider erinnere ich mich nicht, in welchem Gesang die Mörder vorkommen …»

«‹Doch blick ins Tal, schon naht der Strom von Blut, in welchem jeder siedet, der dort oben dem Nächsten durch Gewalttat wehe tut …› XII. Gesang, glaube ich.»

«Hervorragendes Gedächtnis.»

«Nein, eher eine hervorragende Italienischlehrerin auf dem Gymnasium.»

«Wie dem auch sei, ich beneide Sie aufrichtig. Mein Gedächtnis ist nicht so gut, wie mir lieb wäre, gut erinnere ich mich nur an Gerüchte.»

«Ich hoffe aber doch, dass Sie sich daran erinnern, wo Sie gestern zur Tatzeit waren.»

«Natürlich. Ich war im Treppenhaus, ich suchte den Chef der Platzanweiser, um mich noch einmal zu vergewissern, dass die neuen ausreichend auf ihre Aufgabe vorbereitet wurden, zu jeder neuen Spielzeit sind nämlich immer einige Neulinge dabei, müssen Sie wissen, und da hörte ich den Schrei. Er kam eindeutig aus dem Zuschauerraum. Also lief ich zur erstbesten Loge, ich weiß nicht mehr, ob im zweiten oder dritten Rang, und sah nach, was los war.»

«Und was haben Sie gesehen?»

«Gentile Modotti, der reglos in dieser eigenartigen Haltung auf dem Boden lag, und die Leute, die schon angelaufen kamen. Andere schauten wie ich aus den Logen nach unten. Jemand schrie.»

«Haben Sie nicht nach oben geschaut?»

«Erst danach, instinktiv, wie um herauszufinden, von wo er wohl gefallen war. Aber leider habe ich nichts Verdächtiges gesehen.»

«Haben Sie keine Menschen auf den oberen Rängen gesehen? Nicht einmal eine Floristin oder eine Putzfrau?»

«Ich habe nicht darauf geachtet. Vielleicht war jemand von der Putzkolonne dort oben, ich weiß nicht. Ich habe einfach nicht darauf geachtet. Es war in diesem Augenblick nicht wichtig. Wie hätte ich auf die Idee kommen sollen, dass es sich um ein Verbrechen handelt? Und außerdem war ich völlig durcheinander.»

Der Staatsanwalt beobachtete ihn. Er wusste nicht, warum, aber die Vorstellung, dass Demetrio Boldini durch irgendetwas durcheinander zu bringen war, und sei es durch einen Mord, fiel ihm schwer. Er wirkte zu kontrolliert, zu elegant in seiner Ungezwungenheit, zu gierig nach Vergnügen, immer und überall. Gewiss, für seinen Beruf brauchte man diplomatisches Geschick, Savoir-faire und Selbstbeherrschung, doch seine Augen waren stets wachsam und wie auf der Hut, selbst wenn er lächelte.

Schon möglich, dass der Tod des künstlerischen Leiters ihn durcheinander gebracht hatte, aber kaum eine Stunde später, zu dem Zeitpunkt, als Solara ihm zum ersten Mal begegnete, hatte er sich wieder vollkommen in der Gewalt. Wie jetzt auch.

«Möchten Sie vielleicht einen Kaffee trinken? Die Bar gegenüber hat geöffnet, und der Service ist ausgezeichnet.»

«Später vielleicht. Jetzt würde ich Ihnen gern ein paar Fragen stellen.»

«Ich stehe zu Ihrer Verfügung.»

Mit diesen Worten hockte Boldini sich lässig auf eine Ecke des Schreibtischs, gegenüber seinem Stuhl, den er dem Staatsanwalt überlassen hatte. Die Falte auf seinem Hosenbein war scharf wie eine Messerklinge.

«Gestern haben Sie mir erzählt, Gentile Modotti sei ein Don Giovanni gewesen, und heute Morgen hat die Ehefrau mir das bestätigt. Ich wollte wissen …»

«Sie haben mit Signora Benedetta gesprochen? Wie geht es ihr? Ich kann mir vorstellen, wie mitgenommen sie ist. Ein romantisches Wesen wie sie, die so zerbrechlich wirkt, als würde sie bei der leisesten …»

«Natürlich ist sie mitgenommen, aber sie machte auf mich nicht den Eindruck, als wäre sie sonderlich zerbrechlich», unterbrach Solara ihn. Er war etwas irritiert, wusste aber nicht, weshalb. «Sei's drum, ich hätte von Ihnen gern die Namen dieser Damen, falls Sie wissen, um wen es sich handelt.»

«Die mit dem Theater zu tun haben, kenne ich bestimmt alle. Über die anderen, falls es sie gibt, kann ich nichts sagen. Sehen Sie, Herr Staatsanwalt, hier bei uns, das ist eine Art Mikrokosmos, und wie in jedem Mikrokosmos gibt es Liebe und Hass, Eifersucht und Neid, Machtmissbrauch und Gunstbeweise, Grüppchen, die in ständigem Clinch miteinander liegen … und früher oder später erfährt man dabei alles über alle.»

«Die mit dem Theater zu tun haben, dürften völlig ausreichen. Der Mord wurde hier im Theater begangen, und das ist ja nun kein Ort, an dem jeder ein und aus gehen kann, oder? Also muss der Mörder jemand sein, der sich hier mehr oder weniger frei bewegt …»

«Da haben Sie Recht, vollkommen Recht.»

Er bückte sich, zog aus einer Schublade ein eng mit Füllfederhalter beschriebenes Blatt Papier hervor und reichte es ihm.

«Ich habe Ihnen schon mal eine kleine Liste seiner letzten Affären angefertigt. Es geht nicht in die Tausende, aber …»

«In die Tausende?»

«Ach, achten Sie nicht darauf, nur so eine Redensart», sagte Boldini und kicherte. «Ich hätte einfach nur nicht gedacht, dass Gerüchte irgendwann einmal nützlich werden könnten. Finden Sie das nicht bemerkenswert?»

Solara ging nicht darauf ein, sondern sah die Liste durch.

«Wer sind diese Damen?»

«Also, schauen wir mal, ich habe sie chronologisch geordnet, ausgehend von der letzten Eroberung, natürlich. Domiziana Folego, Tänzerin aus dem Corps de Ballet. Nicht besonders talentiert. Hübsch, ehrgeizig, eifersüchtig. Neulich hat sie ihm in seinem Büro eine solche Szene gemacht, dass die Sekretärin im Nebenzimmer unter dem Vorwand einer Kaffeepause vor Scham die Flucht ergriffen hat. Ledig und ungebunden, soweit ich weiß, also kein verdächtiger Ehemann. Sie könnte ihn natürlich selbst hinuntergestürzt haben …»

Falls Gentile Modotti zufällig hinunter ins Parkett geschaut hatte, überlegte Solara, hätte jeder, selbst ein Kind, ihn an den Füßen hochheben und aus dem Gleichgewicht bringen können, aber es war unwahrscheinlich, dass eine Frau die Kraft hatte, ihm die Finger zu brechen, damit er losließ. Es sei denn, sie hatte einen stumpfen Gegenstand zu Hilfe genommen und ihn anschließend mitgenommen, denn oben am Tatort war nichts dergleichen gefunden worden. Allerdings neigte Solara dazu, diese Hypothese aufgrund der Dynamik des Mordes mit ziemlicher Sicherheit auszuschließen … Gentile Modotti konnte nur einen kurzen Augenblick dort über dem Abgrund gehangen haben, sonst hätte er Zeit gehabt, Hilfe zu rufen, die Aufmerksamkeit auf sich zu lenken. Es musste blitzschnell gegangen sein. Wie dem auch sei, besser, er wartete den Autopsiebefund ab, vielleicht hatte ja ein Gegenstand Spuren auf den Fingern hinterlassen …

Erst jetzt bemerkte Solara, dass Boldini unterdessen weitergeredet hatte.

«… temperamentvoll, intelligent, sinnlich. Der Ehemann ist bedeutend jünger und versucht mit allen Mitteln, sie zu domi…»

«Von wem reden Sie?»

«Aber das habe ich doch eben gesagt, Mary Rose Caine, die Sopranistin, die gestern als Violetta hätte debütieren sollen.»

«Violetta?»

«In *La Traviata*, natürlich.»

«Natürlich. Noch weitere?»

«Caterina Ossola, Geigerin. Verheiratet mit dem Bühnenmeister, einem sehr schweigsamen, um nicht zu sagen verschlossenen Menschen.»

«Und diese Geigerin, was ist die für eine?»

«Der Anstand in Person, überhaupt nicht auffällig. So zurückhaltend, dass ich von dieser Affäre nur durch Zufall erfahren habe, vielleicht bin ich sogar der Einzige, der davon weiß. Ich muss zugeben, sie hat mich überrascht, sie wirkte so verhuscht, ich hätte nie gedacht … Aber wenn ich es recht bedenke, muss sie schon ein leidenschaftlicher Mensch sein, denn sie spielt mit großer Hingabe. Mit sehr großer sogar. Und dann ist da noch Federica Navarro, die Ärztin.»

«Die ich gestern kennen gelernt habe.»

«Ach, stimmt ja. Eine attraktive Frau, oder? Stark, intelligent, selbständig, direkt. Interessanter Typ. Eigenartig», sinnierte Boldini, «wie unterschiedlich all diese Frauen sind und wie sehr sie sich auch von seinen früheren Geliebten unterscheiden … Im Allgemeinen werden wir Männer doch immer vom gleichen Typ Frau angezogen. Bei Gentile Modotti war das offenbar anders. Als hätte er die ganze Palette des weiblichen Universums abgehakt. Die Managerin, die Scheue, die Anständige, die Karrieristin, die Brave …»

«Gut», unterbrach Solara ihn, während er den Zettel zusammenfaltete und in die Tasche steckte, «meinen Sie, eine der Damen hält sich zurzeit im Theater auf?»

«Caterina Ossola bestimmt», entgegnete der Pressesprecher anscheinend unbeeindruckt. «Ich habe sie kommen sehen. Und die Folego, die Tänzerin, müsste auch da sein.»

«Würden Sie mir wohl Ihr Büro überlassen und es so einrichten, dass die Damen ohne großes Aufsehen hierher kommen? In Anbetracht der besonderen Natur dieser Beziehungen … ich möchte niemanden in Schwierigkeiten bringen, solange es nicht unbedingt nötig ist.»

Demetrio Boldini sah ihn neugierig an.

«Sie sind ein wahrer Gentleman.»

Ruggero Solara zog eine Grimasse und setzte die Brille ab. Auf diese Weise konnte er ein paar Augenblicke lang in ein unbestimmtes, erholsames Universum abtauchen, dessen Formen und Umrisse er einmal nicht sofort analysieren musste.

Das Schweinefleisch, nein, der Rosmarin hatte ihm die ganze Nacht schwer im Magen gelegen und stieß ihm noch immer unangenehm auf. Doch seine Frau hatte das Ragout mit so viel Liebe zubereitet, dass er es nicht über sich gebracht hatte, ihr zu gestehen, dass er um eins in der Nacht lieber eine leichte Suppe oder gern auch ein Stück kühlschrankkalten Stracchino-Käse zu sich genommen hätte. Es war nicht Antoniettas Schuld, überlegte der Kommissar, wenn sie einfach nicht in den Kopf bekam, was eine Gastritis war, und genauso wenig war es ihre Schuld, dass er unmögliche Dienstzeiten hatte. Sie hatte auf ihn gewartet, wie immer, und mitten in der Nacht mit ihm zu Abend gegessen … Sie akzeptierte alles an ihm, ohne Murren. Sie akzeptierte seine Arbeit, sein schlampiges Äußeres, seine Leidenschaft für den AC Mailand, die Tatsache, dass er nie Zeit hatte, Giannina zu den Hausaufgaben anzuhalten, die Tatsache, dass sie allein mit dem Kind in einer Stadt hockte, die wegen des Feiertags wie ausgestorben war.

Alles akzeptierte sie, nur nicht, dass er unter Gastritis litt. Versehen mit eiserner Gesundheit und einem alles zermalmenden Magen, war es ihr unmöglich, zu verstehen, dass ein in Butter gebratenes Kotelett oder eine Scheibe geschmorte Kalbshaxe mit zu viel Knoblauch seinen Magen ruinierten, ihm sauer aufstießen und sein Gesicht zerknitterten.

Er hatte versucht, es ihr zu erklären, hatte sie sogar mehrfach zu Gesprächen mit Ärzten geschickt. Jedes Mal hatte Antonietta zerknirscht dreingeschaut und feierliche Versprechen abgegeben, um diese dann ein paar Tage später im Eifer des Küchengefechts wieder zu vergessen.

Das war das Einzige, was er an seiner Frau kritisierte – und eigentlich nicht länger kritisierte, denn er hatte beschlossen, die schwer verdaulichen Abendessen als doch recht kleines Opfer in einer ansonsten perfekten Ehe zu betrachten.

Bloß dieser verfluchte Rosmarin …

Er griff nach den blassgrünen Schnellheftern, die auf seinem Schreibtisch lagen, und ging die Liste der Personen durch, die er noch vernehmen musste. Viele, zu viele. Und keiner, darauf konnte man wetten, würde einen Beitrag zu den Ermittlungen leisten. Zumindest keinen direkten, der alles klären würde, etwa der Art: «Ja, jetzt, wo ich genauer darüber nachdenke, fällt mir ein, dass ich gesehen habe, wie sich ein Kerl auf der Galerie im sechsten Rang mit Gentile Modotti gestritten hat, ja, das war kurz vor dem Schrei. Natürlich, jetzt weiß ich es wieder, ich hatte es wohl in der Aufregung vergessen. Der Mann hatte eine Glatze, keine Augenbrauen, riesige Zähne und eine tiefe Narbe vom Mund bis zum Ohr …»

Hirngespinste. Er wusste genau, welche Arbeit auf ihn wartete. Er musste geduldig befragen, die Details herausarbeiten, die Aussagen vergleichen, Zeiten, Bewegungen und Zufälle überprüfen. Die mühsame, demütige Rekonstruktion eines vielteiligen Puzzles, für die es manchmal einen Schuss Phantasie brauchte. Eine Gabe, die er leider nicht besaß.

Domiziana Folego, die Tänzerin, war eine Enttäuschung, das musste er zugeben. Groß, blond und hochmütig, aufrechte Haltung und gerader Blick, war sie mit geschmeidigem, gleichwohl entschiedenem Schritt hereingekommen und gleich zur Sache gekommen: «Sie sind auf dem Holzweg, Herr Staatsanwalt. Als Gentile Modotti ermordet wurde, war ich zusammen mit einem Dutzend anderer Tänzerinnen in der Garderobe, das können Sie leicht überprüfen. Ich weiß nichts über seinen Tod, ich kann auch nicht das geringste Kapital daraus schlagen, im Gegenteil, ich zahle mächtig drauf.» Und ohne eine Aufforderung abzuwarten, mit einer Selbstverständlichkeit, die an Arroganz grenzte, erzählte sie ihm von ihrem Verhältnis mit dem künstlerischen Leiter und dass es, leider, auf diese Art beendet wurde, bevor es ihr etwas gebracht hatte. Sie hatte den ersten Schritt getan. Gentile Modotti war ein attraktiver Mann, großzügig, höflich, den weiblichen Reizen zugetan, und er fand nichts Anstößiges daran, ihm nahe stehende Menschen zu begünstigen. Sie war eine freie Frau, ohne Ehemann oder festen Freund. Sie war ihr eigener Herr und hatte sich ausgerechnet, dass ein Verhältnis mit ihm sehr befriedigend und zugleich ihrer Karriere nützlich sein konnte. Und damit bei weitem besser als gewisse andere Begegnungen, die zwar auch der Karriere nützlich waren, aber längst nicht so angenehm. Sie hatte die Schönheit, er hatte die Macht, ein fairer Tausch, der jedem gab, was er wollte. So etwas passierte andauernd, was gab es daran auszusetzen? Früher oder später hätte dieses Verhältnis sie gewiss nach oben gebracht. Die Idee war gut gewesen, aber leider war sie fehlgeschlagen. Wie hätte sie ahnen können, dass jemand ihn umbrachte, bevor sie ihr Ziel erreicht hatte? Der Mörder Gentile Modottis hatte auch ihre Pläne zunichte gemacht.

Und die ganze Zeit keine Träne und nicht das leiseste Anzeichen von Mitleid oder Schmerz. Eine Dampfwalze hätte mehr Gefühl gezeigt, dachte der Staatsanwalt.

«Verzeihen Sie, aber wie alt sind Sie?», fragte er unwillkürlich.

«Zwanzig, wieso?»

Solara antwortete nicht. Er war beileibe kein Moralist und auch nicht blind für das, was tagtäglich um ihn herum geschah, es mangelte ihm auch nicht an Vorstellungskraft, um sich gewisse Blitzkarrieren zu erklären, aber er hätte gedacht, dass Affären, auf die man sich aus Berechnung einließ, zwangsläufig ein Minimum an Selbstmitleid, Verlegenheit oder gar Scham mit sich brachten. Die Kälte und der Zynismus, die Domiziana Folego so unverblümt zur Schau stellte, lösten in ihm zunächst Empörung aus. Doch dann empfand er großes Mitleid mit dieser jungen Frau, die sich für den Erfolg offenbar sämtliche Gefühle versagt hatte. Erst die Liebe, dann den Respekt, dann das Bedauern und schließlich das Mitleid.

Da waren Tränen und Angst der Geigerin in ihrer Menschlichkeit fast eine Erleichterung.

«Sie haben mich rufen lassen, Herr Staatsanwalt?»

Sie lugte mit gesenktem Kopf durch den Türspalt, sodass das Erste, was Solara von ihr sah, ein Vorhang glatter schwarzer, in der Mitte gescheitelter Haare war, die ihr über das Brillengestell hingen.

Ihre Stimme war schwach, fast zitternd, und passte perfekt zu den schmalen gebeugten Schultern, zu dem kleinen runden Gesicht, zu den aufgerissenen Augen, in denen eine Furcht lag, die die Gläser nicht verbargen. Sie trug ein mausgraues Kostüm, eine hochgeschlossene weiße Bluse, schwarze Strumpfhose und flache, ebenfalls schwarze Ballerinas. Eine schüchterne englische Jungfer ohne Lächeln. Ruggero Solara glaubte an ein Missverständnis.

«Sind Sie Caterina Ossola?»

«Ja, Herr Staatsanwalt.»

«Nehmen Sie bitte Platz.»

Sie setzte sich auf den Rand des Stuhls, angespannt, unbehaglich, den Blick abgewandt. Der Staatsanwalt überlegte krampfhaft, wo er ansetzen sollte, als sie plötzlich zu schluchzen begann und ihn aus der Verlegenheit befreite. Er reichte ihr ein Taschentuch, eine immer wieder nützliche Geste, um das Eis zu brechen.

«Entschuldigen Sie, aber ich bin so … so verzweifelt. Seit gestern habe ich das Bedürfnis zu weinen, aber ich konnte nicht, ich konnte nicht, verstehen Sie?»

«Warum nicht?»

Caterina Ossola putzte sich geräuschvoll die Nase, trocknete die Tränen, setzte die Brille wieder auf und sah ihm dann zum ersten Mal direkt in die Augen.

«Sie haben mich wenige Stunden nach dem Tod des armen Luca rufen lassen. Das kann kein Zufall sein. Ich dachte, dass niemand … dass niemand auf der Welt davon wüsste, aber offensichtlich war das ein Irrtum. Jemand … jemand muss Ihnen gesagt haben …»

Sie schaute verstört drein. Ihr fehlten die Worte, sie waren mit dem bisschen Mut verschwunden, den sie hatte zusammennehmen können.

«… dass Sie ein Verhältnis mit Gentile Modotti hatten», beendete Solara den Satz für sie. «In der Tat, das hat man mir berichtet.»

«Es war ein Geheimnis. Mein Mann weiß nichts davon, er darf nichts davon erfahren! Deshalb habe ich auch nicht um den armen Luca weinen können. Es war schrecklich. Nicht einmal heute Nacht, im Bett, hatte ich den Mut zu weinen. Ich hatte Angst, mein Mann könnte aufwachen und Fragen stellen und herausfinden …»

«Ist er eifersüchtig? Befürchteten Sie, dass er gewalttätig werden könnte?»

«Ja, er ist eifersüchtig, und auch stolz. Wenn er erführe, dass ich ihn betrogen habe, dazu auch noch hier im Theater, wo jeder ihn kennt … es würde ihn zerstören. Er …»

Sie unterbrach sich, aber Solara schwieg und wartete.

«… er liebt mich», beendete sie hastig den Satz.

«Und Sie?»

«Ich auch, ich habe ihn sehr gern. Ich hatte ihn immer gern. Aber mit Luca, das war Leidenschaft. Eine große Leidenschaft. Es klingt vielleicht melodramatisch, ich weiß, aber es war etwas Überwältigendes, Plötzliches, das sich meiner bemächtigt hat. Sehen Sie, davor war nur die Musik, eine bestimmte Musik, dazu fähig, meine Seele mitzureißen. Aber kein Mann. Ich hätte nie gedacht, dass mir das passieren könnte, ich habe mich einfach nicht beherrschen können.» Sie hielt inne, als würde sie sich selbst lauschen.

Dann schüttelte sie entschieden den Kopf. «Nein, das

stimmt nicht. Ich hätte mich beherrschen können, wenn ich gewollt hätte. Aber ich wollte es mir nicht verwehren, dieses bisschen … dieses bisschen Leben. Erst als ich einen Funken Klarheit wiedergewonnen hatte, konnte ich das Verhältnis beenden. Um meinen Mann nicht zu verletzen. Doch jetzt wird alles herauskommen, nicht wahr? Und er muss leiden. Wir werden alle beide einen sehr hohen Preis für meine Schwachheit zahlen.»

Sie sah ihn an. Sie litt, war verängstigt und verletzlich, aber sie bat um nichts, flehte ihn nicht an. Neben Leid und Furcht lag auch große Würde in ihrem Blick. Die Würde einer Gescheiterten, dachte der Staatsanwalt bei sich.

Er nahm das Taschentuch, das sie ihm mit einem Kopfnicken zurückgab.

«Ihr Mann wird nichts erfahren, solange es für die Ermittlungen nicht unerlässlich ist. Zumindest nicht von mir. Das verspreche ich Ihnen.»

Caterina Ossola dankte mit einem kleinen traurigen Lächeln. Dieses Lächeln verwandelte sie in ein zuckersüßes Wesen, und da begriff der Staatsanwalt, was einen weltgewandten und vielschichtigen Menschen wie Luca Gentile Modotti zu ihr hingezogen hatte.

3

Giandomenico Berri, der Intendant, hatte einen Vater gehabt, der in puncto Äußeres, Auftreten, Überzeugungen und Disziplin keine Kompromisse kannte. Gekleidet in die schöne Uniform eines Carabinieri-Generals, hatte diese Kompromisslosigkeit seinerzeit einen bemerkenswerten Effekt nicht nur auf das Betragen seiner Untergebenen gehabt, sondern auch auf den Charakter des Sohnes, der nach dem Motto «Einen Mann erkennt man im Augenblick der Gefahr» erzogen wurde. Ein Motto, das der Vater selbstredend durch diverse detailreiche Anekdoten aus dem Krieg veranschaulichte, dem einzigen Ereignis, das seines Erachtens die Macht hatte, das Wesen des Menschens wahrhaft auf die Probe zu stellen.

In Ermangelung eines Krieges hatte er den Sohn, der zu seinem Glück kurz nach der Landung der Alliierten geboren wurde, wiederholt harten Charakterproben ausgesetzt. Erst viele Jahre später, als sie zusammen auf der Autobahn nach Varese in eine schreckliche Massenkarambolage verwickelt wurden, kam er zu der Überzeugung, einen echten Mann aus ihm gemacht zu haben.

Im dichten Nebel hatte ein Lastwagenfahrer die Kontrolle über sein Fahrzeug verloren und war quer auf der Fahrbahn zum Stehen gekommen, wo er beide Spuren blockierte. Dutzende von Autos waren gegen diese unsichtbare Wand geprallt und hatten sich zu einem Wirrwarr aus Blech und Leibern verkeilt.

Giandomenico Berri, der dem großen Zusammenstoß nur um wenige Sekunden entgangen war, hatte keinen Augenblick gezögert. Mit stählernen Nerven und voller Tatkraft hatte er Hilfe gerufen, Krankenwagen organisiert, Verletzten geholfen und Sterbenden Trost gespendet.

Die Erinnerung an diese Feuerprobe hatte ihn damals viele, viele Nächte keine Ruhe finden lassen. Doch die heutige Nacht, die er damit verbracht hatte, sich in den schweißnassen Laken zu wälzen, war noch schlimmer gewesen, denn er hatte keine einzige Minute geschlafen. Die Tatsache, dass er eine Eröffnungspremiere der Scala hatte absagen müssen, war für ihn schrecklicher, als im Nebel unter Toten und Verletzten zu sein, und hatte ihn für kurze Zeit die Beherrschung verlieren lassen. Seine Stellung verlangte Führungsqualitäten und großes diplomatisches Geschick, und bisher waren das auch seine Stärken gewesen, doch am Abend zuvor hatte er in Aufsehen erregender Weise versagt. Da er sich den Anordnungen dieses überpedantischen Staatsanwalts wohl oder übel beugen musste, hatte er dem Frust über seine Machtlosigkeit dadurch Luft gemacht, dass er heftige Erklärungen abgab, auf die sich die Presse gierig gestürzt hatte. Ein schlechter Dienst, den er dem Theater da erwiesen hatte.

Der an diesem Morgen zu einer außerordentlichen Sitzung einberufene Verwaltungsrat war kein großer Trost. Die meisten Ratsmitglieder befanden sich nicht in Mailand, und diejenigen, die kommen konnten, hatten angesichts des völlig neuartigen Problems ihre liebe Mühe gehabt, sich auf die Situation einzustellen und über zwei ganz simple Punkte zu verständigen, nämlich wann und wie die Eröffnungspremiere nun über die Bühne gehen sollte.

Lange wurde die Möglichkeit favorisiert, das ganze Programm um einen Tag zu verschieben und eine Aufführung dranzuhängen, für die alle Künstler mit einem neuen Vertrag zu verpflichten gewesen wären, doch aus Budget- und

Termingründen erwies sich das als undurchführbar. So wurde schließlich beschlossen, zwar das ganze Programm einschließlich Abonnementsvorstellungen um einen Tag zu verschieben, die letzte Vorstellung allerdings ausfallen zu lassen, auch wenn dieser Beschluss mit Sicherheit zahllose Proteste hervorrufen würde.

Das großzügige Angebot des Chefdirigenten, Michelangelo Loewenstein, am letzten Tag der Spielzeit zwei Vorstellungen zu geben, eine am Nachmittag und eine am Abend, erwies sich als die wohl beste Lösung und wurde schließlich angenommen, obwohl es zunächst auf wenig Begeisterung gestoßen war.

Nachdem er die anstrengende Sitzung geschlossen hatte, gab der Intendant die nötigen Anweisungen zur Umsetzung der Beschlüsse und entschloss sich dann ausnahmsweise dazu, das tröstliche Refugium seines Büros zu verlassen, um persönlich auszuloten, was sein Vater «die Moral der Truppe» genannt hätte.

Die Moral der Truppe war – logischerweise – am Nullpunkt. Die Mailänder Scala, das renommierteste Theater der Welt, in dem zu arbeiten alle, von der letzten Putzfrau bis zum gefeierten Tenor, als Ehre empfanden, war zum Schauplatz eines banalen Mords herabgewürdigt worden. Überall war die Fassungslosigkeit über die Entweihung des Tempels spürbar, die den gewöhnlichen Arbeitsablauf bremste und die Tatkraft lähmte. Nicht einmal das Wachpersonal in der Pförtnerloge schien ganz bei der Sache zu sein.

Einzig die Pressestelle ging die Situation couragiert an und legte eine unermüdliche Aktivität an den Tag.

Giandomenico Berri fragte sich, ob es nicht letztlich besser gewesen wäre, Demetrio Boldini auf seinem Posten zu belassen, anstatt ihn auf diesen unmöglichen Staatsanwalt anzusetzen.

«Hat der Gerichtsarzt meine Diagnose bestätigt?»

Ruggero Solara setzte die Brille wieder auf, die er abgenommen hatte, um ein wenig nachzudenken, und musterte Dottoressa Federica Navarro, die in einem smaragdgrünen Kostüm, das die rote Haarpracht und das eigenartige Goldgelb ihrer Augen hervorhob, in der Tür stand.

«Nehmen Sie Platz.»

«Danke. Ich dachte schon, Sie würden mich hier ewig stehen lassen. Also, wie lautet der Befund?»

«Es ist noch nicht offiziell, aber ja, er bestätigt Ihre Vermutung. Sind Sie deshalb gekommen, um mich das zu fragen?»

Sie lächelte süffisant.

«Ich bin gekommen, weil ich keine Zeit verlieren möchte – und damit Sie keine Zeit verlieren. Ich habe heute keinen Dienst, aber wenn Sie mich jetzt gleich befragen, schaffe ich es vielleicht noch zu meinen Freunden aufs Land.»

Der Staatsanwalt musterte sie einen Augenblick. Diese Frau war wirklich besonders. Sie war lebensbejahend, direkt, extrovertiert und zweifellos mit großer Vitalität ausgestattet, doch irgendetwas in ihrem Blick, eine Art Barriere, gab ihr etwas Geheimnisvolles.

«Was hat Sie auf den Gedanken gebracht, ich wolle Sie vernehmen?»

Sie musste herzlich lachen.

«Aber nicht doch, Herr Staatsanwalt! Ich wette hundert zu eins, jemand hat Ihnen erzählt, dass Luca ein Don Giovanni war und dass auch ich etwas mit ihm hatte.»

Solaras Gesichtsausdruck war halb Grimasse, halb Lächeln.

«Ich wette nie.»

«Das habe ich mir gedacht.»

Er wollte sie schon fragen, wieso sie sich das dachte,

merkte aber noch rechtzeitig, dass die Unterhaltung dann zwangsläufig auf Abwege geraten wäre.

«Sind Sie verheiratet?»

«Geschieden. Eine ganze Weile schon. Mir geht es besser so. Mein Mann nahm mir die Luft zum Atmen.»

«War er eifersüchtig?»

«Er nahm mir die Luft zum Atmen.»

«Und wo ist er jetzt?»

«In Argentinien. Seine letzte Verrücktheit war, Strauße zu züchten. Er kann Luca nicht umgebracht haben. Und ich natürlich auch nicht. Als es geschah, habe ich gerade einen Kontrabass verarztet.»

«Einen Kontrabass?»

«Einen Kontrabassisten, natürlich», erläuterte die Ärztin. «Einen Meisterbassisten, muss man in diesem Fall sagen. Er hatte sich am Garderobenschrank einen Finger gequetscht und befürchtete, er könne nicht spielen. Wie kommen Sie mit der Ermittlung voran?»

Solara ging nicht darauf ein. «Ich stelle hier die Fragen.» Ein Satz aus einem B-Movie, aber ihm fiel kein besserer ein.

«Ich kann Ihnen vielleicht weiterhelfen. Wenn Sie mit dem Kapitel ‹Motiv: Eifersucht› fertig sind, schauen Sie sich doch mal das mit der Überschrift ‹Neid und Rivalität› an.»

Es war deutlich, dass Federica Navarro es ernst meinte, ungeachtet des ironischen Untertons. So ernst, dass sie aufstand und die Tür schloss.

«Erklären Sie mir das näher, bitte.»

«Gern. Das Leben in diesem Theater ist vielleicht komplizierter als an anderen Arbeitsplätzen. Das mag am Prestige liegen oder daran, dass hier jeder herausragen, wichtig sein und bestimmen will, ich weiß nicht. Jedenfalls sind die

Spannungen mitunter sehr heftig. Ich behaupte zwar nicht, dass ich alles erfahre, was hier vor sich geht, doch als Ärztin spreche ich mit vielen Leuten, und manchmal erzählen sie mir etwas oder ich komme von selbst drauf. Der arme Luca, zum Beispiel, hat mir neulich Dinge erzählt, die Sie vielleicht erfahren sollten.»

«Erzählen Sie.»

«Verstehen Sie mich recht, ich will niemandem etwas anhängen ...»

«Natürlich.»

«Eigentlich ist es ja auch gar kein Geheimnis. Früher oder später würde ein anderer es Ihnen erzählen ...»

«Lieber früher als später. Schießen Sie los.»

«Gut.»

Sie schloss einen Augenblick die Augen, wie um die Gedanken zu ordnen, und legte die Hände flach auf den Schreibtisch. Sie hatte lange, kräftige, schön geformte Finger ohne Ringe. Die Nägel waren sorgfältig gepflegt, kurz geschnitten und nicht lackiert, die Haut war glatt und mit Sommersprossen übersät. Lebendig und schön waren diese Hände, wie alles an ihr.

«Das Teatro alla Scala, müssen Sie wissen, wird von zwei Vereinen unterstützt. Der eine, die Amici della Scala, organisiert vorwiegend kulturelle Initiativen wie Tagungen zu verschiedenen Themen des Theaterlebens. Der andere, Milano per La Scala, widmet sich mehr der Suche nach Geldgebern, die beispielsweise eine bestimmte Oper sponsern oder das Theater allgemein fördern. Beide Vereine rivalisieren miteinander und machen sich die wichtigen Persönlichkeiten für ihre Veranstaltungen streitig, aber darum geht es nicht. Worum es geht, ist, dass jemand, der für eine Sache Geld gibt, auch mitreden will.»

«Verständlich.»

«Ja, aber nur bis zu einem gewissen Grad. Ein künstlerischer Leiter kann sich zum Beispiel keinen Sopran aufs Auge drücken lassen. Schon gar nicht den, der auf der Eröffnungspremiere singen wird.»

«Mary Rose Caine?»

«Luca wollte sie haben, und Loewenstein, der Chefdirigent, auch. Aber Pier Antonio Rovetta Valesi, der Vorsitzende von Milano per La Scala, wollte unbedingt Liliana Capua.»

«Nie gehört.»

«Eben. Sie ist gut, Gott ja. Sie hat auch ein paar Preise gewonnen, aber ihre Stimme ist noch nicht reif genug, um eine Premiere wie die gestern zu singen. Zumindest meinte Luca das, ich persönlich verstehe nicht viel von Belcanto. Jedenfalls, lange Rede, kurzer Sinn, es kam zu einem schrecklichen Streit.»

«Wann?»

«Ist schon eine Weile her, als der Vertrag unterzeichnet wurde. Luca wollte die Capua auf gar keinen Fall, weder für die Wiederaufführung noch als zweite Besetzung. Noch nicht einmal als Reserve also. Wie dem auch sei, die Sache schien damit ausgestanden.»

«Aber?»

«Aber dann hat die Caine auf der Generalprobe, bei der die Mitglieder der beiden Vereine traditionell zuschauen dürfen, offenbar schlecht gesungen oder einen falschen Ton erwischt, ich weiß es nicht. Tatsache ist, dass Rovetta Valesi in Lucas Büro gestürzt kam und brüllte, er sei ein unfähiger Starrkopf, der nur deshalb auf Mary Rose Caine bestanden habe, weil er mit ihr ins Bett ging, die Capua hätte mit Sicherheit besser gesungen, er reiße sich hier ein Bein aus, um Gelder zu besorgen, und dann müsse er im Theater dieses Gejaule mit anhören … offenbar wären sie um ein Haar handgreiflich geworden, Rovetta Valesi hat Luca sogar gedroht.»

«Hat er gedroht, ihn umzubringen?»

«Auch.»

«War jemand bei dem Streit dabei?»

«Nein. Zumindest hat Luca mir das so erzählt. Er war ganz durcheinander und kam zu mir, um sich ein Beruhigungsmittel geben zu lassen. Er bat mich, niemandem davon zu erzählen. Es würde dem Theater schaden, sagte er. Aber ich weiß nicht, ob er auch jemand anderem davon erzählt hat ...»

«Und wieso hat er Ihnen davon erzählt?»

«Weil wir immer noch Freunde waren, auch wenn wir nicht mehr miteinander ins Bett gingen.»

«Gar nicht leicht so was ...»

Federica Navarro musterte ihn mit ihren eigenartigen honigfarbenen Augen.

«Finden Sie? Bei mir war das immer so. Außer mit meinem Mann, natürlich», sagte sie und brach in Lachen aus.

Noch eine besondere Frau, überlegte der Staatsanwalt, während er beobachtete, wie Federica Navarro mit geschmeidigem Gang das Zimmer verließ. Aber der weibliche Musterkatalog war noch nicht erschöpft an diesem Tag, denn kurz darauf kam Demetrio Boldini herein, um ihm mitzuteilen, Mary Rose Caine sei indisponiert und der Arzt habe ihr lebhaft davon abgeraten, das Hotelzimmer zu verlassen, sie lasse aber fragen, ob er, wenn er sie unbedingt noch an diesem Morgen vernehmen müsse, wenigstens die Höflichkeit besitze, sie nicht in die Staatsanwaltschaft vorzuladen, sondern zu ihr zu kommen.

Solara war kein Opernliebhaber und las auch nicht die Regenbogenpresse. Doch seit selbst die angesehensten Tageszeitungen ihre Seiten für jene Meldungen geöffnet hatten, von denen man einst behauptete, man habe sie zufällig beim Friseur gelesen, musste man weder das eine sein, noch das andere tun, um praktisch alles über Leben, Launen und Erfolge der berühmten englischen Sopranistin zu wissen. Neugier, der Wunsch, ein bisschen frische Luft zu schnappen, und ein leiser Anflug von Galanterie ließen ihn flugs nach dem Mantel greifen und die Adresse des Hotels erfragen.

Das «Zimmer» der Sängerin war natürlich kein Zimmer, auch nicht zwei zusammenhängende Zimmer, wie Solara es aus den teureren Hotels kannte, in denen er übernachtet hatte. Es war eine richtige Wohnung mit Entrée und Wohnzimmer, ausgestattet mit einem schönen Flügel und einem unansehnlichen, um nicht zu sagen bärbeißigen Zimmermädchen, das ihn mitten im Raum warten ließ.

Zu seiner Überraschung erschien Mary Rose Caine nur einen Augenblick später, angekündigt von intensivem Tulpenduft. Sie war so groß wie Solara, üppig, sehr gepflegt, sich der Tatsache bewusst, dass sie auch abseits der Bühne großes Charisma besaß, und noch immer sehr schön. Alles an ihr zog den Blick auf sich und löste Phantasien aus, doch was den Staatsanwalt am meisten faszinierte, was seiner Meinung nach das Gesamtbild unterstrich, war das großmütige Gebaren einer Königin. Einer Königin in einem umhangartigen Morgenmantel aus nachtblauem Satin mit silbernen Stickereien, die ihm großmütig die Hand hinhielt: ausgestreckter Arm, schlaffes Handgelenk, wie zum Kuss.

Automatisch bückte sich Solara, um Folge zu leisten, und erinnerte sich gerade noch rechtzeitig daran, dass die Hand beim Handkuss korrekterweise nicht geküsst, sondern nur gestreift wird. Leicht irritiert richtete er sich wieder auf. Er hatte zwar nicht damit gerechnet, dass sie wirklich unter

Schock stand oder indisponiert war, aber er hatte schon erwartet, dass sie als Ausgleich für sein Entgegenkommen wenigstens ein bisschen den Anschein wahrte. Stattdessen präsentierte sie sich in bester Verfassung und sogar ein wenig herablassend, als gewährte sie Audienz. Sie bot ihm Platz an, setzte sich dann ihm gegenüber und präsentierte ihm eine Miene, die vage Neugier ausdrückte, sowie ein durch Puder etwas weniger gewagt erscheinendes Dekolleté.

«Worum geht es, mein Lieber? …»

Ruggero Solara wurde es jetzt zu bunt.

«Sie waren die Geliebte von Luca Gentile Modotti.»

Die Sängerin erstarrte, aber nur einen Augenblick lang, denn gleich darauf lächelte sie und zog die Braue hoch.

«Irgendwie muss man die Zeit ja rumkriegen.»

Der Satz sollte ironisch und beiläufig klingen, doch dem Staatsanwalt entging nicht, dass sie einen beunruhigten Blick zu der Tür hin warf, die ins Nebenzimmer führte.

«Wissen Sie, ob jemand ihn gehasst hat, ob er Feinde hatte?»

«Feinde?»

«Wissen Sie wenigstens, in welcher Beziehung er zum Vorsitzenden des Vereins Milano per La Scala stand?»

Sie starrte ihn verblüfft an.

«Nein, wieso sollte ich? Wir haben nie über … langweilige Dinge geredet. Dafür war keine Zeit, verstehen Sie? Die Verpflichtungen … Tatsächlich weiß ich wenig über sein Leben, und jetzt, da er tot ist, bereue ich das … Aber unsere Affäre währte nur kurz und ist ja auch schon längst Schnee von gestern. Ich wüsste nicht, wie …»

«Wie lang ist dieses ‹gestern› her?»

«Schon ewig.»

«Das heißt?»

«Das war letztes Jahr. Nein … vor sechs oder sieben Monaten. Ich erinnere mich nicht. Und ich wüsste nicht, wie ich Ihnen helfen könnte.»

Sie lächelte erneut, wurde aber immer nervöser, denn ihr durch das Studium der italienischen Oper gemilderter englischer Akzent war deutlicher geworden, und ihr Blick huschte immer wieder bang zur Tür.

«Und wo waren Sie zur Tatzeit?»

«Zur Tatzeit? Ich weiß nicht. Wann ist es denn genau passiert?»

«Um sechzehn Uhr siebenundvierzig.»

Die Sängerin rechnete rasch nach.

«Rund eineinviertel Stunden vor der Vorstellung also. Dann war ich zwangsläufig ...»

«... in deiner Garderobe, um dich vorzubereiten, natürlich. Das kann ich bezeugen.»

Die Stimme, zu hoch, ein bisschen schroff und ziemlich ungehobelt, gehörte einem blonden jungen Mann, der mit aggressiver Miene ins Zimmer trat. Alles an ihm war aggressiv. Die eng anliegende, im Schritt verblichene schwarze Jeans, das zwei Nummern zu kleine T-Shirt, das den Ertrag vieler im Kraftraum verbrachter Stunden betonte, der bullige Hals, die knotigen, von dichtem blonden Pelz bedeckten Hände, die niedrige Stirn, die halb geschlossenen Lider über den misstrauischen Augen. Er hätte den perfekten Hauptdarsteller einer Kneipenschlägerei abgeben können. Aber hier, in dieser Umgebung aus Samt, Stofftapeten und flauschigen Teppichen, neben dieser stattlichen theatralischen Frau, wirkte er vollkommen fehl am Platz.

«Mein Gatte, Alberto Rossi», sagte Mary Rose Caine.

Erst da erinnerte sich Solara, dass er vor ein paar Jahren in einer Wochenzeitschrift Fotos von ihrer Hochzeit gesehen hatte: Er, Rossi, hielt die Sängerin um die Taille und lachte zufrieden wie einer, der im Lotto gewonnen hat. Sie sah ihn mit dem schmachtenden und ein wenig leeren Blick einer endlich befriedigten Frau an. Der junge Mann musste ihr Leibwächter oder etwas in der Art gewesen sein, Solara erinnerte sich nicht mehr.

Jetzt sah er sie mit Härte an und sie ihn mit resignierter Herablassung. Offenbar war etwas schief gegangen.

«... die Schminke, das Kostüm», sagte der junge Mann unterdessen, «und außerdem braucht meine Frau immer ewig lang, um sich vorzubereiten. Es dauert Stunden, bis sie mal fürs Ausgehen fertig ist, da können Sie sich ja vorstellen, wie das mit dem Auf-die-Bühne-Gehen ist.»

Er lachte über seine lustige Bemerkung, doch als er merkte, dass niemand einstimmte, klappte er schlagartig den Mund zu und fuhr in aggressivem Ton fort.

«Überhaupt, was wollen Sie hier eigentlich? Was hat meine Frau mit dem Kerl zu tun, den's da erwischt hat?»

Mary Rose Caine rutschte unruhig auf dem Sofa hin und her.

«Aber Lieber, der Herr Staatsanwalt war so freundlich ...»

Sie hatte all ihre Selbstgewissheit, all ihre Majestät verloren. Dieser ungehobelte, ungebildete junge Mann behandelte sie schroff, er überwachte sie und lebte mit Sicherheit auf ihre Kosten. Es war offensichtlich, dass sie es inzwischen bereute, ihn geheiratet zu haben, also hatte sie ihn wenigstens ein Mal mit einem kultivierten und höflichen Mann betrogen. Trotzdem musste dieser Vorstadtmacho noch immer Macht über sie haben, denn unter seinem harten Blick mühte sich die Sängerin, eine der berühmtesten, meistbewunderten und beneideten Frauen der Welt, nach Kräften, nicht als das zu erscheinen, was sie war, nämlich eine enttäuschte, nicht mehr ganz junge Frau unter der Fuchtel eines Ehemanns, der ihr in allen Belangen unterlegen war.

Solara empfand diese private Szene als äußerst unangenehm. Und solange der Ehemann dabei war, würde er von dieser Frau auch nichts mehr erfahren.

«Reine Routine», bestätigte er mit matter Stimme. «Wenn ein Mord passiert, vernehmen wir jeden, der sich in der Nähe des Tatorts aufgehalten hat.»

«Die Garderoben der Sänger befinden sich überhaupt nicht in der Nähe der Galerie. Und außerdem habe ich es Ihnen schon mal gesagt. Meine Frau war bei mir.»

«Und Sie haben die Garderobe nie verlassen?»

Alberto Rossi fuhr sich mit der Hand durchs Haar.

«Machen Sie Witze? Mary Rose ausgerechnet dann allein lassen, wenn sie mich braucht? Wenn sie aus Angst vor einem falschen Ton jeden Moment einen hysterischen Anfall kriegen kann?»

«Lass den Unsinn, das interessiert den Staatsanwalt nicht», zischte die Sängerin. «Das verstehst du nicht. Du hast nicht den leisesten Funken Phantasie, um verstehen zu können, was es bedeutet, vor ein Publikum zu treten und jedes Mal die Arbeit eines ganzen Lebens aufs Spiel zu setzen.»

«Fang bloß nicht wieder mit der Geschichte von der unverstandenen Künstlerin an, das nervt total.»

Sie warf ihm einen kalten Blick zu und nahm wieder ihre königliche Haltung an. Die Haltung einer beleidigten Majestät diesmal. Sie sprach langsam und betonte jede Silbe.

«Vorsicht, Alberto. Du überschreitest die Grenze.»

Er schwieg, zog sich schmollend zurück und begann seine Nagelhäutchen zu untersuchen. Solara machte es sich in seinem Sessel bequemer, erleichtert von der Vorstellung, dass es in dieser Beziehung wenigstens eine Grenze gab, die nicht überschritten werden durfte.

«War sonst noch jemand in der Garderobe?»

«Während ich mich vorbereitet habe? Gewiss. Die Kostümbildnerin und Margaret. Später sollte auch noch die Maskenbildnerin kommen, aber …»

«Wer ist Margaret?»

«Ihr Schatten. Die, die alles entscheidet. Eine Hexe», mischte sich der junge Mann in einem Jammerton erneut ein.

Mary Rose warf ihm einen Blick zu, der ihn sofort wieder das Studium seiner Nagelhäutchen aufnehmen ließ.

«Sie ist meine Agentin. Eine sehr wertvolle Freundin. Ich weiß nicht, was ich ohne sie täte.»

Eine einzige große Wolke, grau und gleichförmig, hielt den Himmel über Mailand besetzt. Würde eine derartige Wolke Regen bringen, fragte sich Solara, oder würde sie sich darauf beschränken, unbeweglich dort zu verharren und Straßen und Passanten zu durchfeuchten? Er war noch nicht lange genug in Mailand, um eine Vorhersage treffen zu können, und hatte auch keinen Regenschirm dabei, aber er brauchte unbedingt ein wenig Bewegung und etwas in den Magen. Ein paar Schritte, um die Gedanken zu ordnen, und ein Sandwich auf die Hand, damit der Magen Ruhe gab, mehr verlangte er nicht. Irgendwas, Hauptsache, es war verdaulich, und doch schienen solche Wünsche an diesem menschenleeren Sonntag mit den geschlossenen Bars und dem sekündlich drohenden Regen nur schwer zu verwirklichen. Wohin konnte er gehen? In die Galleria, natürlich. Und die Galleria betrat man vom Domplatz aus, zwei Stationen mit der U-Bahn entfernt.

Genau gegenüber dem Dom kam er aus der U-Bahn. Stufe für Stufe, sich in ungewohnter Weise der Tatsache bewusst, aus dem Untergrund an die Oberfläche zu steigen. Und je höher er kam, desto mehr nahm der imposante Baukörper des Doms vor seinen Augen Gestalt an, wie in einer magischen Vision eingehüllt von einer durchscheinenden Feuchte. Einen Menschen, der in Rom geboren und aufgewachsen ist, bringt der Anblick einer Kathedrale kaum aus der Fassung, denn Größe und Pracht der römischen Kirchen machen mit der Zeit gegen jede Art von Staunen und Verwunderung unwiderruflich immun. Aber in diesem eigenartigen Licht und in diesem eigenartigen Moment kam es Solara vor, als nähme der Dom einzig und allein für ihn Form an, als türmte er sich mit dem ganzen Schwung seiner unzähligen Fialen aus dem Herzen der Erde auf.

Eine ganz eigenartige Empfindung, die er wie üblich zu rationalisieren versuchte. Er schrieb sie dem Fehlen großer Freitreppen rings um die Kirche zu, dem seltsamen milchigen Licht sowie der Tatsache, dass er eigentlich einen anderen Ausgang hatte nehmen wollen und von der überwältigenden Ansicht überrascht worden war. Sogar seinem grummelnden Magen schrieb er diese Empfindung zu. Doch letztlich blieb sie ein Geheimnis und ihm, wenn man so sagen kann, in der Seele hängen.

Kaum jedoch hatte er die Galleria betreten, verging ihm die Lust auf einen Spaziergang. Er hatte erwartet, sie menschenleer anzutreffen, geräumig und nur zu seiner Verfügung.

Stattdessen umringten ihn plötzlich Gruppen von Japanern, die sich gegenseitig vor den dunklen Schaufenstern der großen Modedesigner fotografierten, Scharen lärmender Jugendlicher, die sich um Tische mit Bergen von Polystyrolkartons drängten, aus denen sie fetttriefende und übel riechende Hamburger zogen, und einzelne herausgeputzte Rentnerpaare, die traurige gemischte Salate in den von Plexiglaswänden und Blumentöpfen abgeschirmten Gaststätten aßen. Er fühlte sich plötzlich fremd und allein, selbst die Lust aufs Essen war ihm vergangen.

Er betrat irgendeine Bar, ließ sich einen Kaffee bringen, setzte die Brille ab, rieb sich die Augen und fragte sich melancholisch, was er hier eigentlich verloren hatte. Er hatte sich immer für einen Eigenbrötler gehalten, aber in Rom hatte er immerhin eine Wohnung, Verwandte, ein paar Freunde, mit denen er ins Kino ging, einige Bekannte, mit denen er sich ab und zu traf, und Marta. Eine leidenschaftliche Marta, die ihm in Fleisch und Blut übergegangen war, die ihm stets bewiesen hatte, wie sehr sie ihn liebte – und die, allen Argumenten, Diskussionen und Zänkereien zum Trotz, nie ihren Mann verlassen wollte, um mit ihm zu leben. Bis es ihn schließlich so aufrieb, ewig gegen die gleiche, unnachgiebige Gummiwand zu prallen, dass er beschloss, alles abzubrechen, einen klaren Schnitt zu machen, wie es so schön heißt, und sich nach Mailand versetzen zu lassen. Er hatte es nicht bereut, er wusste, dass dieser Schritt notwendig war, um sein seelisches Gleichgewicht zu erhalten oder wenigstens wiederzufinden, doch in Augenblicken wie diesem empfand er akute Sehnsucht, fast als würde eine Faust sein Herz zerquetschen, fühlte er sich unwiderruflich allein und verloren.

Das Einzige, was ihm von seinem früheren Leben blieb, die einzige Verbindung zur Vergangenheit, war die Arbeit. Tja, die Arbeit. Die Jagd nach dem Mörder. Das Studium seiner Persönlichkeit. Der Versuch, in seine Seele hineinzuschauen, ihre Beweggründe, Gefühle wie Hass oder Angst zu verstehen.

Den Auslöser zu entdecken, der aus einem Menschen einen Mörder macht. Nicht das Motiv, das kam früher oder später in all seiner banalen Offensichtlichkeit ans Licht, sondern die Feder, die in dem Augenblick losschnellt, in dem sich jemand entscheidet, ob klaren Verstandes, indem er haarklein den günstigsten Zeitpunkt und die beste Gelegenheit berechnet, oder im Affekt, fortgerissen von dem blinden primitiven Trieb, einen anderen zu beseitigen.

Die Motive sind immer die gleichen. Hass, Habgier, Eifersucht, Rache, die Notwendigkeit, ein Vergehen oder eine Schande zu vertuschen. Gefühle, die im Lauf des Lebens jeder einmal empfindet, wenn auch in unterschiedlicher Intensität. Die für manche aber so unerträglich und bedrängend werden, dass diese Menschen nur einen einzigen, absoluten und endgültigen Weg finden, um sich davon zu befreien: zu töten.

Natürlich wollte Solara herausfinden, welches die möglichen Motive dafür gewesen sein konnten, Luca Gentile Modotti umzubringen, und den Mörder ausfindig machen. Doch vor allem wollte er begreifen, und sei es durch einen Geistesblitz, was diese verdammte Feder ausgelöst hatte und warum.

Er trank den kalt gewordenen Kaffee aus und machte sich mit langen Schritten auf den Weg ins Kommissariat. Es hatte angefangen zu regnen, aber nun war es ihm vollkommen gleichgültig, ob er nass wurde.

In seinem ganzen Leben als Kommissar war es Guidetti noch nie widerfahren, dass ein Staatsanwalt ihn nicht auf die ein oder andere Weise seine – tatsächliche oder vermeintliche – überlegene Kompetenz bei der Lösung eines Falls oder zumindest seine überlegene Stellung hatte spüren lassen. Für gewöhnlich bestellten Staatsanwälte ihn zu sich und forderten einen Bericht, manche freundlich, andere schroff. Mit Sicherheit platzten sie nicht ohne Vorankündigung und nass bis auf die Knochen in sein Büro. Umso mehr überraschte ihn Solaras plötzliches Auftauchen, und geradeheraus, wie er war, versuchte er gar nicht erst, das zu verbergen.

«Warum haben Sie sich die Mühe gemacht? Ich hätte doch zu Ihnen kommen können …»

Ruggero Solara beendete das Thema mit einem Schulterzucken und zog den Mantel aus. «Ich brauchte ein bisschen Bewegung.»

Er setzte sich. Auf dem Schreibtisch des Kommissars thronte auf einem Stapel Akten ein Papptablett mit Tramezzini. Guidetti fühlte sich zu einer Rechtfertigung genötigt.

«Der Brigadiere hat immer Angst, ich könnte vor Hunger sterben. Jedes Mal bringt er doppelt so viel, wie ich bestellt hatte. Ich habe ihn im Verdacht, dass er mit meiner Frau unter einer Decke steckt, die hat auch immer Angst, ich würde nicht genug essen. Haben Sie denn schon zu Mittag gegessen? Wollen Sie sich nicht bedienen?»

Solaras Magen, der von dem Kaffee vorhin noch immer irritiert war, ließ ein Knurren vernehmen.

«Gern, aber nur, wenn Sie mir Gesellschaft leisten.»

Sie veranstalteten ein improvisiertes Picknick und spülten es mit zwei infarktträchtig kalten Colas hinunter, die ein Automat im Gang mit lautem Getöse ausspuckte, aber das war Solara immer noch viel lieber als ein einsames Mittagessen, in dessen Verlauf seine Gedanken sowieso nur zu Marta geeilt wären.

«Ich vermute, Sie haben bei Ihren Vernehmungen nichts herausbekommen, sonst hätten Sie mich schon unterrichtet, oder?», fragte der Staatsanwalt, nachdem er den letzten Krümel seines Thunfisch-Tramezzinos vom Papptablett aufgesammelt hatte.

«Nichts, nur ein paar Ungereimtheiten, ein paar Unstimmigkeiten bei den Zeiten, die ich sobald wie möglich überprüfen werde, aber vorläufig scheinen sie mir nicht relevant. Bei Mord sind die Erinnerungen immer verzerrt. Vielleicht auch nicht nur bei Mord … Und Sie, sind Sie weitergekommen?»

«Wenn ich das wüsste.»

Er unterrichtete Guidetti über seinen Vormittag und bat ihn, die Aussagen der diversen Geliebten Gentile Modottis auf ihren Wahrheitsgehalt hin überprüfen zu lassen und diskret herauszufinden, wo der Ehemann der Geigerin sich zur Tatzeit aufhielt; falls er kein Alibi habe, würde Solara ihn zu einem späteren Zeitpunkt vernehmen. Zunächst aber wollte er sich das Alibi des Ehemanns der Sängerin vornehmen und sich ein wenig mit Pier Antonio Rovetta Valesi unterhalten, dem Mann, der laut Aussage der Ärztin Gentile Modotti mit dem Tod bedroht hatte. Nach dem Kaffee, den der beflissene Brigadiere herbeigezaubert hatte, würde er sich gleich wieder auf den Weg in die Scala machen, eine Vorstellung, die ihm keineswegs unangenehm war, wie er zu seinem Erstaunen feststellte. Die besondere Atmosphäre dieses Theaters begann ihn in den Bann zu schlagen.

Doch die Scala war geschlossen. Geschlossen die großen dunkelgrünen Türen zur Piazza hin, geschlossen auch die Türen des Seiteneingangs in der Via Filodrammatici. Schließlich war es Sonntag, und noch dazu der Sonntag nach Sant'Ambrogio. An diesem Tag konnte man in Mailand nicht allzu viel erwarten.

Er betrat irgendein Kino und sah sich irgendeinen Film an, von dem er, als er wieder draußen war, Titel und Handlung schon nicht mehr wusste, der ihm aber immerhin dabei half, eine Zeit lang sich selbst zu vergessen. Der Nachmittag, den er herumkriegen musste, war trotzdem noch lang genug. Unruhig lief er durch einen feinen Regen irgendwie zurück in Richtung Residence, wohin ihn nichts zog. Was konnte ihm dieser Nachmittag denn schon bieten außer stumpf von einem Fernsehkanal zum nächsten zu zappen, bis das ebenso stumpfe Abendprogramm begann?

Auch der Oberstaatsanwalt war unruhig, aber statt im Regen lief er im luxuriösen Wohnzimmer seines Hauses auf und ab, dessen vier Glastüren auf eine Terrasse gingen, die penibler gepflegt wurde als der Largo Treves. Die Inflation eingerechnet, entsprach die Summe für den Unterhalt dieser Terrasse fast seinem ersten Gehalt, ein Gedanke, der ihn vor stolzer Befriedigung erschauern ließ.

An diesem Nachmittag jedoch verschwendete er keinen Gedanken daran. Den ganzen Tag hatte er darüber gegrübelt, inwiefern der unselige Mord in der Scala seinen politischen Ambitionen schaden konnte. Wenn die Ermittlung nicht umgehend zum Erfolg führte, wenn er nicht wenigstens ein gutes Verhältnis zur Presse herstellte, dann konnte sein Bild in der Öffentlichkeit – und hier dachte er an das konkrete Abbild, nicht an die Reputation seiner Person, die inzwischen sogar für ihn zweitrangig geworden war – Kratzer abbekommen oder gar ernsthaft beschädigt werden. Zumal er nicht wusste, was er von dem Neuen aus Rom zu erwarten hatte, den man ihm unversehens zugeteilt hatte. Ruggero Solaras Lebenslauf war hervorragend in puncto Arbeit und ermittlerische Fähigkeiten, doch er stand auch in dem Ruf, eigenbrötlerisch und unabhängig zu sein, sich schlecht mit den Kollegen zu verstehen und – das Schlimmste von allem – ein miserables Verhältnis zur Presse zu pflegen. Und das in Rom, der Stadt des Klüngels und der Kompromisse, wo alle sich durchlavieren, so gut es geht. Wo alle sich duzen und wo sich hinter der Gutherzigkeit Zynismus verbirgt. Wie würde er sich nun verhalten, da er im heikelsten Ambiente Mailands ermitteln musste? Schon jetzt hatte er ein riesiges Durcheinander angerichtet, als er das Topereignis des Jahres platzen ließ. Was war so einem noch zuzutrauen?

Nein, sosehr sich der Oberstaatsanwalt auch wünschte, seinen Namen aus dieser Sache herauszuhalten, er musste Solara auf diplomatische, elegante, behutsame Weise zu verstehen geben, dass er sich in einem besonderen Ambiente bewegte, in dem es vor allem auf Takt ankam. Er musste ihm zu verstehen geben, dass er die Ermittlung möglichst schnell und ohne allzu viel Porzellan zu zerdeppern zum Abschluss bringen musste.

Ein freundschaftliches Gespräch in privatem Rahmen, fern der Staatsanwaltschaft, war da vielleicht sinnvoll. Eine Einladung zum Abendessen, am besten mit den «richtigen» Gästen, war der geeignete Rahmen.

Er beendete sein Hin-und-her-Gelaufe, läutete nach der Köchin und griff, zufrieden mit seinem neuen diplomatischen Scharfsinn, zum Hörer.

4

Er hatte gedacht, nichts könne deprimierender sein, als allein einen Abend in den dreißig Quadratmetern seines anonymen Residence-Zimmers mit Bad und Kochnische zu verbringen, aber er täuschte sich. Die Vorstellung eines Abendessens bei seinem Chef, den er bisher erst wenige Minuten bei seinem hektischen Antrittsbesuch erlebt hatte, verschärft durch die Anwesenheit von «lieben Freunden», die Solara noch nie gesehen hatte, war mehr als deprimierend. Sie war in hohem Maße unangenehm.

Ein Abendessen bei seinem Vorgesetzten, eine Einladung, die sicher anderen Zwecken diente als dem Wunsch, einander besser kennen zu lernen, das roch nach Heuchelei. Sich darüber hinaus mit unbekannten Menschen beschäftigen zu müssen, bereitete ihm, dem für Smalltalk gänzlich ungeeigneten Brummbären, seit je Unbehagen.

Ein Abendessen nach seinem Gusto war zwanglos, bei Freunden zu Hause, wo man ohne weiteres sagen konnte, dass man Kopfschmerzen hatte, und wo jemand, der keine Lust mehr hatte, einfach gehen konnte, ohne dass ein anderer beleidigt war, oder im Restaurant, nur er und Marta, der er in die Augen schauen und deren Hand er über den Tisch hinweg halten konnte, ohne auf die Kellner zu achten, ohne auf irgendjemanden zu achten ... Ach, zum Teufel mit ihr.

Stattdessen stand er jetzt im riesigen Flur dieses allzu prächtigen Hauses, in seiner am wenigsten alten dunkelblauen Jacke, so pünktlich, dass es fast schon wieder unhöflich war, und reichte seinen Regenmantel einem unterwürfigen

Filipino, der bis zum Hals in einer grün-weiß gestreiften, tipptopp gebügelten Jacke steckte.

«Mein Lieber!» Antonio Oriani kam ihm aus den Tiefen eines Flurs entgegen, dessen Wände so dicht mit Bildern tapeziert waren, dass man sich vorkam wie in einer Gemäldegalerie. «Ich bin überglücklich, dass Sie kommen konnten. Zu meinem Bedauern kann meine Frau Ihnen nicht die Ehre erweisen, aber Sie verstehen, wegen dieser schlimmen Sache in der Scala musste ich Hals über Kopf aus Cortina abreisen, und sie ist dort geblieben. Jaja, die Frauen, lassen sich alle Zeit der Welt, die Guten. Wenigstens meine Frau», kicherte er, als tauschte er Vertraulichkeiten mit einem alten Freund aus. «Aber nehmen Sie doch Platz, ich bitte Sie, nehmen Sie Platz.»

Während der Oberstaatsanwalt sich in tausend Aufmerksamkeiten erging, hatte Solara genügend Zeit, ihn in aller Ruhe zu beobachten.

Der erste Eindruck war, dass er eine ungeheure Menge Raum beanspruchte. Er war groß, kräftig und leicht bucklig wie jemand, der sich ständig zu seinem Gesprächspartner hinabbeugen musste. Trotzdem vermittelte sein massiger Körper nicht etwa den Eindruck von Kraft, sondern von Schlaffheit. Sein Haar, von dessen einst blonder Farbe nur noch eine verblasste Erinnerung zwischen den mattgrauen Strähnen übrig war, war bis in den Nacken mit Gel geglättet, wo ein paar unartige Locken aufbegehrten. Er hatte blaue, ausdruckslose, tief liegende Augen und die schneeweiße Haut einer Frau, an den Händen mit braunen Flecken, die bei Solara, warum auch immer, leisen Abscheu auslösten.

Der Oberstaatsanwalt bot ihm Platz auf einem aufwendig bezogenen Sofa an und begann, ein «Sektchen» einzuschenken, das sich als erlesener Champagner herausstellte.

«Da machen Sie ja eine regelrechte Feuertaufe mit, Solara …»

«Tja.»

«Ich hoffe, Sie haben die Sache bald aufgeklärt.»

«Das hoffe ich auch.»

«Irgendeine viel versprechende Spur?»

«Ein paar, aber die müssen noch überprüft werden.»

Antonio Oriani musterte ihn mit Augen, die plötzlich ganz und gar nicht mehr ausdruckslos waren.

«Man sagte mir ja, dass Sie nicht viele Worte machen …»

«Wenn Sie möchten, kann ich Ihnen auf der Stelle einen vollständigen Bericht über das Vorgefallene und über den Stand der Ermittlung geben.»

«I wo, i wo …», erwiderte der Oberstaatsanwalt, ganz wie ein Mann von Welt abwinkend, «die Arbeit kann warten. Ich habe Sie eingeladen, um ein wenig zu plaudern und um Sie ein bisschen mit dem Ambiente vertraut zu machen. Wissen Sie, wer meine anderen Gäste sind?»

Das sagte er, als forderte er ein Kind auf zu raten, was in dem schönen, geheimnisvollen Päckchen mit der Schleife versteckt ist. Solara war irritiert, aber er zwang sich zu einem Lächeln, und dieser selbst auferlegte Zwang irritierte ihn noch mehr.

«Ich habe nicht die leiseste Ahnung.»

«Pier Antonio Rovetta Valesi …»

«Der Vorsitzende von Milano per La Scala?»

«… und Gemahlin», endete Oriani überrascht. «Wie ich sehe, sind Sie bereits gut über die hiesige Theaterszene informiert.»

«Ich versuche mir ein Bild zu machen.»

«Gut, sehr gut. Aber … gehen Sie bitte vorsichtig vor. Diese Szene ist, wie soll ich sagen …»

«Besonders? Einflussreich? Sensibel?»

Der Oberstaatsanwalt unterdrückte eine ärgerliche Grimasse. Nun war er sich ganz sicher, dass dieser Solara tatsächlich ein elender Störenfried war. Aber wenn er seinen Namen aus dieser Ermittlung heraushalten wollte, musste er Solara die lange Leine lassen, zumindest für den Augenblick.

Das Eintreffen von Rovetta Valesi und Marchesa Bona, seiner Gemahlin, befreite ihn aus der Verlegenheit, das Thema wechseln zu müssen.

Marchesa Bona, dachte Solara unwillkürlich, machte ihrem Namen keine Ehre, zumindest nicht in der römischen Bedeutung des Wortes: Prachtweib. Sie war sehr groß und sehr hager, hatte langes Haar, in dem aus einer eigenartigen Eitelkeit heraus oder als Demonstration von Lässigkeit die grauen Strähnen ungefärbt waren, trug einen riesigen gelben Brillanten am Finger, den der Staatsanwalt irrtümlich für einen Topas hielt, und schien von der Höhe ihrer Adlernase die Welt beherrschen zu wollen. Dieser Wunsch nach Dominanz, der vielleicht auf anderem Gebiet befriedigt worden sein mochte, hatte offensichtlich keinen Erfolg beim Ehemann gehabt, der ebenfalls groß und hager war, aber eher von der nervösen Art, aufbrausend, alles andere als überlegt. Wenn er sich an sie wandte, dann stets mit übertriebener Höflichkeit und mit einem Lächeln auf den Lippen, das, zumindest wenn es ihr galt, seinen Blick gewiss schon seit langer Zeit nicht mehr zu versüßen vermochte.

Das Abendessen, das an einem kostbaren runden Tisch mit Meißner Porzellan, böhmischem Kristallglas und auf flandrischem Tischtuch serviert wurde, war eine angenehme Überraschung für Solara, der zwar kein Feinschmecker war, aber dennoch das Spargelrisotto «all'onda» zu schätzen wusste und zum ersten Mal, nach schrecklichen Restauranterfahrungen, die echte «Costoletta alla milanese» probierte, ein in Butter gebratenes Kalbskotelett.

Die Unterhaltung hatte Höhen und Tiefen. Tiefen, weil sich der Staatsanwalt, wenn die Rede auf den Mord kam, auf einsilbige Antworten beschränkte, nicht zuletzt deshalb, weil er sich jedes Mal, wenn er dem Blick Rovetta Valesis begegnete, der ihm gegenübersaß, fragte, ob nicht vielleicht er, aufbrausend und nervös, wie er war, den armen Luca Gentile Modotti ins Parkett gestürzt hatte. Höhen, wenn schließlich das Thema gewechselt wurde und man auf die Oper zu sprechen kam.

Dann war Solara, der davon nichts verstand, der Pflicht enthoben, etwas zur Konversation beizutragen, und konnte sich endlich damit begnügen, zuzuhören und zu beobachten.

Oriani sprach über die berühmten Eröffnungspremieren, offenbar die einzigen Aufführungen, zu denen er ging, und das bestimmt auch nur, um sich samt Gemahlin zu zeigen und sein ungezwungenes Lächeln in allen Zeitungen abgebildet zu sehen. Die Rovetta Valesis hingegen waren echte und kompetente Opernliebhaber. Sie erinnerten sich an frühere Inszenierungen und Bühnenbilder, stellten Vergleiche an, fachsimpelten über Vorzüge und Macken der verschiedenen Dirigenten, gaben Anekdoten zum Besten, bejubelten eine erste Geige, kritisierten das ausufernde Repertoire eines Soprans oder klagten über die geminderte Stimmgewalt eines Tenors. Und alles mit einer aufrichtigen inneren Anteilnahme, die dem, was sie sagten, Leben einhauchte – und damit dem ganzen Abend.

Solara war interessiert, fast bezaubert, wie immer, wenn sich vor ihm eine Welt auftat, die anders war als seine,

eine unbekannte Welt, an die er nie einen Gedanken verschwendet hatte und die sich doch als Ort der Leidenschaften, Konflikte, Emotionen erwies und um die außerdem konkrete Interessen kreisten, Karrieren, Geld, Arbeit und die wirtschaftliche Grundlage ganzer Familien. Ab und zu stellte er eine Frage oder bat um eine Erläuterung. Oriani reichte handgemachte Trüffel mit uraltem Maltwhiskey und hatte den zufriedenen Gesichtsausdruck eines Mannes, der die Dinge aufs Beste geregelt hat. Den ganzen Abend über behielt er diesen Ausdruck bei, bis zu dem Augenblick, als alle schon an der Tür waren, um die letzten rituellen Artigkeiten auszutauschen, und Solara so beiläufig einwarf, als handelte es sich um ein zu vernachlässigendes Detail, das ihm erst in diesem Moment wieder eingefallen war, er würde sich freuen, Pier Antonio Rovetta Valesi am nächsten Morgen gegen elf in der Staatsanwaltschaft zur Vernehmung begrüßen zu dürfen.

Im Landhäuschen ihrer Freunde in Carate saß Federica Navarro ins weiche Sofa gekuschelt und nippte an ihrem Kräutertee.

Sie fuhr gern in diese Region nördlich von Mailand, es war wie eine Rückkehr in die beschauliche Zeit ihrer Kindheit. Als Kind unternahmen sie und ihre Eltern sonntags in ihrem – damals unheimlich eleganten – pflaumenfarbenen Alfa Romeo immer Ausflüge dorthin. Sie saß hinten, neben dem sehr englisch wirkenden, in Wirklichkeit aber mit italienischen Schinken- und Gorgonzolapanini voll gestopften Picknickkorb.

Damals wimmelte es hier noch von kleinen Fabriken und Fachwerkhäusern, und auf den sanften Hügeln standen Villen aus dem 18. und 19. Jahrhundert. Von all dem war heute nicht mehr viel übrig, doch an klaren Tagen konnte man noch immer in der Ferne den Umriss des Monte Resegone sehen.

Entspannt sah sie sich um. In diesem Wohnzimmer fühlte sie sich wie zu Hause, ja fast noch wohler. Die Einrichtung beschränkte sich aufs Wesentliche und bestand aus wenigen hellen Möbeln von Aalto, dessen leidenschaftlicher Fan Fabio war. Für etwas Wärme sorgten große Bilder mit kräftigen Farbflächen, gemalt von ihrer Freundin Alessandra, die sich in Rothko, den abstrakten Expressionisten, über den sie alles wusste, buchstäblich verliebt hatte und jeden freien Augenblick vor der Staffelei verbrachte und wie besessen dessen Bilder kopierte, um, wie sie sagte, deren «tiefere Essenz» zu erfassen.

Bei ihrer Ankunft hatte Federica natürlich von dem Mord und der Ermittlung erzählen und unzählige Fragen beantworten müssen, doch nach dem Essen gestaltete sich der Abend ruhig und familiär, wie immer bei ihren Freunden. Fabio hatte eine alte Leonard-Cohen-Platte aufgelegt und sich zum Lesen in den blauen Ledersessel zurückgezogen, den er von seinem Großvater geerbt hatte. Alessandra hatte einen ihrer berühmten Entspannungstees aufgebrüht, den sie nun gemeinsam auf dem Sofa schlürften, den Blick durch die Glastür auf den Garten schweifen lassend, wo eine perfekte Beleuchtung das harmonische Arrangement der Pflanzen hervorhob.

Alessandra hatte einen grünen Daumen und viele andere Qualitäten, aber vor allem schätzte Federica Navarro an ihr die Tatsache, dass sie sie akzeptierte, ohne sie zu bewerten, so wie sie war, mit all ihrer Sprunghaftigkeit, ihrer verborgenen Melancholie, ihrer auffälligen Schönheit, ihren seltenen Lebenszeichen, ihrem unsteten Ziehen von einem Mann zum nächsten.

Vielleicht weil Alessandra Federicas Sehnsucht nach Lebendigkeit und ihre plötzliche Unduldsamkeit verstand, wenn der gerade aktuelle Mann sich von einer banalen Seite zeigte, nicht den stets zu hohen Erwartungen gerecht wurde, die sie an ihn hatte. Und natürlich auch, weil Alessandra unter all ihren Bekannten die Einzige war, die mit absoluter Gewissheit verstanden hatte, dass es eine Kategorie Männer gab, die für Federica Navarro absolut tabu waren. Die Männer ihrer Freundinnen.

Sie drehte sich um und sah sie liebevoll an. Alessandra lächelte ihr zu.

«Spuck's aus.»

«Was?!»

«Spuck's aus. Gefällt er dir?»

Federica prustete los. War sie etwa ein offenes Buch?

«Von wem sprichst du?»

«Komm schon, spiel nicht die Ahnungslose, von dem Ermittlungsrichter natürlich. Dem Staatsanwalt, wie das heute heißt. Ich kenn dich doch. Du sprichst nur in Andeutungen, wenn du von ihm erzählst, da steckt doch was dahinter.»

«Meinst du?»

«Meine ich.»

Federica trank den Tee aus und stellte die Tasse ab. Sie lachte nicht mehr.

«Ich muss darüber nachdenken.»

Ja, sie musste darüber nachdenken. Ihre letzten Erfahrungen hatten sie entmutigt und, wenn sie ehrlich war, auch ein wenig gedemütigt. Suchte sie selbst sich immer unmögliche Geschichten mit den falschen Männern, oder war es Schicksal, dass sie nicht beim ersten negativen Signal aufhorchte und misstrauisch wurde? Sie hatte dieses Auf und Ab der Gefühle langsam satt, die bis in jede Einzelheit vorhersehbaren Umwerbungen, die Umarmungen, bei denen ein Teil von ihr immer wachsam, wertend, unfähig zur Hingabe blieb. Eine Pause würde ihr gut tun, hatte sie sich gesagt, um den Richtigen zu finden, und bei dieser Redensart hatte sie über sich selbst lachen müssen, allerdings mit einem Schuss Bitterkeit, weil es die Wahrheit war. Mit fünfunddreißig, als reife Frau, wie die weniger Barmherzigen sagen würden, wollte sie immer noch «den Richtigen» finden, wie ein kleines Mädchen.

War Ruggero Solara der Richtige? Vielleicht.

Das Äußere gefiel ihr. Das schwarze Kraushaar, die aufmerksamen, tiefschwarzen Augen, die so verletzlich wirkten, wenn er die Brille absetzte, der klar gezeichnete Mund, den sie noch nie hatte lächeln sehen. Und dann die kräftigen Hände, der athletische Körper, der gerade Rücken, diese nervöse Art, sich zu bewegen …

Auch seine direkte Art gefiel ihr, seine natürliche Neugier Menschen gegenüber, die Entschiedenheit, mit der er seinen Standpunkt vertrat, die Unfähigkeit, seine Irritation zu verbergen, und vor allem die einzigartige Tatsache, dass er nicht einen Augenblick lang versucht hatte, ihr gegenüber den Galan zu spielen.

Sie mochte auch seinen Vornamen, der stolz, kühn und voller r war, die wie Hiebe in einem Fechtduell klangen, und seinen Nachnamen, der warm war, friedvoll und sonnig.

Ja, sie musste darüber nachdenken, und sie musste eine gute Annäherungsstrategie ausarbeiten, sich von der intelligenten, geistreichen Seite zeigen, die erste Einladung nicht gleich annehmen, bei der zweiten nicht gleich mit ihm ins Bett gehen, und wachsam bleiben, beim ersten negativen Signal auf Abwehr gehen, um nicht noch einmal enttäuscht zu werden, sich nicht verletzen zu lassen.

Alessandra hatte eine Weile geschwiegen und sie geduldig beobachtet, aber jetzt hielt sie es nicht länger aus und hakte nach.

«Also, ich habe den Eindruck, dieser Staatsanwalt gefällt dir sehr gut …»

«Ich muss darüber nachdenken», wiederholte Federica, in der Gewissheit, dass sie jetzt die ganze Nacht über nichts anderes tun würde.

Als Solara das Haus des Oberstaatsanwalts verließ, verspürte er eine klammheimliche Freude. Zwar wusste er ganz genau, dass er früher oder später dafür würde bezahlen müssen, aber zu sehen, und sei es nur einen Augenblick lang, wie Orianis Kiefer ungläubig herunterklappte, weil er, Solara, all den Aufmerksamkeiten und Ratschlägen seines Vorgesetzten zum Trotz in dessen eigenem Haus einen seiner Freunde zum Verhör vorgeladen hatte, nun … das war wirklich eine herrliche Genugtuung. Solara legte Wert darauf, die Dinge von Anfang an klarzustellen. Er legte Wert auf seine Integrität und auf seine Arbeit, und er verabscheute Kompromisse, diplomatische Ränke und Zweideutigkeiten, kurz: alles, so unbedeutend es sein mochte, das seine Richtlinien, den reibungslosen Ablauf seiner Ermittlungen behinderte – beziehungsweise behindern wollte, denn in die Arbeit hereinreden ließ er sich von niemandem.

Aus diesem Grund hatte er in der römischen Staatsanwaltschaft keine Freunde gehabt, wohl aber viele Feinde. Zugleich konnte er aber gerade deshalb eine hohe Aufklärungsrate bei seinen Fällen vorweisen und genoss, wenn auch nicht die Freundschaft, so doch den Respekt der Kollegen – natürlich abgesehen von den Klünglern und Korrupten.

Es hatte gerade aufgehört zu regnen, und der Asphalt glitzerte. Die Via Solferino lag einladend vor ihm. Er atmete die feuchte, sauber duftende Luft tief ein, kehrte der Terrasse, dem Haus, der Einrichtung, den Kostbarkeiten und nicht zuletzt dem Gesicht des Oberstaatsanwalts fröhlich den Rücken zu, und zwar nicht nur metaphorisch, und machte sich auf den Weg.

Brera war eine angenehme Überraschung. Das Viertel wimmelte von lärmenden verrauchten Bars und Cafés, aus denen die Leute von Zeit zu Zeit aus Platz- oder Sauerstoffmangel herauszuquellen schienen, gleich darauf aber ungestüm wieder hineindrängten, auf noch ein Glas oder Gespräch.

Das Viertel hatte etwas Intimes, Dörfliches an sich. Es war Nacht, doch in manchen der kleinen Läden, die dicht an dicht nebeneinander lagen, boten beleuchtete Schaufenster noch bunte Frauenschuhe dar, seltsame Gegenstände, deren Funktion und Zweck sich Solara belustigt ausmalte, Gemälde ebenso wie Farben und Leinwände von Bildern, die noch geschaffen werden mussten. Andere Geschäfte hatten die Rollläden heruntergelassen, aber die erloschenen Leuchtreklamen verrieten, dass dort Brot, Milch, Käse und Gemüse verkauft wurde, sprechender Beweis dafür, dass dies hier ein intaktes Viertel war, wo man noch in letzter Minute die Treppe hinunterstürzen und Kaffee oder Zucker kaufen konnte.

Hier hätte er gern einen kleinen Unterschlupf für sich gefunden.

Tags darauf, im resignierten Montagmorgentreiben der Staatsanwaltschaft, beschloss Solara, dass es an der Zeit war, mit dem Ausfüllen der Karteikarten zu beginnen. Es handelte sich um eine Methode, die er während seiner ersten Ermittlung entwickelt hatte, aus Furcht, er könne ein Detail oder einen Zusammenhang übersehen. Sie hatte sich schon oft als nützlich erwiesen und war zur Gewohnheit geworden, ohne die er den Eindruck gehabt hätte, sich in einem Fall nicht zurechtzufinden, besonders in einer Ermittlung mit vielen Beteiligten wie dieser.

Eine simple Methode, die er inzwischen automatisch anwandte. Im Grunde tat er nichts weiter, als auf A5-Karteikarten alle Informationen und Eindrücke zu notieren, die er über die einzelnen in die Ermittlung einbezogenen Personen sammelte. Für jede dieser Personen legte er eine Karte an, sorgfältig per Hand mit seinem alten Füllfederhalter ausgefüllt, von dem er sich nie trennte.

Er begann mit der Karte für Luca Gentile Modotti, das Opfer, und war fast damit fertig, als der Amtsdiener ankündigte, eine Frau wolle ihn wegen des Mordes sprechen.

«In Ordnung, wer ist es?»

«Guglielmo oder Guglielmi hat sie gesagt, ich hab's nicht genau verstanden.»

«Guglielmini», mischte sich eine laute und gebieterische Stimme ein. Sie schien aus der Kehle einer wütenden Virago zu stammen, doch als der dazugehörige Mensch hinter dem Rücken des Amtsdieners zum Vorschein kam, sah Solara, dass sie einer hageren, stocksteifen, unter Strom stehenden Frau gehörte, die dreißig oder fünfzig sein konnte, in eine strenge Tracht aus Trenchcoat, Tweedjackett, Hose und Herrenschuhen gekleidet war und ihr Haar so kurz trug, dass es ihre unübersehbare Hakennase nicht im Geringsten tarnte.

Ihr Auftreten war ziemlich entschieden. Sie ging an dem Amtsdiener vorbei und nahm ohne Zögern auf dem Stuhl Platz, der Solara gegenüberstand.

«Mit wem habe ich das Vergnügen?», fragte der Staatsanwalt, nachdem er den Amtsdiener mit einem Kopfnicken hinausgeschickt hatte.

«Ich bin Margaret Guglielmini …»

«… die Agentin der Signora Caine?»

Die Tatsache, dass der Staatsanwalt bereits von ihr wusste, entlockte ihr ein zufriedenes Lächeln. Aber nicht lange.

«Ich bin gekommen, um Ihnen etwas über den Ehemann zu erzählen.»

«Alberto Rossi?»

«Genau. Ich weiß, dass Sie mit ihm gesprochen haben. Ich weiß auch, dass er Ihnen gesagt hat, er hätte sich nicht aus der Garderobe entfernt. Aber das war gelogen.»

«Erklären Sie mir das näher.»

«Er hat gelogen. Er hat sich eben doch entfernt, er hat die Garderobe verlassen und ist eine ganze Weile weggeblieben, und zufälligerweise genau zu der Zeit, als der künstlerische Leiter von der Galerie im sechsten Rang gestürzt ist.»

«Seine Ehefrau hat ihm nicht widersprochen.»

«Ehefrauen tun manchmal seltsame Dinge, und zwar aus den unterschiedlichsten Gründen.»

«Wollen Sie damit sagen, dass er der Mörder sein könnte?»

«Ich will damit sagen, dass er nicht das Alibi hat, das zu haben er behauptet. Die Kostümbildnerin war auch da, und zwar die ganze Zeit, sie musste Mary Rose ja helfen, das Kostüm anzulegen. Fragen Sie sie, hören Sie sich mal an, was sie dazu sagt.»

Solara musterte Margaret Gugliemini. Die Frau hegte sichtlich eine Rivalität oder einen Groll, aber das konnte durchaus sein Gutes haben.

«Alberto Rossi hat also kein Alibi, aber was für ein Motiv könnte er haben?»

Margaret Guglielmini brach in schrilles Gelächter aus.

«Dutzende. Dummheit vor allem, oder Eifersucht, Habgier.»

«Lassen wir die Dummheit mal beiseite.»

«Einverstanden. Eifersucht. Vor einiger Zeit hatte Mary Rose ein kurzes Verhältnis mit Gentile Modotti.»

«Ja, ich weiß.»

Die Frau hielt einen Augenblick den Atem an, als hätte eine Wespe sie gestochen, ging dann aber sofort wieder in die Offensive.

«Und wissen Sie auch, dass sie wieder mit ihm zusammenkam, als sie jetzt nach Mailand zurückkehrte?»

«Nein, das nicht.»

«Gut. Verstehen Sie, ich tadele sie keineswegs. Bei diesem Schwachkopf von Ehemann, den sie sich da angelacht hat … wissen Sie, was er getrieben hat, bevor er sie kennen lernte? Er war Personal Trainer, wie das heute heißt. Im Grunde hat er sie nur zwei, drei alberne Gymnastikübungen machen lassen, die man in jeder Frauenzeitschrift findet, und schon hatte sich die Ärmste in seine zuckenden Muskeln verknallt, kann das denn wahr sein?»

Offenbar ja, dachte Solara, aber er sagte es nicht.

«Und eifersüchtig ist er auch, supereifersüchtig sogar, aber nicht, weil er sie liebt, das ist ausgeschlossen. Er ist eifersüchtig, weil er Angst hat. Und wissen Sie, wovor er Angst hat?»

«Sagen Sie es mir.»

«Dass Mary Rose ihn leid wird, was sich zum Glück auch abzuzeichnen beginnt, dass sie ihn verlässt und dass sie dann …», hier machte sie eine effektvolle Pause, begleitet von einem boshaften Lächeln, «… und dass sie dann ihr Testament ändert.»

«Wird er denn darin bedacht?»

«Er ist praktisch Alleinerbe, und ich versichere Ihnen, dass es hier nicht um Kleingeld geht. Aber nicht mehr lange, Sie werden sehen. Mary Rose ist nicht dumm, ich habe sie davon überzeugt, es zu ändern. Sobald wir wieder in

London sind, hat sie gesagt. Ich habe bereits einen Termin beim Notar vereinbart.»

«Und weiß der Ehemann das?»

Margaret Guglielmini riss die Augen auf.

«Ich hoffe sehr, dass er es nicht weiß, obwohl er ja gern an Türen lauscht. Auf alle Fälle unterhalte ich mich mit Mary Rose nur in Englisch. Dann versteht Alberto nichts und ärgert sich außerdem schwarz. Na ja, wo er ja kaum Italienisch kann …»

Sie strich die Rockaufschläge zurecht, zufrieden, dass sie die Katze aus dem Sack gelassen hatte.

«Haben Sie noch weitere Informationen für mich, Signora Guglielmini?»

«Signorina, bitte. Nein, ich glaube nicht. Aber falls Sie Fragen haben …»

«Nur eine. Wissen Sie, wer die Nutznießer des früheren Testaments der Signora Caine waren? Vorausgesetzt natürlich, sie hatte eins gemacht.»

Margaret Guglielmini rutschte auf dem Stuhl hin und her, ihr Gesichtsausdruck war jetzt härter, herausfordernd.

«Ein Altersheim für Opernsänger, ein entfernter Vetter, der am Konservatorium studiert, verschiedene wohltätige Vereine, ein bisschen Geld für das Hauspersonal und ein bisschen Geld für mich. Ja, auch für mich, und zwar zu Recht, schließlich berate ich sie seit zwanzig Jahren!»

«In welcher Höhe?»

«Beträchtlich, wenn Sie es genau wissen wollen, aber das hat nichts mit der Tatsache zu tun, dass Alberto ein falsches Alibi hat. Das eine hat mit dem anderen nicht das Geringste zu tun.»

«Aber sicher, das ist mir klar. Ich danke Ihnen für Ihre Aussage, Signora. Pardon, Signorina.»

Er nahm die Brille ab, um sie zu putzen. Margaret Guglielmini verstand die Geste, wie sie gemeint war, als Abschied, und ging zur Tür. Auch mit seinem unscharfen Kurzsichtigenblick bemerkte der Staatsanwalt, dass ihr Gang, wenn möglich, noch steifer war als zuvor.

Er hatte gerade die Karteikarte für den Sopran samt Ehemann ausgefüllt, als ein Anruf von Guidetti ihn unterbrach. Offenbar war der Kommissar ein Frühaufsteher, denn er hatte bereits einen Besuch in der Scala hinter sich. Ein paar Nachfragen bei den Kolleginnen von Domiziana Folego hatten ergeben, dass die Tänzerin zwar tatsächlich nicht liiert war, für den künstlerischen Leiter aber Knall auf Fall und ohne erkennbare Skrupel einen Bariton aus dem Chor der Scala verlassen hatte, der die Sache gar nicht gut aufgenommen hatte. Rodolfo Biagetti, so der Name des Verlassenen, war außer sich gewesen, er hatte sie vor versammeltem Ballettkorps beschimpft, hatte versucht sie zu schlagen, das allerdings ohne Zeugen. Das letzte Wort in dieser Angelegenheit sei noch nicht gesprochen, hatte er gesagt und ihr so nachgestellt, dass sie sich neue Nummern für Telefon und Handy hatte zulegen müssen, es verging keine Nacht, in der er nicht vor ihrem Haus herumlungerte, sie über die Klingelanlage nervte und ihr wie ein billiger Privatdetektiv folgte, wohin sie auch ging.

Rodolfo Biagetti, den Guidetti bereits verhört hatte, war zur Tatzeit im Theater und sagte aus, die Sammelgarderobe der Chorsänger nicht verlassen zu haben, in dem sich zu der Zeit gut ein Dutzend Sänger umzogen. Der Kommissar wollte sie im Lauf des Vormittags einen nach dem anderen befragen und Bericht erstatten. Seines Wissens herrschte aber zur fraglichen Zeit in dem großen, übervollen Raum, wo das Lampenfieber grassierte und alle damit beschäftigt waren, sich umzuziehen und zu schminken, ein solches

Durcheinander, dass es ein Wunder gewesen wäre, wenn jemand auf Biagetti geachtet hätte.

Guidetti hatte auch dem Ehemann der Geigerin ein paar Fragen gestellt, dem misstrauischen und wachsamen Bühnenmeister, der einsilbig geantwortet hatte und jedenfalls auch ohne Alibi war. Getreu der Dienstanweisung überließ der Kommissar das eigentliche Verhör dem Staatsanwalt.

Unterdessen war es halb zwölf geworden, und der Vorsitzende des Vereins Milano per La Scala war noch nicht erschienen. Solara wurde nervös. Er hatte weder die Absicht, eine Szene zu machen, noch sich wartend antreffen zu lassen, als stünde es in Rovetta Valesis Gutdünken, wann er kam und ging. Das wäre ein unverzeihlicher Fehler gewesen. Er sagte dem Amtsdiener, er solle Rovetta Valesi, sobald er eintreffe, in seinem Büro einen Platz anbieten, und verließ das Gebäude, um einen Kaffee zu trinken und ein wenig frische Luft zu schnappen.

Der Kaffee war gut. Die Luft hatte sich trotz des Regens vom Vortag wieder mit Smog voll gesogen. Solara flüchtete sich in eine Buchhandlung, einfach so, um ein paar Bücher durchzublättern und Zeit verstreichen zu lassen. Schließlich kaufte er ein Buch, das, wie ihm später schmerzlich bewusst wurde, Marta ihm empfohlen hatte, und kehrte ins Büro zurück. Rovetta Valesi sei nun da, berichtete der Amtsdiener, er warte schon über zwanzig Minuten.

«Entschuldigen Sie die Verspätung», begrüßte Solara ihn, zufrieden, dass er ihn hatte warten lassen. «Ich stehe ganz zu Ihrer Verfügung.»

Der andere wand sich auf dem Stuhl, als würde er gleich losplatzen. Und wirklich, er platzte los.

«Gestern, bei Antonio, wollte ich nicht herumdiskutieren, da ich dort zu Gast war, aber ich versichere Ihnen, dass ich wirklich nicht verstehe, wie Sie …»

«Am Tag der Generalprobe», unterbrach Solara ihn wenig liebenswürdig, «hatten Sie da zufällig einen Streit mit Luca Gentile Modotti? Einen so heftigen Streit, dass Sie ihm sogar mit dem Tod drohten?»

Rovetta Valesi erstarrte, er riss die Augen auf und verharrte in dieser Stellung so lange, wie sein Blut brauchte, um rasch aus seinem Gesicht heraus- und wieder hineinzufließen, Letzteres jedoch viel, viel langsamer. Erst dann vermochte er seine Lider wieder zu benutzen. Das Schweigen von Solara, der ihn mit der Aufmerksamkeit eines Forschers am Mikroskop beobachtete, erleichterte ihm diesen Vorgang nicht im Geringsten.

«Ja», seufzte Rovetta Valesi schließlich. «Eine unerfreuliche Geschichte, für die ich mich zutiefst schäme. Normalerweise gerate ich nicht derartig außer Fassung, vor allem nicht gegenüber Freunden. Wie haben Sie überhaupt davon erfahren?»

«Soweit ich weiß, waren Sie gar nicht so gut befreundet», entgegnete Solara, ohne sich die Mühe zu machen, auf die Frage zu antworten.

«Doch, waren wir, zumindest so lange, wie unsere Frauen sich nicht eingemischt haben.»

«Ihre Frauen?»

«Ich müsste eigentlich sagen: meine Frau. Gestern haben Sie sie kennen gelernt. Erinnern Sie sich?»

«Natürlich.»

«Dann werden Sie verstehen, was ich Ihnen jetzt erzähle», seufzte Rovetta Valesi. «Also, Sie müssen wissen, dass Benedetta, Lucas Frau oder besser gesagt Witwe, eine Kunstgalerie in Brera hat. Sie stellt neue amerikanische Avantgardisten aus, abstrakte Malerei und solche Sachen.

Ich gebe zu, dass ich von dieser Art Malerei nichts verstehe. Aber sie versteht was davon, nach allem, was ich so höre, und die Galerie läuft sehr gut. Vielleicht ist das der Grund, weshalb meine Frau, die leider nichts anderes kann, als Kleider aussuchen und hervorragend Konversation machen, sie schon immer verabscheut hat. So sehr, dass sie auf einer Vernissage der Versuchung nicht widerstehen konnte, allen Stil, auf den sie sonst so stolz ist, über Bord zu werfen und jedem gegenüber, der es hören wollte, Werke und Künstler herunterzumachen.»

«Aha.»

«Benedetta war gekränkt, zu Recht, und hat sich bei ihrem Mann beklagt, der sich wiederum bei mir beklagt hat … ich erspare Ihnen die Details. Tatsache ist, dass darüber die Freundschaft in die Brüche gegangen ist, denn obwohl er sie betrog, betete Luca Benedetta an, er hörte auf sie und ertrug es nicht, wenn jemand ihr Leid antat. Und meine Frau wollte sich partout nicht entschuldigen, sosehr ich sie auch drängte. Obwohl wir also, jeder für sich, alles taten, um es abzuwenden, wurde aus unserer Freundschaft unmerklich erst Unverständnis und dann Bitterkeit, und Luca und ich stritten uns plötzlich über alles, oder fast alles.»

«Am Abend der Generalprobe insbesondere über Mary Rose Caine.»

«Da hatte ich Recht!», wurde Rovetta Valesi wieder munter. «Luca pflegte den Menschen, die ihm auf die eine oder andere Weise nahe gewesen waren, wohl gesinnt zu bleiben. Er war sentimental, wohl auch gutherzig, und meiner Meinung nach hat er die Caine nur deshalb engagiert. Haben Sie sie in letzter Zeit einmal singen hören?»

«Nein.»

«Sie ist nicht mehr die Alte. Sie ist nicht mehr gut genug für die Violetta. Diese Rolle ist wahnsinnig schwer, der Sopran steht praktisch die ganze Zeit auf der Bühne, die Caine schafft das nicht, glauben Sie mir.»

«Sie hingegen haben Liliana Capua für diese Rolle vorgeschlagen.»

Rovetta Valesi schluckte.

«Wie ich sehe, sind Sie gut informiert.»

«Ich bemühe mich.»

«Liliana, Liliana Capua meine ich, ist eine sehr viel versprechende junge Sängerin, sie hat sogar schon Preise gewonnen.»

«Unbedeutende, wie man mir sagt.»

«Unbedeutende, einverstanden.»

«Und sie ist Ihr Schützling.»

«Ja, sie ist mein Schützling, und eine gute Freundin dazu. Haben Sie keine Freunde, Herr Staatsanwalt? Auch wenn sie eine Freundin ist, sie ist trotzdem gut, jung und mit dem richtigen Temperament für die Violetta ausgestattet. Die Scala muss sich erneuern, glauben Sie mir, sie muss neue Stimmen bringen, auch mal etwas riskieren. Die Caine ist schon seit einigen Jahren auf dem absteigenden Ast. Letzte Saison ist sie in Covent Garden sogar ausgepfiffen worden. Ausgepfiffen, verstehen Sie? Also hatte ich Recht und habe es noch immer. Ich zittere bei dem Gedanken an die Aufführung. Allerdings ...»

«Ja?»

«Allerdings rechtfertigt das nicht die Tatsache, dass ich mich auf so ordinäre Weise gegenüber Luca habe gehen lassen. Deshalb bin ich am Tag der Premiere schon früh ins Theater gegangen, um mich bei ihm zu entschuldigen. Da er nicht in seinem Büro war, habe ich nach ihm gefragt, und jemand, wohl eine Platzanweiserin, hat mir gesagt, sie habe ihn die Treppe zu den Logen hinaufgehen sehen. Ich habe mich auf den Weg gemacht, ihn zu suchen ...»

«Wollen Sie damit sagen, Sie waren …»

«Ja, ich war praktisch da, als es passiert ist. Am Tatort. Ich ging gerade die Treppe zum dritten Rang hinauf, als ich den Schrei hörte. Es war eine Frage von Sekunden. Wäre ich nur einen Augenblick früher oben gewesen, wäre Luca noch am Leben. Ich kann es immer noch nicht fassen … Haben Sie schon mal darüber nachgedacht? Manchmal entscheidet ein Augenblick, ein banaler Zufall, eine Ampel, die grün ist und nicht rot, ein Anruf, der einen ein paar Minuten aufhält, darüber, dass alles einen anderen Verlauf nimmt, ob man weiterlebt oder stirbt … Manchmal denke ich …»

Natürlich hatte Solara schon mal darüber nachgedacht, wie wohl jeder Mensch. Aber er hatte keinerlei Lust auf unnütze Philosophiererei, schon gar nicht mit Rovetta Valesi.

«Haben Sie etwas Verdächtiges gesehen?», unterbrach er ihn schroff.

Rovetta Valesi zuckte zusammen.

«Nein … nein.»

«Dann darf ich einmal zusammenfassen: Sie haben ihn mit dem Tod bedroht, waren zur Tatzeit am Tatort, haben kein Alibi, aber getötet haben Sie ihn natürlich nicht.»

«Natürlich nicht.»

Demetrio Boldini hatte einen vollkommen normalen Sonntag verbracht, den er ganz dem Abstauben seiner unzähligen Sammelstücke widmete. So eifersüchtig wachte er darüber, dass er der Putzfrau verboten hatte, sie zu berühren oder auch nur den Blick darauf ruhen zu lassen. Schon als kleiner Junge hatte er die seltsame Manie entwickelt, Dinge zu sammeln, als bräuchte er eine gute Ausrede oder einen Zweck, der dem Kaufwahn, der ihn häufig überfiel, zumindest teilweise Sinn und Rechtfertigung geben konnte. Eine kleine Frustration, ein kurzer Moment düsterer Stimmung, schon lief er durch die Geschäfte auf der Suche nach einem Gegenstand, der ihn verzückte. Manchmal musste er auch nur fröhlich und zufrieden sein, damit der Besitz eines Gegenstands ihm als unerlässlich für das Ausleben seiner Fröhlichkeit erschien.

Aus diesem Grund hatte sich seine schöne Wohnung, in der alles weiß und elegant war, mit kleinen und großen Glasvitrinen gefüllt, die er eigens von einem Handwerker in Bergamo anfertigen ließ und die er bis oben hin mit seinen geliebten Gegenständen voll stopfte. Der Effekt war ungewöhnlich und verlieh der Wohnung einen Anstrich von Originalität, auf die Boldini sehr stolz war.

Er musste nicht aufs Geld achten. Erstens lebte er allein und war niemandem Rechenschaft schuldig, zweitens war er bei einem reichen Onkel aufgewachsen, der ihm sein ganzes Vermögen vermacht hatte, als er starb. Boldinis Gehalt allein hätte gewiss nicht ausgereicht, all seine kostspieligen Bedürfnisse zu erfüllen, doch so konnte er immer weiter Gegenstand auf Gegenstand anhäufen, fast als wollte er sich auf diese Weise mit einer Lebensfülle umgeben, die er in seinem Innern nur selten spürte.

Die Sonntage, die er damit verbrachte, seine Besitztümer zu genießen, erfüllten ihn gewöhnlich mit großer Befriedigung, aber der gestrige Sonntag war von dem sehnsüchtigen Wunsch überschattet, es möge doch schon Montag sein. Am Montag käme nämlich aller Wahrscheinlichkeit nach Solara wieder in die Scala. Eigenartig, aber bei der Ermittlung dabei zu sein, faszinierte Boldini, und er fand es aufregend, an der Seite des Staatsanwalts oder jedenfalls in seiner Nähe zu sein, während dieser versuchte, den Mörder aufzuspüren.

Doch der Montagvormittag war nun fast schon vorbei, ohne dass der Staatsanwalt sich hatte blicken lassen. Boldini, dessen einzige Beschäftigung zurzeit darin bestand, sich zu Solaras Verfügung zu halten, erwartete daher ein zäher langweiliger Tag. Fast wütend vor Neid beobachtete er seine Kollegen von der Pressestelle, die mit Journalisten aus aller Welt zu tun hatten, und um sich abzulenken, las er wieder und wieder die Zeitungen. Alle berichteten über den Mord und die Ermittlung, und alle vertraten die Ansicht, dass die Premiere zur Eröffnung der neuen Spielzeit unzweifelhaft wie angekündigt am folgenden Tag stattfinden würde, Dienstag also. Unterdessen verging die Zeit, und nichts passierte. Dann endlich klingelte das Telefon.

Aus zwei Gründen beschloss der Staatsanwalt, die Kostümbildnerin der Caine und den Bühnenmeister nicht vorzuladen, sondern sie in der Scala zu vernehmen. Der erste Grund war edel, falls man diesen Ausdruck überhaupt noch benutzen darf, und entsprang dem Wunsch, das der Geigerin gegebene Versprechen zu halten und zu vermeiden, dass ihr Mann von dem Ehebruch Wind bekam. Immer vorausgesetzt, dass er es nicht schon wusste und Luca Gentile Modotti gerade deswegen getötet hatte. Ein paar Fragen an seinem Arbeitsplatz in der Scala gestellt, so überlegte der Staatsanwalt, hätten weniger den Ruch des Offiziellen als eine Vorladung und würden die Dinge genauso gut klären. Zumindest hoffte er das.

Der andere Grund war seine gewachsene Neugier auf das Theater selbst. Sicher, er hatte die Bühne bereits gesehen, und auch die Logen und die Galerie. Er war in den Büros gewesen. In ihm war ein vages Interesse aufgekeimt, eine Aufführung zu sehen, doch am meisten wünschte er sich, den Mechanismus von innen zu sehen. Was, wer ließ es funktionieren, und wie? Sich vorzustellen, was eine Kostümbildnerin machte, fiel ihm nicht schwer, dennoch hatte er Lust, hinzugehen und einen Blick auf ihre Arbeitsumgebung zu werfen. Aber was zum Teufel machte zum Beispiel ein Bühnenmeister?

Im Rahmen der Ermittlung hatte er das Recht, jederzeit in die Scala zu gehen, und darüber hinaus hatte man ihm – auf den ersten Blick aus Höflichkeit, aber eigentlich ja doch wohl, damit er die normale Theaterroutine nicht allzu sehr durcheinander brachte – den dienstbeflissenen Demetrio Boldini an die Seite gegeben. Angesichts des Stands der Ermittlung wäre es eine Dummheit gewesen, das nicht auszunutzen.

Lächelnd, höflich und untadelig wie immer erklärte sich der Mitarbeiter der Pressestelle glücklich, ihn zu begleiten, wohin er wolle, und erwartete ihn schon tatendurstig vor dem Bühneneingang in der Via Filodrammatici. Von dort führte er Solara durch einen Gang und über einige Stufen in einen geschlossenen Hof voller parkender Autos, von dem graue Metalltreppen abgingen, die wie Feuerleitern in einem amerikanischen Film aussahen und Gott weiß wohin führten. Dies, versäumte Boldini nicht zu erklären, sei der kürzeste Weg, und im Theaterslang werde er der «Hofweg» genannt. Dann betraten sie durch eine Seitentür das Theater und liefen durch ein Gewirr von Fluren, Treppen und Durchgängen, die nur wenig mit der Pracht der für das Publikum bestimmten Bereiche gemeinsam hatten. Cremefarbene, an manchen Stellen abblätternde Wände, Kisten voller Gerümpel in jeder Ecke … Das alles erinnerte weniger an die Hinterbühne eines Theaters als vielmehr an eine verstaubte alte Firma, wo das einzig Moderne die Automaten für Heiß- und Kaltgetränke waren.

Boldini kannte alle, grüßte alle, lächelte allen zu.

Sie stiegen weitere Treppen hinauf und liefen durch weitere Flure, bis Solara am Ende eines Flurs begriff, dass sie in der Schneiderei gelandet sein mussten.

Kleiderstangen voller Kostüme in allen möglichen Formen und Farben standen rechts und links an den Wänden und ließen nur einen schmalen Durchgang frei. Es war unmöglich, zur Schneiderei zu gelangen, ohne an den Kleidern entlangzustreifen.

Solara berührte Samt, Brokat, Flor, Seide, Taft, Organdy, Musselin, Perkal, Damast, Lamé, Atlas, Filz, Tüll, Flanell, Kaschmir, Pikee, Krepp, Gaze, Sackleinen und Crêpe Georgette.

Auch wenn er höchstens zwei oder drei hätte benennen können, erfüllte ihn der Kontakt mit all diesen Stoffen, die stete und immer wieder andere Liebkosung seines Handrückens, mit einem seltsamen Wohlgefühl, was ihn doch ein wenig überraschte.

Anita Patarella, ältlich, blond, rund und rosig, empfing den Staatsanwalt glücklich und befangen wie eine Hausherrin einen illustren Gast.

«Warum bemühen Sie sich denn hierher, Dottore, ich hätte doch zu Ihnen kommen können, setzen Sie sich doch, bitte setzen Sie sich.»

Solara hätte es ja gern getan, aber worauf? In der Mitte des großen Raums, dessen Wände bis an die Decke mit Regalen voller hunderterlei bunter Stoffe zugestellt waren, standen zwei riesige Schneidertische, große Kisten mit allen möglichen Stoffschnipseln, und überall hingen Kostüme. Ein Stuhl war nirgends zu sehen.

«Ich kann ganz gut stehen, danke.»

Anita Patarella errötete, wie auf frischer Tat ertappt, und holte unter einem der Tische einen Hocker hervor.

«Bitte, setzen Sie sich», sagte sie noch einmal. Sie selbst blieb verlegen stehen, ihre Hände spielten mit dem gelbweißen Maßband, das ihr um den Hals hing. Boldini nahm eine Pose des 19. Jahrhunderts ein: gegen den Türpfosten gelehnt und elegant ein Bein vor dem anderen gekreuzt.

Nicht die besten Bedingungen, um einen Zeugen zu vernehmen, aber Solara hatte es ja so gewollt, also schickte er sich drein.

«Nur ein paar Fragen.»

«Ich bin bereit.»

«Sie waren doch in der Garderobe der Signora Caine, als der künstlerische Leiter ermordet wurde, oder?»

Der Gedanke an den Tod Gentile Modottis, den Anita Patarella in der Aufregung um den Besuch des Staatsanwalts vergessen hatte, machte sie schlagartig traurig.

«Der arme Maestro, er war so höflich … er kam häufig hierher, um die Kostüme zu begutachten, obwohl das gar nicht seine Aufgabe war, und hatte immer ein gutes Wort, eine Aufmunterung parat. Ein wahrer Signore. Menschen wie ihn gibt es nicht viele, wissen Sie? Wirklich, die besten gehen immer zuerst …», fügte sie hinzu und trocknete mit dem Zipfel ihres weißen Kittels eine Träne.

Solara nutzte dies, um seine Frage zu wiederholen.

«Ja, sicher war ich in der Garderobe», bestätigte Signora Patarella. «Die Caine macht immer einen großen Aufstand um die Kostüme … Während der Anproben hält sie den Atem an, weil sie ja bald abnehmen wird, wie sie sagt, und wenn das Kostüm dann fertig ist, beschwert sie sich, weil es so eng ist, dass sie nicht atmen, geschweige denn singen kann, und gibt mir die Schuld. Also muss ich dauernd um sie sein, muss es hier enger und dort weiter machen, obwohl», gestand sie mit einem schelmischen Lächeln, «so eng, wie sie möchte, mache ich es nie. Ich weiß genau, wie der Hase läuft, zumal sie sich die ganze Zeit mit Pralinen voll stopft. Wissen Sie, was ich gelesen habe?»

«Worüber?», erwiderte Solara und fand sich mit dem Wortschwall ab, der da über ihn erging.

«Über Pralinen. Wer viel davon isst, der hat Liebeskummer, habe ich gelesen. Schokolade enthält nämlich Sero… Seroto… ich weiß nicht mehr. Jedenfalls eine Substanz, die die Nerven beruhigt. Was denken Sie darüber?»

Solara dachte, dass Schokolade wohl das Einzige war, worauf er Heißhunger entwickeln konnte, aber er weigerte sich, einen Zusammenhang mit seiner unglücklichen Liebe zu Marta herzustellen.

Aber die Patarella erwartete sowieso keine Antwort, denn sie redete weiter wie ein Maschinengewehr.

«Ich glaube, dass das stimmt. Meine Cousine, die hat Probleme mit ihrem Mann, und die tut auch nichts anderes als Schokolade essen. Ganze Tafeln verschlingt sie, Zartbitter, um genau zu sein, und ihre Ehe ist bestimmt längst nicht so unglücklich wie die der Caine … Ich frage mich immer, wie eine Signora wie sie so einen Trottel heiraten konnte. Oh, entschuldigen Sie bitte …»

Das Wort war ihr einfach herausgerutscht, sie errötete vor Verlegenheit und verstummte. In diese Sendepause stieß Solara.

«Nach ihm wollte ich Sie fragen. Ist er die ganze Zeit in der Garderobe geblieben, während seine Frau sich vorbereitete?»

Die Kostümbildnerin riss die Augen auf.

«Soll ich bezeugen, ob er ein Alibi hat? Heißt das, Sie verdächtigen ihn, Gentile Modotti getötet zu haben? Aber warum? Aus Eifersucht, nicht wahr? Gut, er …»

Solara hatte langsam die Nase voll. Schließlich wollte er nur eine Antwort auf seine Frage.

«War er die ganze Zeit in der Garderobe, ja oder nein?», wiederholte er in einem Ton, der nichts Plauderndes mehr an sich hatte. Die Patarella begriff sofort, dass das angenehme Intermezzo mit diesem so freundlichen Staatsanwalt gleich ein Ende haben konnte.

«Lassen Sie mich einen Augenblick überlegen.»

Sie schloss die Augen und konzentrierte sich. Solara blickte genervt zu Boldini, der mitfühlend die Brauen hob.

«Nein.»

«Was, nein?»

«Er war nicht die ganze Zeit in der Garderobe. Irgendwann, als die Signora ein bisschen entspannter war, weil ich ihr zwei Falten aus dem Oberteil getrennt hatte … wissen Sie, das sind Kostüme aus dem 19. Jahrhundert, als die Frauen noch Korsetts trugen, ganz eng in der Taille … Jedenfalls, wie gesagt, irgendwann habe ich ihn nicht mehr gesehen. Aber danach war er wieder da, daran erinnere ich mich. Warum fragen Sie nicht Margaret Guglielmini? Sie war auch in der Garderobe. Sie ist die ganze Zeit dageblieben. Wie denn auch? Sie hängt ja immer wie eine Klette an der Caine. Wenn Sie mich fragen …»

«Und Sie erinnern sich nicht, wie viel Uhr genau es war und wie lange er fortgeblieben ist?», unterbrach Solara sie.

Die Patarella schüttelte den Kopf und machte ein Gesicht, als spräche sie mit jemandem, der nicht die leiseste Ahnung davon hat, wie die Dinge wirklich stehen.

«Herr Staatsanwalt, Sie können sich gar nicht vorstellen, wie aufgeregt Sängerinnen vor einer Premiere sind … und die Caine ist die aufgeregteste von allen. Wenn man nicht aufpasst, überträgt sich die Aufregung auf einen selbst. Davor kann man sich nur schützen, indem man sich auf die Arbeit konzentriert. In dem Moment dachte ich nur daran, ihr Kostüm weiterzumachen.»

«Verstehe. Aber ist Ihnen nichts Merkwürdiges aufgefallen, als er zurückkam? War er aufgeregt? Nervös?»

«Ihr Ehemann? Der ist immer nervös, Herr Staatsanwalt. Immer.»

«Wie viele Kostüme haben Sie hier eigentlich?» Solara musste die Frage einfach loswerden, als er und Boldini durch den voll gestopften Flur zurückgingen.

«Unendlich viele. Aber das hier sind längst noch nicht alle. Wir haben auch welche in Pero.»

«Pero?»

«Ja, das ist ein kleines Dorf bei Mailand, irgendwo im Westen, glaube ich. Ich kann es nicht genau sagen, ich war noch nie da, aber in diesen Lagern liegt ein wahrer Schatz … Wussten Sie, dass bei einer Inszenierung die Schneiderei mit die meisten Kosten verursacht?»

«Tatsächlich? Und woran liegt das?»

«Weil jedes einzelne Kostüm hausgemacht ist, wie wir hier sagen, und handgemacht obendrein, aus manchmal sehr kostbaren Stoffen und vor allem mit einem handwerklichen Können, das heute nur noch wenige haben. Die Handwerker der Scala gehören zu den besten überhaupt, das können Sie mir glauben. Natürlich bewahren wir auch die historischen Kostüme auf, die authentischen. Manchmal wird eines wieder verwendet … Wunderbare Stücke. Sie haben bestimmt das eine oder andere im Museum gesehen.»

«In welchem Museum?»

«Dem Theatermuseum, gleich nebenan. Sehr interessant, gehen Sie mal hin. Dort hängt ein Kostüm, das Gina Cigna als *Turandot* getragen hat, ein echtes Prachtstück, das allein schon den Besuch lohnt. Und jetzt? Darf ich Ihnen einen Kaffee anbieten, oder wollen Sie gleich mit Ossola sprechen?»

Ein Kaffee klang verlockend, aber dann sagte Solara sich,

dass ein Aufschub seine Aufgabe sicher nicht erleichtern würde, im Gegenteil.

«Auf den Kaffee müssen wir wohl verzichten, vielmehr ich, denn ich muss Ihnen leider sagen …»

«… dass es besser wäre, wenn ich nicht dabei wäre.»

«Genau.»

Nach immer neuen Gängen und Treppen standen Boldini und Solara plötzlich mitten auf der Bühne, in einem Festsaal des 19. Jahrhunderts. Wände oder vielmehr Kulissen mit Seidentapeten und Gobelins, Tische mit Spitzendecken und Kristallgläsern, Perserteppiche, zerbrechlich anmutende Hocker, die mit rotem Damast bezogen waren, und Sessel mit vergoldeten Lehnen …

«Beeindruckend, was? Diese *Traviata*-Inszenierung folgt dem Credo Luchino Viscontis und ist originalgetreu bis ins Detail. Wussten Sie, dass Visconti verlangte, dass in den Schränken – die, wohlgemerkt, während der Aufführung nie geöffnet wurden – wirklich Kleider hängen? Er sagte, das gebe der Inszenierung eine Authentizität, die anders nicht zu erreichen wäre.»

Eine seltsame Idee, dachte Solara, aber plausibel. Sie gefiel ihm, vielleicht weil auch er seriöse Arbeit und authentische Dinge mochte.

«Ich gehe Ossola für Sie suchen, ich habe keinen Schimmer, wo er sich herumtreibt. Würden Sie wohl hier auf mich warten? Setzen Sie sich ruhig, wenn Sie möchten.»

«Auf einen dieser Sessel?»

«Warum nicht? Sie sind stabil.»

Allein stand er mitten auf der Bühne, in Violettas Festsaal, vor sich den Zuschauerraum. Im Nu hatte ihn das Theater in seinen Bann geschlagen.

Er stellte sich Parkett, Logen und Ränge voller Leute vor, stellte sich vor, wie die Lichter im Saal erloschen und nur ein Scheinwerferstrahl auf ihn gerichtet war. Er stellte sich vor, er wäre der Tenor und müsste singen. Ein herrlicher, beeindruckender Zauber durchflutete ihn.

Von diesem Augenblick an, für den Rest seines Lebens, hegte er die tiefe Überzeugung, dass wahre Künstler vom Schicksal begünstigte, unbedingt aber mit draufgängerischem Mut ausgestattete Menschen sein mussten.

«Sie wollten mich sprechen?»

Eine leise tiefe Stimme zerstörte den Zauber. Solara drehte sich abrupt um und stand einem untersetzten dunklen Mann mit Stiernacken, kräftigen Händen und festem Blick gegenüber.

«Ja, vorausgesetzt, Sie sind ...»

«Nanni Ossola, freut mich.»

Er streckte die Hand aus und stellte sich mit dieser spontanen Geste auf eine Stufe mit dem Staatsanwalt, dem nichts anderes übrig blieb, als die dargebotene Hand zu schütteln und sich seinerseits vorzustellen.

«Ich wollte Ihnen ein paar Fragen stellen.»

Ossola sah sich um. Im Parkett war niemand zu sehen, und auf der Bühne befand sich außer ihnen beiden kein Mensch. Trotzdem schien er sich hier nicht wohl zu fühlen.

«Hier?»

«Ich würde auch einen abgeschiedenen Ort bevorzugen.»

«Gut, dann folgen Sie mir.»

Sie gingen hinter die Kulissen der *Traviata*, wo die Bühne sich zu einem riesigen Raum mit zahllosen schweren Trägern an der Decke weitete, von denen wie riesige Akten in einer riesigen Hängeregistratur gewaltige Bühnenhintergründe herabhingen.

«Können wir da sicher drunter durchlaufen?», fragte Solara bang.

«Todsicher. Der Schnürboden könnte jede Last halten.»

«Schnürboden?»

«Die Tragkonstruktion», erwiderte Ossola, der offenbar nicht viele Worte machte. «Die Dinger da oben mit den Seilen und Flaschenzügen. Nennt sich Schnürboden.»

«Und was ist das da?», fragte Solara, als sie an einer Ausschachtung vorbeigingen, die sich als Theater im Kleinen entpuppte.

«Die Piccola Scala, eine Kammerbühne», antwortete Ossola, der unfreiwillig zum Fremdenführer mutiert war. «Hatte sechshundert Plätze, bis 1984. Wurde dann aus Sicherheitsgründen geschlossen.»

«Schade», entgegnete der Staatsanwalt und wollte stehen bleiben, um dieses kleine, verlassen daliegende Juwel zu betrachten.

Aber Nanni Ossola war bereits in den Flur hinter der Bühne eingebogen, der sich als endlos langer Lagerort für Holzkisten mit der Aufschrift Japan, London oder New York entpuppte.

«Ist es Ihnen hier recht?»

«Sehr recht.»

Wie zwei Möbelpacker zur Frühstückspause setzten sie sich einander gegenüber auf zwei gleichartige Kisten. Solara fragte sich, wo er beginnen sollte, als Ossolas Gesicht sich plötzlich verzerrte. Er beugte sich nach vorn und presste die Knie fest um die Hände. So verharrte er einen Augenblick lang, dann hob er entschlossen den Blick.

«Ich habe ihn nicht getötet. Ich würde nie jemanden töten. Und außerdem war die Geschichte mit Caterina schon vorbei.»

Solara hielt die Luft an.

«Sie wussten also Bescheid.»

«Wenn einem Ehemann etwas an seiner Frau liegt, dann merkt er, wenn was los ist. Dann weiß er auch, wann er so tun muss, als ob nichts wäre.»

Solara musste an Martas Mann denken. Hatte er etwas gemerkt? Hatte auch er so getan, als ob nichts wäre? Aber warum?

«Warum?», fragte er.

«Weil ich sehen musste, ob sie zu mir zurückkehrt. Ob sie mich wählt. Aus freien Stücken. Schauen Sie», fuhr er fort, obwohl es ihn zunehmend Mühe kostete, «ich sehe mich, wie ich bin. Ein Bär. Weder faszinierend noch gebildet und auch nicht besonders amüsant. Gentile Modotti dagegen, der war … also, er hatte alles, was ich nicht habe. Ich verstehe, wie Caterina … und ich weiß, dass es für sie auch nicht leicht war. Ich habe gesehen, dass sie trotz allem gelitten hat. Caterina ist nicht der Typ für Heimlichkeiten. Sie hat immer versucht, mich nicht zu verletzen, und sie hat mich nie gedemütigt, nie. Und am Ende …»

«… ist sie zu Ihnen zurückgekommen.»

«Ja», sagte der Mann stolz. «Und ohne dass ich jemals etwas gesagt hätte. Sie ahnt nicht mal, dass ich Bescheid weiß. Sie ist nicht aus Angst oder Mitleid zu mir zurückgekommen. Sie ist zurückgekommen, weil sie mich gewählt hat. Weil sie mich liebt. So, wie ich bin. Begreifen Sie?»

Ja, Solara begriff … und vor allem begriff er wieder einmal, dass seine Arbeit ihm das manchmal schwierige, manchmal peinliche Privileg verlieh, rücksichtslos in den intimsten Beweggründen der Menschen zu stöbern, und ihn jeden Tag mit neuer Erfahrung und Demut bereicherte. Sie ließ ihn begreifen, dass der Mensch im Guten wie im Bösen häufig unvorhersehbar war, immer für eine Überraschung gut und in jedem Fall verdammt «menschlich».

5

Wie dumm von ihm. Wieso hatte er nicht früher daran gedacht? Er hatte sich den Stadtplan von Mailand eingeprägt und übersehen, dass sich seine Residence ganz in der Nähe des Castello Sforzesco befand. Und siehe da, die Festung lag mitten in einer schönen Grünanlage, ein richtiger Rundkurs, wo er joggen konnte. Auf Gras, wie er es am liebsten mochte, und fern der Autos. Oder wenigstens nicht in unmittelbarer Nachbarschaft.

Ein Geistesblitz, während er einen faden Salat aus Dosenthunfisch und ebensolchen Bohnen zum Abendessen verzehrte. Er hatte jeden freien Augenblick des Tages in der Staatsanwaltschaft darauf verwendet, die Karteikarten für die in die Ermittlung verwickelten Subjekte – ein schreckliches Wort, wenn es sich auf Menschen bezieht – endlich richtig anzulegen. Da die Vorstellung, erneut allein in einem überfüllten und lärmenden Restaurant zu Abend zu essen, wie er sie nur in Rom vermutet hatte, ihn anwiderte, war er in einen Supermarkt gegangen und hatte das Nötigste eingekauft. Joghurt, Marmelade, Brot, verschweißte Packungen mit vorgeschnittenen Schinken- und Salamischeiben, Stracchino-Käse und eben Bohnen und Thunfisch in der Dose. Camper-Proviant, aber hauste er in dieser Residence etwa nicht wie ein Camper?

Dass er endlich einen – wie auch immer beschaffenen – Ort entdeckt hatte, an dem er joggen konnte, besänftigte ihn. Es ging ihm nicht nur um seine Fitness, das war ihm schon wichtig, aber er war nicht so eitel, dass er allein deswegen vor Sonnenaufgang aus dem Haus gestürzt wäre. Eigentlich war er überhaupt nicht eitel. Beweis dafür war seine Garderobe, die nichts als graue Flanellhosen, blaue Sakkos, himmelblaue Hemden und Regimental-Krawatten umfasste. Praktisch, langlebig, unverwüstlich und vor allem bequem. Morgens hätte er sich mit geschlossenen Augen anziehen können, ohne darüber nachzudenken, er konnte sicher sein, dass er ordentlich aussah. Die einzige Ausnahme ragte in einer Zellophanhülle aus dem Kleiderschrank: ein dunkelgrauer Anzug samt weißem Hemd und einer blauen gepunkteten Krawatte, den er auf Martas Drängen hin gekauft hatte («Man weiß nie, vielleicht brauchst du ihn mal.») – er hatte ihn nicht ein einziges Mal getragen.

Nein, er joggte gern, weil er dabei wie durch ein Wunder seine Gedanken loswurde. Sein Hirn leerte sich, hörte auf, Ideen zu formulieren und Fakten zu analysieren, und wurde zu einer Art leerer Fläche, auf der sich ohne sein Zutun und ohne sich in Gedanken zu verwandeln Bilder, Gerüche und Wahrnehmungen einprägten, miteinander verbanden und wieder lösten, ein Kaleidoskop, dessen Sinn er manchmal, aber nicht immer entschlüsseln konnte.

Vom Laufen kam er stets verschwitzt, schwungvoll, durstig und mit völlig beschlagener Brille zurück – sowie in bester Laune.

Spät geht die Wintersonne auf, und in Mailand hat es manchmal den Anschein, als ginge sie gar nicht auf. Die Morgendämmerung verblasst im Nebel, die Morgenröte, Künderin der Farben, verweigert sich, und der Himmel verwandelt sich langsam in ein immer helleres Grau, das aber nie hell genug ist, um die leuchtende Sonnenscheibe hindurchscheinen zu lassen.

Ruggero Solara war noch nie im Nebel gejoggt. Es kam ihm vor, als schwebte er im Nichts, als durchquerte er eine trübe Wolke, aus der plötzlich Menschen auftauchten, mal ein alter Herr, der sich fast vollständig mit einem Schal vermummt hatte und einen Hund ausführte, der so alt war wie er selbst, mal ein Junge mit verschlafenen Augen und einem Rucksack voller Bücher, der in irgendeine Schule rannte. Ein Baum, eine Bank, eine Bastion des Castellos ... Jeder Mensch und jedes Ding schien urplötzlich vor ihm Gestalt anzunehmen, nur für ihn, überraschend nicht nur ihr Auftauchen, sondern auch ihr neuerliches Verschwinden im Nebel.

Gar nicht unangenehm, im Gegenteil.

Guidetti hatte den ganzen Sonntag und den ganzen Montag im Kommissariat verbracht, um Zeugen zu vernehmen und Aussagen zu lesen. Der Ermittlung zuliebe hatte er sogar das Versprechen gebrochen, Sonntagnachmittag mit seiner Tochter ins Kino zu gehen und den neuesten Walt-Disney-Film anzuschauen. Verständnisvoll wie immer war Antonietta für ihn eingesprungen und entgegen ihren Ernährungsprinzipien mit der Tochter sogar den ersehnten Hamburger essen gegangen. Giovannina hatte ihren Spaß gehabt, aber Guidetti wusste genau, dass sie seine Abwesenheit als kleinen Verrat empfand.

Zur Sühne hatte er sie an diesem Morgen in die Schule gebracht und war deshalb ausnahmsweise einmal nicht vor seinen Mitarbeitern im Kommissariat gewesen, worauf er sonst großen Wert legte.

An der Tür hatte ihn der Brigadiere empfangen und ihm aufgeregt mitgeteilt, der Polizeichef habe bereits zweimal angerufen. Ebenfalls aufgeregt.

Zweimal vor halb neun Uhr morgens. Es musste ein Aufruhr ausgebrochen sein, oder, was wahrscheinlicher war, der Polizeichef hatte wie gewöhnlich das Wochenende einschließlich Montag damit verbracht, durch irgendwelche

Gebirge zu klettern, wo sein Handy keinen Empfang hatte, und in einer Berghütte übernachtet, wo es weder Fernsehen noch Radio gab, weshalb er erst an diesem Morgen von dem Mord erfahren hatte. Und da ihm bewusst war, dass es seine Pflicht gewesen wäre, erreichbar zu sein, wollte er seine Verfehlung einem anderen in die Schuhe schieben. Natürlich.

Ausgestattet mit Engelsgeduld – einer Gabe, die nach seiner und der Meinung vieler anderer unerlässlich für seinen Job war –, war Guidetti zum Rapport angetreten. Er hatte die Ereignisse bis ins Detail referiert und bis ins Detail die Personalien der Verdächtigen, die Aussagen der Verhörten sowie Namen und Titel der noch zu Verhörenden aufgelistet. Eine mühsame Fleißarbeit, die er innerhalb von nur zwei Tagen bewältigt hatte und an der der Polizeichef am Ende nichts zu bemängeln fand. Was ihn allerdings nicht daran hinderte, dem Kommissar darzulegen, wie wichtig es sei, die Ermittlung rasch abzuschließen, und ihn anzutreiben, anzuspornen, anzufeuern. Er dürfe keine Sekunde nachlassen, ihre Arbeit müsse unerbittlich sein, rastlos, eine mühsame Wühlarbeit …

Eine Wühlarbeit, ja, aber nicht für jeden, dachte Guidetti bei sich. Denn ihm hatte sie den Schlaf geraubt und Furchen ins Gesicht gegraben, wohingegen sie dem Polizeichef eine gesunde Hochgebirgsbräune eingebracht hatte, mindestens.

Der Empfang, der Guidetti in der Staatsanwaltschaft zuteil wurde, war von ganz anderer Art. Solara war sichtlich energiegeladen, optimistisch und bereit, sich in die Arbeit zu stürzen.

«Heute Morgen habe ich einen herrlichen Dauerlauf um

das Castello Sforzesco gemacht», sagte er als Erstes zu ihm, offenbar so gut gelaunt, dass er seine Freude mit jemandem teilen wollte.

«Phantastisch», antwortete der Kommissar.

Eine Antwort aus reiner Höflichkeit. An die Übungen beim Militär erinnerte sich der Kommissar noch wie an einen Albtraum, selbst für ein Stockwerk nahm er den Aufzug, und rennen würde er höchstens, um sich vor einem Feuer in Sicherheit zu bringen. Er war ein Mensch mit Sitzfleisch. Was, so der Tadel seiner Frau, auch der Grund für seine Gastritis sei.

«Gut», fuhr Solara fort, während er seine minutiös ausgefüllten Karteikarten wie ein Kartenspiel auf dem Schreibtisch verteilte. «Wollen wir sehen, was wir bisher haben?»

Insgeheim musste Guidetti lächeln. Er besaß zwar keine Phantasie, aber dafür brauchte er auch keine Karteikarten. Er schrieb, weil er musste, doch jeder einzelne Satz einer Vernehmung, jeder noch so unscheinbare Gesichtsausdruck eines Verhörten, jedes Detail und jede Unstimmigkeit prägten sich für die Dauer der Ermittlung unauslöschlich in sein Gedächtnis ein, und auch noch lange danach. Aber jeder hat seine eigene Methode, das wusste er. Und die Methode von Solara war nicht die schlechteste, wie er bemerkte.

«Darf ich?», fragte Solara.

«Bitte.»

«Also. Luca Gentile Modotti, künstlerischer Leiter der Scala, wird kurz vor der Eröffnungspremiere von der Galerie im sechsten Rang gestoßen. Er kann sich noch irgendwo festhalten, aber harte Schläge, unter denen sogar einige Finger brechen, zwingen ihn loszulassen, und er stürzt in die Tiefe. So weit korrekt?»

«Korrekt. Es wurden keine stumpfen Gegenstände gefunden. Es scheint mir auch unwahrscheinlich, dass der

Mörder für den Fall, dass Gentile Modotti sich am Geländer festhalten würde, vorsorglich einen solchen Gegenstand mitgenommen hat oder dass er ausgerechnet in dem Augenblick, als er ihn brauchte, vor Ort das Passende gefunden und anschließend auch noch mitgenommen hat. Daraus folgt, dass der Mörder kräftige Hände haben muss, was ausschließen würde, dass es sich um eine Frau handelt. Und das wäre schon mal was.»

«Zweifellos. Um diese Zeit herrscht im Theater höchste Betriebsamkeit. Im Saal sind Platzanweiserinnen, Floristinnen und Reinemachfrauen am Werk, auch auf den Treppen, die zu Logen und Galerie hinaufführen, befinden sich Personen, aber niemand hat etwas Verdächtiges gesehen.»

«Jemand war auf den Treppen?», fragte der Kommissar erstaunt. «Das wusste ich nicht.»

«Natürlich nicht, ich habe die entsprechende Person ja vernommen. Es handelt sich um Demetrio Boldini, der den Chef der Platzanweiserinnen suchte, und um noch jemanden, von dem ich Ihnen gleich erzähle. Lassen Sie mich auf meine Art fortfahren.»

Guidetti hob die Hände und nickte. Der Staatsanwalt gab einen Lagebericht, da war es besser, seine Argumentation nicht zu unterbrechen.

«Das Opfer», fuhr Solara fort, ohne auf seine Karteikarten zu schauen, «wird von allen als kultivierter freundlicher Mensch beschrieben. Einzige Schwäche sind die Frauen. Wichtigstes infrage kommendes Motiv: Eifersucht.»

«Warum das wichtigste?», fragte der Kommissar erstaunt dazwischen.

Solara machte eine abwehrende Geste, besann sich aber und ließ Guidetti reden.

«Okay», begann der Kommissar. «Als mögliche Verdächtige haben wir Rodolfo Biagetti, Ex-Freund der Tänzerin

Domiziana Folego. Jähzornige Natur, sagt, er habe die Garderobe der Chorsänger nicht verlassen, was niemand bestritten hat, aber das Alibi muss noch abschließend überprüft werden. Die Ärztin scheint zurzeit ungebunden. Kein eifersüchtiger Mann von ihrer Seite. Dann haben wir Nanni Ossola, den Ehemann der Geigerin.»

«Ich habe heute Morgen mit ihm gesprochen. Er hat kein Alibi, aber ich glaube nicht, dass er der Mörder ist. Wobei meine Eindrücke natürlich nichts zu bedeuten haben müssen. Wir sollten ihn jedenfalls nicht von der Liste der Verdächtigen streichen.»

«Natürlich nicht. Bleibt noch der Mann der Sängerin, Alberto Rossi. Der hätte schon die Statur, um Gentile Modotti hinunterzustoßen. Aber die Ehefrau hat ja gesagt, er habe ihre Garderobe nicht verlassen.»

«Das entspricht nicht der Wahrheit. Die Ehefrau wollte ihn nur nicht als Lügner hinstellen, aber das haben andere für sie erledigt», stellte Solara richtig und unterrichtete den Kommissar über seine Unterhaltungen mit Margaret Guglielmini und der Kostümbildnerin.

«Interessant», entgegnete Guidetti. «Sehr interessant.»

«Darüber hinaus haben wir ein weiteres mögliches Tatmotiv, das ich vorhin erwähnte, Rivalität.»

Nun erzählte er ihm ausführlich, was er über Pier Antonio Rovetta Valesi herausbekommen und von diesem selbst erfahren hatte.

«Und ich wette, er hat kein Alibi …»

«So ist es.»

Sie schwiegen eine Weile, um die Ergebnisse ihrer Nachforschungen zu gewichten.

«Was machen wir jetzt?», fragte der Kommissar schließlich.

«Natürlich weiter in alle Richtungen ermitteln!», lächelte Solara. «Sie werden sehen, früher oder später kommt etwas Konkretes dabei heraus.»

Die Tatsache, dachte der Kommissar, dass er durch das Joggen den Stress losgeworden war, verleitete den Staatsanwalt offenbar dazu, die Welt durch eine rosa Brille zu betrachten.

Die Einladung traf ein wie eines jener seltenen Geschenke, von denen man überhaupt nichts geahnt hat, wie eine Gabe, von der der Beschenkte gar nicht wusste, dass er sie sich wünschte.

«Hätten Sie Lust, heute Abend die Vorstellung zu sehen? Wir halten immer ein paar Plätze in Reserve frei, für jede Eventualität ...»

Kann eine Stimme lächeln? Demetrio Boldini jedenfalls lächelte selbst durchs Telefon.

«Mit Vergnügen», antwortete Solara, «vorausgesetzt, ich brauche keinen Smoking, ich besitze nämlich keinen.»

«Ich kann Ihnen ein hervorragendes Geschäft empfehlen, wenn Sie möchten. Aber in der Scala sind wir nicht so formell, nicht mal bei der Eröffnungspremiere. Wenn Sie im grauen oder dunkelblauen Anzug kommen möchten, ist das völlig in Ordnung. Schlimmstenfalls», lachte er, «verstecke ich Sie in einer Loge, wäre Ihnen das recht?»

«Sehr recht.»

«Gut. Ich schicke Ihnen die Eintrittskarte in die Staatsanwaltschaft.»

Boldini hielt Wort. Der Eintrittskarte hatte er ein Programmheft beigelegt, einen eleganten Band in Hochglanzpapier, der die ganze Geschichte der *Traviata* einschließlich Texten enthielt, was Solara, der alles, was er anpackte, gründlich machen wollte, erlaubte, sich die Handlung wenigstens in Grundzügen anzueignen.

Er hatte noch nie eine Oper gesehen, doch anhand einiger Ausschnitte im Fernsehen und der im Radio gehörten Arien hatte er mitbekommen, dass die besondere Art des Gesangs die Texte fast immer unverständlich macht, und das hatte genügt, um ihn von der Oper fern zu halten.

Dabei, überlegte er nun zum ersten Mal, während er das Programmheft durchblätterte, hatte er bei amerikanischen Rocksongs auch nie den Text verstanden. Dennoch hatte er diese Lieder tausendmal mitgeträllert, nach Gehör, und nur den Klang der Wörter nachgeahmt, ohne die leiseste Ahnung, was sie bedeuteten …

Das Gedränge vor dem Theater war womöglich noch größer als am 7. Dezember, dem Tag des heiligen Ambrosius. Mit Sicherheit waren mehr Reporter und mehr Fernsehkameras da, und die Stimmung war noch aufgeregter. Das Publikum schien von einer zusätzlichen, ein wenig morbiden Spannung beseelt, einen Ort zu betreten, wo sich erst drei Tage zuvor ein Mord ereignet hatte. Die Leute vom Theater hingegen – dessen wurde sich Solara bewusst, sobald er das Foyer betrat – hatten die Absicht, diese Premiere wie einen Ritus zu gestalten, um das Grauen des Verbrechens auszulöschen und den geschändeten Tempel der Scala neu zu weihen.

Eine Platzanweiserin, die bis zum Hals in Schwarz gekleidet war und vor der Brust eine schwere Kette trug, sodass Solara unwillkürlich an den Sommelier eines Spitzenrestaurants denken musste, führte ihn zwei Treppen hinauf in seine Loge, die noch leer war.

Er setzte sich auf den Stuhl direkt an der Brüstung und schaute sich um, überrascht über die eigene Neugier und Aufgeregtheit.

Alles erstrahlte in vollem Glanz, das hell erleuchtete

Theater, die mit Schmuck behängten Frauen, die lächelnden Männer. Während sie ihre Plätze einnahmen, verteilten sie Küsschen, Grußworte und einvernehmliche Gesten wie Leute, die fast platzen vor Stolz, weil sie an einem derart exklusiven Ereignis teilnehmen dürfen. Mit durchdringenden Blicken suchten Frauen den Saal daraufhin ab, wer gekommen war und wer nicht, und wer mit wem, schätzten den Wert von Kleidern und Schmuck ab, beurteilten Make-up und Frisuren, suchten in den Gesichtern nach Spuren von Liftings und Schönheitsoperationen.

Die vermeintlich unspezifischen Blicke der Männer versanken heimlich in den Dekolletés der Frauen oder sollten die Genugtuung verschleiern, in Begleitung der Schönsten zu sein: einem Mädchen mit den kanonischen Maßen 90-60-90, dem neuesten Traum des Fernsehvolks, wobei sie natürlich energisch abgestritten hätten, mit diesem auch nur das Geringste gemeinsam zu haben.

Zwei sehr elegante Frauen, die wie Schwestern aussahen, sich aber als Mutter und Tochter erwiesen, nahmen ihre Plätze in Solaras Loge ein, begleitet von zwei Herren mittleren Alters, den Lebensgefährten.

Im Orchestergraben stimmten die Musiker ihre Instrumente, eine Wolke dissonanter, unzusammenhängender, zerstreuter Klänge, die sich zu einer einzigen geheimnisvollen und erwartungsfrohen Klangfülle verdichteten.

Endlich erloschen die Lichter im Saal. Erst der große Leuchter, dann ganz langsam, wie Flämmchen, die mit dem letzten Wachs einer Kerze ersterben, die Wandleuchter. Die Instrumente schwiegen, das Geflüster erstarb und machte Stille Platz. Alles war dunkel. Nur die Partituren leuchteten schneeweiß unter den kleinen Pultleuchten der Notenständer.

Aus einer Tür rechts hinten im Orchestergraben kam der

Dirigent. Die Musiker erhoben sich, während das gesamte Theater in lang anhaltenden Beifall ausbrach. Der Dirigent schüttelte der ersten Geige die Hand, begrüßte die übrigen Musiker mit einem Kopfnicken und ging dann an den Rand der Versenkung, um sich mehrmals vor dem Publikum zu verbeugen, das wie in einem Duell umso heftiger klatschte, je öfter er sich verbeugte.

Schließlich wandte sich der Dirigent dem Orchester zu.

Schlagartig verwandelte sich der Applaus in erwartungsvolle Stille.

Der Dirigent beugte kurz den Kopf. Dann sah er ganz langsam auf und hob ebenso langsam den Taktstock.

Dieser Geste entsprang ein zarter, verzehrender Ton. Der Wohlklang der Geigen bezauberte die Seele und entführte sie in sehnsuchtsvolle Höhen. Zu seiner Überraschung bemerkte Solara, dass die Musik ihm den Atem raubte, er vermochte sich diesem eigenartigen Schweben nicht zu entziehen. Erst als sich die anderen Instrumente zu den Geigen gesellten und die Musik mit einem Walzer irdischer wurde, erst da machte sich seine Brust in einem Seufzer Luft.

Entspannt machte er es sich auf seinem Stuhl bequem. Die Handlung kannte er. Der erste Akt spielt im Haus von Violetta, die zu einem Fest geladen hat. In dessen Verlauf gesteht Alfredo ihr seine Liebe in einem Trinkspruch, den sogar Solara kannte, weil seine Mutter ihn früher immer geträllert hatte. Violetta ist darob ungläubig und verstört, dann wird sie ohnmächtig, weil sie – wie man später erfährt – tuberkulosekrank ist usw. usf.

Unterdessen war der Walzer munterer geworden, hatte dann ein wenig nachgelassen, um sich von neuem zu steigern, als der Vorhang sich vor der Festszene hob.

Damen in pastellfarbenen Krinolinen und Kavaliere im Frack saßen fröhlich an Tischen, auf denen Kristallglas glitzerte. Kurz darauf betrat Violetta die Szene und begann zu singen.

Solara zuckte zusammen. Mary Rose Caine, die königliche Matrone mittleren Alters, hatte sich in ein zartes, von der Macht der aufrichtigen Liebe verstörtes Mädchen verwandelt. Das musste die Magie des Theaters sein. Es war unglaublich.

Unterdessen stimmte Alfredo sein Trinklied auf die Angebetete an, Violetta antwortete mit Mühe, verstörter denn je, der Chor verließ die Bühne, Alfredo hielt sich im Hintergrund der Szene, Violetta erlitt einen Schwächeanfall und sank auf einen Stuhl, der besorgte Alfredo eilte herbei, sie ergriff ein Glas und trank es mühsam aus im Versuch, wieder Herrin ihrer selbst zu werden, Alfredo streckte die Arme aus, um ihr zu Hilfe zu eilen, hielt dann aber inne und fragte nur, was mit ihr sei, «Nichts, nichts», antwortete sie, stand auf, machte ein paar Schritte und fiel hin. Alfredo eilte ihr zu Hilfe.

Der Staatsanwalt erinnerte sich nicht, dass Violetta an dieser Stelle stürzen sollte. Sollte sie nicht vielmehr in einem Spiegel ihr Äußeres überprüfen? Er schaute zu seinen Logennachbarn. Auch sie waren verblüfft. Er sah wieder auf die Bühne. Nur ein paar Augenblicke waren vergangen. Alfredo, der jetzt weder sang noch sprach, versuchte, eine völlig regungslose Violetta hochzuheben, und warf verzweifelte Blicke um sich.

Das war kein Spiel mehr, das war Ernst.

Der Taktstock des Dirigenten senkte sich, sofort erstarb die Musik, und eine besorgte Stimme brüllte heiser: «Vorhang!»

Solara stürzte aus der Loge, wies sich einer Platzanweiserin gegenüber aus und ließ sich so schnell wie möglich auf die Bühne führen.

Als er dort ankam, traf er auf Federica Navarro, die ganz hinten im Parkett gesessen hatte und so schnell herbeigeeilt war, dass ihr vor Anstrengung fast der weiße, mit Sommersprossen übersäte Busen aus dem Dekolleté sprang. Sie kniete über der Sängerin, hob, als sie ihn bemerkte, den Blick und sah ihn mit ihren eigenartigen honiggelben Augen an.

«Sofortiger Tod durch Überdosis, Herr Staatsanwalt.»

Einen Augenblick später schien sich das gesamte Theaterpersonal auf der Bühne versammelt zu haben. Chor, Komparsen, Dirigent, Intendant, Pressesprecher, Bühnentechniker, Platzanweiserinnen und Orchestermitglieder drängten sich erschüttert um die Leiche und stellten einander Fragen, die keiner zu beantworten wusste.

«Zurück! Alles zurück!», rief Solara und sah wieder Federica Navarro an.

«Lassen Sie niemanden die Leiche berühren!»

Dann wandte er sich an den Tenor, der wie zu Stein erstarrt noch auf der gleichen Stelle stand wie vorhin, als der Vorhang fiel.

«Und Sie, stehen Sie gefälligst nicht da rum, rufen Sie den Wachdienst, die Polizei, irgendwen!»

Dann bahnte er sich einen Weg zum Intendanten, der mit wirrem Blick über die Bühne taumelte, und packte ihn am Arm.

«Lassen Sie die Bühne räumen. Und zwar sofort! Es kann sein, dass es Mord war.»

Aber Giandomenico Berri schien ihn nicht zu hören.

«Die Vorstellung», wiederholte er immer verzweifelter, «die Vorstellung muss weitergehen.»

Hinter dem Vorhang wurde das Rumoren des Publikums immer lauter. Auf der Bühne schien im nächsten Moment das Chaos auszubrechen. Hilfe suchend blickte Solara um sich, und er wurde erhört.

Der Dirigent sprang auf einen Tisch.

«Herrschaften», sagte er in ruhigem Ton, der innerhalb kürzester Zeit alle verstummen ließ. «Herrschaften, ich bitte Sie, seien Sie still. Es ist meine Pflicht, das Publikum darüber zu informieren, dass die Aufführung unterbrochen wird.»

Dann stieg er seelenruhig vom Tisch, zupfte sich den Frack zurecht und verschwand zwischen den schweren Falten des Vorhangs.

Alle auf der Bühne, Solara eingeschlossen, verharrten reglos und lauschten gespannt auf die Ansprache des Dirigenten, der das Publikum beruhigte und erklärte, dem Sopran sei unwohl geworden. Er bat um Verständnis, verkündete den Abbruch der Vorstellung und entschuldigte sich im Namen des Theaters.

Giandomenico Berri schüttelte noch immer verstört den Kopf. «Ein Fluch», murmelte er vor sich hin, «ein Fluch ...»

Das plötzliche Lärmen und Rufen des Publikums auf der anderen Seite des Vorhangs lösten den Bann, und wie ein Magnet zog der Leichnam von Mary Rose Caine wieder alle Blicke auf sich.

Demetrio Boldini, bleich, aber beherrscht wie immer, trat zu Solara.

«Kann ich etwas tun?»

«Ja. Lassen Sie die Bühne räumen und sagen Sie allen, sie sollen sich zur Verfügung halten. Die Ärztin nicht, mit der muss ich jetzt gleich sprechen. Dann vergewissern Sie sich, ob jemand Kommissar Guidetti angerufen hat. Ach, fast hätte ich es vergessen, ich habe Kameras im Saal gesehen. Die Vorstellung wurde aufgezeichnet, nicht wahr?»

«Ja, natürlich.»

«Dann lassen Sie sich die Bänder geben und behalten Sie einen Techniker da, der sie mir zeigen kann. Und …»

«Ja?»

«Danke für Ihre Hilfe.»

Federica Navarro hatte einen Schal aufgehoben, den eine Komparsin fallen gelassen hatte, und damit das Gesicht der Leiche bedeckt. Leider fand sie nicht noch einen, sonst hätte sie ihn sich über die Schultern geworfen. Sie war jetzt als Ärztin hier, in einer tragischen Situation. In dem knappen, schulterfreien smaragdgrünen Abendkleid, in dem sie bis eben noch faszinierend ausgesehen hatte, fühlte sie sich nicht mehr wohl. Und sich nicht wohl zu fühlen, wenn sie mit Ruggero Solara zu tun hatte, ärgerte sie maßlos.

«Eine Überdosis also», sagte der Staatsanwalt und stellte einen Stuhl neben den, auf dem sie saß.

«Ich bin sicher, dass der Gerichtsarzt es Ihnen bestätigen wird.»

Ihr Ton war so aggressiv, dass er sie erstaunt ansah.

«Ich habe Ihre Schlussfolgerungen nicht angezweifelt, Dottoressa.»

«Entschuldigen Sie, ich wollte nicht unhöflich sein, aber diese Sache geht mir langsam an die Nieren.»

«Dafür habe ich vollstes Verständnis», antwortete Solara und zeigte ein Lächeln, das sie in die zugängliche Frau von vorher zurückverwandelte.

«Sagen Sie, wollen wir uns nicht vielleicht duzen? Das ist einfacher, oder? Ich heiße Federica.»

«Ich weiß, und ich heiße Ruggero.»

Das weiß ich doch, wie du heißt, dachte sie, aber dieser Gedanke beunruhigte sie so sehr, dass sie sich in ihre Professionalität flüchtete.

«Der Tod ist sofort eingetreten, das haben wir alle gesehen. Und es deutet alles auf ein akutes Lungenödem hin. Typisches Merkmal einer Überdosis.»

«Wissen Sie denn … weißt du denn, wollte ich sagen, ob die Caine Drogen nahm?»

«Nein, ich glaube nicht, jedenfalls schien sie mir nicht der Typ für Heroin. Ich habe ihre Arme untersucht, sie sind sauber, keine Spur von Einstichen. Natürlich müsste man nachprüfen, ob sich zwischen den Zehen oder unter der Zunge welche finden, aber das erledigt wahrscheinlich der Gerichtsarzt, oder?»

«Natürlich.»

«Jedenfalls ist sie nicht an einer Injektion gestorben. Die hätte sie sich vor ihrem Auftritt setzen müssen, und dann wäre sie zusammengebrochen, bevor sie die Bühne betreten hätte.»

«Also?»

«Also hat sie das Heroin oral zu sich genommen.»

«Du meinst, sie hat es getrunken? Auf der Bühne? Während sie sang?»

«Genau.»

«Selbstmord?»

«Das erschiene mir ein bisschen zu theatralisch, selbst für einen Sopran. Und außerdem habe ich mich ein paar Mal mit ihr unterhalten, ich habe sie sogar untersucht, weil sie davon überzeugt war, sie hätte Herzrhythmusstörungen, dabei schlug nur ihr Herz schneller, wenn sie aufgeregt war, was ja völlig normal ist. Sie war ein bisschen hypochondrisch, wie viele Künstler, aber sie war bestimmt nicht depressiv. Sie sprühte aus jeder Pore vor Energie. Nein, nach meiner Erfahrung als Ärztin war sie bestimmt nicht selbstmordgefährdet.»

«Also Mord», seufzte Solara. «Wie ich befürchtet habe.»

Sein Blick wanderte zu dem Tisch, an den Violetta sich gesetzt hatte, um sich von dem Unwohlsein zu erholen, zu den Gläsern, die darauf standen.

«Luchino Visconti würde sich im Grabe herumdrehen ...»

«Wie bitte?»

«Ach nichts, man hat mir nur erklärt, dies sei eine Aufführung im Geiste Viscontis, in der alles darangesetzt wird, realistisch zu wirken. Wo selbst in Schränken, die nie geöffnet werden, Kleider hängen müssen ... und wo Sänger, die trinken müssen, selbstverständlich wirklich trinken ... Visconti hätte bestimmt nie gedacht, dass seine Regiemethode einmal dazu benutzt werden würde, jemanden umzubringen ...»

«... durch Heroin in Violettas Glas?»

«Tja. Es gibt zwei Möglichkeiten. Entweder läuft hier ein Irrer herum, der Heroin in eine Flasche oder ein Glas gefüllt hat, um zufällig zu töten, egal, wer das Opfer war, oder der Mörder wollte wirklich die Caine töten und wusste hundertprozentig, welches Glas sie benutzen würde.»

«Ich erinnere mich nicht, eine Flasche gesehen zu haben ... nur Diener mit Tabletts voller Gläser», überlegte Federica. «Aber ganz sicher bin ich mir nicht.»

«Sobald der Kommissar kommt, schaue ich mir die Aufzeichnung der Vorstellung an. Dann werde ich ja sehen, ob das Glas mit dem Gift von Anfang an für Violetta bereitstand, ob die Flüssigkeit aus einer Flasche eingegossen oder ob sie ihr von jemandem angeboten wurde.»

«Aber natürlich, die Aufzeichnung!», rief Federica aus. «Darf ich sie auch sehen?»

Solara blickte sie einen Augenblick länger an als sonst.

«Warum nicht?»

6

Hochgradig angespannt, hellwach und klar, obwohl es schon drei Uhr morgens war, lag Ruggero Solara da und fand einfach keinen Schlaf. Seine Gedanken kreisten ohne Unterlass um die Ereignisse dieses Abends, als wären es spannende Filmszenen, immer wieder von vorn, es brachte ihn um den Verstand. Er hatte gesehen, wie eine Frau gestorben war, er hatte gespürt, wie die Bestürzung Hunderter Menschen einer Brandungswelle gleich zu ihm hochgeschwappt war, und hinterher, während er die Situation in den Griff zu bekommen versuchte, hatte er das Adrenalin durch seine Adern rasen gefühlt. Und kurz, ganz kurz, aber unleugbar hatte er bei sich auch so etwas wie Hingabe wahrgenommen, die Erleichterung, sich einem anderen anzuvertrauen, sich führen zu lassen, Gefühle, die hat, wer dem Charisma eines anderen erliegt.

Das war es eigentlich, was er nicht verdauen konnte, denn er verstand es nicht.

Es war die Irrationalität der Sache an sich, die ihn störte. Er fragte sich, wie es sein konnte, dass er, als Michelangelo Loewenstein auf einen Tisch gesprungen war und mit dieser einen Tat die Herrschaft über die Situation an sich gerissen hatte, dass er, der sich immer für einen Rationalisten und Skeptiker gehalten hatte, sich sozusagen hingegeben hatte, zwar nur einen Augenblick lang, aber dennoch: Er hatte sich ihm anvertraut. Was machte aus diesem Mann einen Anführer? Was verlieh ihm die Leichtigkeit, sich über die anderen zu erheben? War es sein Blick? Die Haltung? Die sichere Stimme? Die Eleganz der Bewegungen? Nein, das alles konnte bestenfalls eine besonders beeinflussbare Frau beeindrucken. Es musste etwas anderes sein.

Er sah ihn wieder vor sich, gewandt und energisch, scheinbar größer, als er in Wirklichkeit war, makellos in seinem perfekten Frack, das Weiß der Hemdbrust im Kontrast zur olivfarbenen Haut, der gepflegte Bart, die blitzenden blauen Augen, die schöne Adlernase, das nachtschwarze glänzende Haar, das im Nacken zu einem Pferdeschwanz gebunden war …

Er hatte nichts weiter getan, als auf den Tisch zu springen und die Arme auszubreiten. Das hatte genügt, um die Aufmerksamkeit aller auf sich zu ziehen, die erregten Gemüter zu beruhigen. Und alle hatten seinen Worten Folge geleistet, als wäre es das Normalste von der Welt.

Nein, das konnte er nicht verdauen. Solara war sich durchaus bewusst, dass er nach dem ersten Moment der Erleichterung eine starke Irritation verspürt hatte, fast eine Art Wut. Für gewöhnlich hatte er keinen Drang, sich in den Vordergrund zu spielen. Aber als Staatsanwalt an einem Tatort stellte er in diesem Moment die Autorität dar. Die Situation in die Hand zu nehmen und Ruhe zu gebieten, wäre nicht nur sein Recht gewesen, sondern seine Pflicht. Er hatte es nicht gekonnt. Loewenstein schon. In einem Augenblick hatte er ihm, wenn man so sagen kann, die Schau gestohlen. Und noch dazu mit äußerster Natürlichkeit.

In diesem Moment war ihm das Jesusgesicht des Dirigenten schlagartig unsympathisch geworden. Was ihn aber nicht sonderlich tröstete, denn grundlos Antipathie zu empfinden war für ihn mindestens genauso ärgerlich wie jemandes Charisma zu erliegen. Das eine war so absurd und irrational wie das andere. Genauso unkontrolliert.

Marta, da war er sicher, hätte viel zu dem Thema zu sagen gehabt. Aber der Gedanke an Marta war nicht gerade ein Schlafmittel.

Erst gegen vier Uhr morgens, als er sich schon mit der Vorstellung abgefunden hatte, die ganze Nacht wach zu liegen, fiel er in einen schweren traumlosen Schlaf.

Für alle war es eine unruhige Nacht. Für den Intendanten Giandomenico Berri, der sich ohne Unterlass die alarmierende Unfähigkeit zur Reaktion vorwarf, die ihn erfasst hatte, und der sich schweißgebadet im Bett hin und her wälzte und versuchte, die Vorstellung, über die Scala sei ein Fluch gekommen, aus seinem Bewusstsein zu vertreiben.

Für Alberto Rossi, dem mehrmals die Ehefrau im Schlaf erschien, in der Hand einen blutroten Kelch voller Giftschlangen.

Für Demetrio Boldini, der mehrmals die Welle der Bestürzung auf seiner Haut spürte, die sich im Theater breit machte, als die Sängerin kein Lebenszeichen mehr zeigte.

Für Michelangelo Loewenstein, der wegen des Todes, der sich vor seinen Augen ereignet hatte, ebenso erschüttert war, wie er besorgt war wegen der dürftigen stimmlichen Qualitäten der Zweitbesetzung, die bei den zukünftigen Aufführungen singen würde – falls es überhaupt welche gab.

Für Margaret Guglielmini, die über den letzten Willen von Mary Rose Caine und über die eigene Zukunft nachgrübelte.

Für Pier Antonio Rovetta Valesi, den die Ehefrau in einem heftigen Eifersuchtsanfall die ganze Nacht mit äußerst peinlichen Fragen zu seiner Beziehung zu Liliana Capua bestürmte.

Für Oberstaatsanwalt Antonio Oriani, dem ein zweifacher Mord in der Scala, mit all dem Aufsehen und den Verwicklungen, die dieser mit sich brachte und die seine politischen Ambitionen ernsthaft gefährdeten, einfach den Schlaf rauben musste.

Für Kommissar Guidetti, der jeden Satz jeder einzelnen Vernehmung, die er bis spät in die Nacht geführt hatte, Wort für Wort durchging.

Für Dottoressa Federica Navarro, die noch immer den Schauder spürte, der sie ergriff, als beim Betrachten der Fernsehaufzeichnung Ruggero Solaras Kopf ihr Haar gestreift hatte, und die sich ununterbrochen fragte, ob er das absichtlich getan hatte.

Und natürlich für alle Zeitungsmacher, die im letzten Augenblick das Feuilleton und vor allem die Titelseite umwerfen mussten.

Das Klingeln des Telefons riss ihn brüsk aus dem Schlaf. Träge griff er nach dem Hörer.

«Ja?»

«Herr Staatsanwalt, hier ist Guidetti. Habe ich Sie geweckt?»

Solara warf einen Blick auf die roten Ziffern der hässlichen Digitaluhr, die über dem Nachttisch eingebaut war. Halb neun. Er räusperte sich.

«Nein. Ich meine, ja. Ich habe heute Nacht nicht besonders viel geschlafen.»

«Ich auch nicht», erwiderte Guidetti mit müder Stimme. «Soll ich lieber später noch mal anrufen?»

«Nein, nein, ist schon gut. Was gibt's denn?»

«Ich habe hier den Bericht der Spurensicherung. Im Glas der Toten hat man unter das Wasser gemischtes Heroin gefunden. So viel, dass es jeden niedergestreckt hätte.»

«Also hatte Federica … äh, Dottoressa Navarro, wollte

ich sagen, Recht», sagte Solara und setzte sich im Bett auf. «Die Caine ist an einer Überdosis gestorben.»

«Ja. Die Autopsie bestätigt das sicher.»

«Ich möchte so schnell wie möglich wissen, wer das Bühnenbild aufgebaut hat, wann das Wasser eingegossen wurde und von wem, wie viel Zeit zwischen Eingießen und Trinken vergangen ist, wer sich in der Zwischenzeit dem Glas hätte nähern können, wie sicher es war, dass die Caine aus diesem Glas trinken würde ...»

«Zu Befehl», antwortete der Kommissar. «Aus diesem Grund habe ich Sie angerufen. Ich habe der Regisseurin und ihrem Assistenten bereits gesagt, sie sollen sich den Vormittag über zur Verfügung halten, um den Tatort zu rekonstruieren. Würde Ihnen halb elf passen?»

Solara fühlte sich schuldig. Er hatte geschlafen, nicht viel, aber immerhin. Der Kommissar hingegen musste die ganze Nacht durchgearbeitet haben.

«Hervorragende Arbeit, Herr Kommissar. Halb elf passt ausgezeichnet. Ich danke Ihnen.»

«Die Pflicht», brummte Guidetti. «Ich tue nur meine Pflicht.»

Kaum hatte Solara den Hörer aufgelegt, da klingelte das Telefon erneut. Sicher der Oberstaatsanwalt, der ihm darlegen wollte, dass die Situation äußerst heikel sei, dass die Augen der ganzen Welt auf ihnen ruhten, dass es über die Maßen wichtig, ja unerlässlich sei, die Sache rasch vom Tisch zu bekommen und die Schuldigen für diese absurden Verbrechen zu finden, dass sogar der Minister ihn angerufen und ihm Feuer unterm Hintern gemacht habe ...

Er musste rangehen, natürlich. Es würde ihm eine gehörige Kopfwäsche eintragen, wenn er diesen Hörer nicht abnahm, und zwar zu Recht ...

Egal. Er ließ das Telefon klingeln, vergewisserte sich, dass sein Handy ausgeschaltet war, und stieg mit gesenktem Kopf unter die heiße Dusche. Aber es brauchte mehr, damit das Gefühl der Benommenheit in seinem Kopf verflog. Eine Runde Joggen wäre das beste Gegenmittel, aber dafür war überhaupt keine Zeit. Genug Zeit hingegen blieb, um den Weg in die Scala etwas zu verlängern und einen Umweg über Brera zu machen.

Die Geschäfte im Viertel waren geöffnet und wirkten unter dem ungewöhnlich strahlenden Himmel fast fröhlich. Die Schaufenster warfen die Sonnenstrahlen zurück, und Obst und Gemüse, die auf den Bürgersteigen angeboten wurden, leuchteten, als wären sie Stück für Stück auf Hochglanz poliert worden. Die lange, enge Via Solferino war erfüllt von Düften: dem angenehmen Duft von Brot aus dem Bäckerladen, dem scharfen Duft von Kaffee aus den Bars, dem schmeichlerischen Duft der Mädchen, die mit dem Fahrrad auf und ab fuhren, im Zickzack von einem Schaufenster zum nächsten.

Gewaltsame Tode, Mörder und Ermittlungen schien es in dieser Welt nicht zu geben, und für ein paar Minuten vergaß sogar Solara, dass es sie gab. Doch dann blickte er durch das Schaufenster einer Kunstgalerie und sah dort eine zarte Gestalt. Sie stand mit dem Rücken zu ihm, aber sie erinnerte ihn an jemanden. Er versuchte herauszufinden, an wen, als Benedetta Gentile Modotti sich umdrehte, ihn wiedererkannte und ihm mit der Hand ein Zeichen machte.

«Herr Staatsanwalt ...», begrüßte sie ihn an der Tür. «Kommen Sie doch herein.»

Sie trug ein sehr schlichtes schwarzes Kleid, ein scharfer Kontrast zu dem riesigen Raum mit seinen schneeweißen Wänden, an denen Bilder mit geheimnisvollen bunten

Farbflächen hingen. Sie war blass und trug keinen Lippenstift, nur um die großen schwarzen Augen hatte sie etwas Make-up aufgelegt.

«Ich habe es in der Zeitung gelesen … schrecklich, was da passiert … wie kommen Sie mit den Ermittlungen voran?»

Er hätte antworten können, dass es ein paar Indizien gebe, die Vermutungen zuließen, aber er wusste, dass er diese kleine starke Frau nie würde belügen können.

«Ich tappe noch völlig im Dunkeln.»

«Hm», erwiderte sie und senkte einen Moment lang den Blick.

«Wie geht es Ihnen?»

Benedetta spannte ein wenig die Schultern an, und die beiden Falten zwischen ihren Brauen wurden zu tiefen Furchen.

«Es geht … zum Glück muss ich mich um die Galerie kümmern.» Sie machte eine Geste, fast als wollte sie ihre kleine Welt umarmen.

«Ich habe gehört, dass Sie mit Kunst handeln.»

«Ach, ja? Und von wem?»

«Rovetta Valesi.»

«Bona hat Ihnen von mir erzählt? Das kann ich kaum glauben, die Frau verabscheut mich.»

«Nicht sie, ihr Ehemann.»

«Das klingt schon wahrscheinlicher, wir waren einmal befreundet, früher. Besser gesagt, Pier Antonio war ein guter Freund von Luca …»

Sie schloss einen Augenblick lang die Augen, wie um sich dem Schmerz der Erinnerung zu verweigern, dann sah sie ihn mit tränenlosen Augen an.

«Und was treibt Sie in diese Gegend?»

Endlich konnte Solara ein Lächeln anbringen.

«Ich habe eine schreckliche Nacht hinter mir, ich musste ein wenig Luft schnappen, und ich gehe gern in diesem Viertel spazieren, es hat noch eine menschliche Dimension, wie man so sagt. Und ehrlich gesagt, hoffe ich, irgendwann ein Schild mit der Aufschrift ‹Zu vermieten› zu entdecken. Ich ertrage diese Residences nicht, und schon gar nicht die, in der ich gegenwärtig wohne.»

«Ach, Sie suchen eine Wohnung … ich werd's mir merken, man weiß nie. Aber … was soll ich tun, falls ich von einer erfahre?»

Er wollte ihr schon antworten, sie könne ihm eine Nachricht in der Staatsanwaltschaft hinterlassen, doch dann schrieb er ihr all seine Nummern auf, Residence, Büro und Handy. Dann verabschiedete er sich und fragte sich irritiert, ob all diese Vorkehrungen, damit Benedetta Gentile Modotti ihn nur ja ausfindig machen konnte, nur seinem Wunsch geschuldet waren, eine Wohnung zu finden, oder ob vielleicht etwas anderes dahinter steckte.

Die Atmosphäre in der Scala war beklemmend. Alle, angefangen von den Pförtnern am Eingang bis hin zu den Angestellten im Verwaltungstrakt, hatten den verstörten Gesichtsausdruck von Menschen, die von einem besonders unglücklichen Déjà-vu-Erlebnis heimgesucht wurden.

Sie wirkten gezeichnet durch die direkte Konfrontation mit der Tragödie, der echten, der aus Schmerz und Blut, die sich zwei Mal aus heiterem Himmel an einem so ungeeigneten Ort ereignet hatte. Einem Ort, wo alles auf eine kathartische Fiktion ausgerichtet war, wo Blut nur eine rote Flüssigkeit war und die Tragödien zwar mitreißend und leidvoll waren, normalerweise jedoch in einem freudigen, befreienden Applaus endeten.

Sogar der sonst über den Dingen stehende Demetrio Boldini hatte Mühe, sein gewohntes Lächeln zu zeigen, und die Falten, die von seinen Augenwinkeln ausgingen, verliehen ihm nicht die gewohnte gewinnende Ausstrahlung, sondern wirkten wie das, was sie waren: Falten um die Augen und sonst nichts. Doch seine Umgangsformen waren zuvorkommend wie immer.

«Der Kommissar erwartet Sie auf der Bühne, Herr Staatsanwalt. Ich zeige Ihnen den Weg.»

Violettas Festsaal, der von einer Opernkulisse zu einem Tatort geworden war und der erst von der Spurensicherung unter die Lupe genommen, dann von der Polizei abgesperrt worden war, lag unverändert da. Doch obwohl alles noch an seinem Platz stand, war jetzt, bei offenem Vorhang vor einem leeren, spärlich beleuchteten Zuschauerraum, ohne Musik und ohne Gesang, nichts mehr wie vorher. Gold, Brokat und Kristall warfen nun ein lebloses Licht zurück, wie in einem Wohnzimmer nach einer Fete, wenn die Gäste gegangen sind und sich nach der vorangegangenen Ausgelassenheit Müdigkeit über alles legt.

Mit noch zerknitterterem Gesicht als sonst erwartete Guidetti ihn am Eingang zur Bühne. Auf zwei Stühlen saßen eine Frau um die fünfzig, gerader Rock und Bluse, keine Schminke, verkniffener Gesichtsausdruck, und ein etwa fünfunddreißigjähriger Mann mit gewelltem Haar und weichen Zügen in einem himmelblauen Jeansanzug, der an ihm nun wirklich nicht an die derbe Arbeitskleidung amerikanischer Arbeiter erinnerte, sondern eigenartigerweise an den weichen Strampelanzug eines Neugeborenen.

«Staatsanwalt Ruggero Solara», stellte Guidetti vor, «die Regisseurin, Annalisa de Angelis, und der Regieassistent, Giangiacomo Guidi.»

Der Regieassistent stand auf und reichte ihm die Hand.

Die Regisseurin blieb sitzen und beschränkte sich auf ein steifes Nicken.

Solara musterte sie. De Angelis, ein so sanfter Name schien ihm kaum zu diesem harten Gesicht zu passen. Ein Gesicht, das ihn an jemanden erinnerte … an wen? An eine amerikanische Schauspielerin, ja, eine, die häufig unbequeme, schwierige Rollen spielte, aber wen? Ja, ja … natürlich! Die mit den kleinen, eng stehenden Augen und der spitzen Nase, die war es. Nur der Name fiel ihm nicht ein. Zu Hause, überlegte er, würde er auf den Videokassetten nachsehen, dann fiel ihm ein, dass sein Zuhause ja in Rom war. Er zog eine Grimasse, schob die Idee beiseite und kam sofort zur Sache.

«Als Erstes möchte ich wissen, ob aus dem Glas mit dem Gift nur die Caine oder auch jemand anderes hätte trinken können.»

«Herr Staatsanwalt», antwortete die Regisseurin mit einem Hochmut in der Stimme, der ihm sofort auf die Nerven ging, «meine Regie ist extrem streng, an Visconti angelehnt, möchte ich sagen. Das bedeutet, dass alles …»

«Ich weiß sehr gut, was das bedeutet», unterbrach Solara sie unwirsch. «Also?»

Annalisa de Angelis zog die Braue hoch und starrte den Staatsanwalt an wie eine Grundschullehrerin einen widerspenstigen Schüler. Der Regieassistent wand sich vor Verlegenheit, er ertrug die Spannung nicht und versuchte die Wogen zu glätten.

«Für die Caine, es war für die Caine bestimmt, Herr Staatsanwalt. Sehen Sie, ich habe mich persönlich darum gekümmert, das gehörte zu meinen Aufgaben. Das Glas musste schon gefüllt auf der Bühne stehen, wenn sich der Vorhang hob. Und … Sie haben doch die Aufzeichnung gesehen, nicht wahr?»

«Ja, natürlich.»

«Gut, dann werden Sie bemerkt haben, dass auf dem Stuhl, auf den Violetta sich gesetzt hat, als sie den Schwächeanfall erlitt, den gespielten, im Stück vorgesehenen, meine ich, vor ihr niemand gesessen hat. Und das Glas stand von Anfang an bereit, damit Violetta davon trank, um sich zu erholen. Die Gläser hingegen, mit denen angestoßen wurde, wurden von den Bediensteten hereingebracht. Es ist so, dass sich die Sänger während des Trinkspruchs durch die Szene bewegen sollen, was zu einem Durcheinander führen könnte ... Aus diesem Grund musste Violettas Glas bereits dort stehen, vor dem Stuhl, auf den niemand sonst sich setzen durfte, einzig und allein für Violetta bestimmt. Eben um zu vermeiden, man weiß ja nie, dass der Sopran im entscheidenden Augenblick ohne Glas oder mit leerem Glas dasitzt. Eine groteske Vorstellung ...»

«Und wer wusste von diesem Detail?»

Der Regieassistent riss die Augen auf.

«Niemand. Das heißt, ich, Annalisa, die Caine, die anderen Sänger und ...»

«Und?»

«Und natürlich», mischte sich Annalisa de Angelis ein, «alle hier im Theater, die sich die Mühe machen wollten, darauf zu achten. Die Proben waren langwierig und sehr akribisch.»

«Daran habe ich nicht den leisesten Zweifel», antwortete Solara, ohne sich die Mühe zu machen, den sarkastischen Unterton abzumildern. «Dann werden Sie mir auch ganz genau sagen können, wann das Glas gefüllt wurde ...»

Die Regisseurin wandte sich mit einer müden Geste an ihren Assistenten.

«Giangiacomo, weißt du vielleicht ...»

«Fünfzehn oder zwanzig Minuten bevor der Vorhang sich

hob», antwortete dieser eilig. «Genauer kann ich es nicht sagen. Ich weiß sicher, dass ich es gefüllt habe.» Verwirrt errötete er. «Nur mit Wasser, natürlich!»

«Wer hatte in diesen fünfzehn, zwanzig Minuten Gelegenheit, sich dem Glas zu nähern?»

Beschämt breitete der Regieassistent die Arme aus.

«Bühnentechniker, Beleuchter, die Assistenten der Sänger, die Orchestermusiker ... praktisch jeder, der über die Bühne ging. Sogar ein Pförtner hätte Gelegenheit dazu gehabt. Wissen Sie, bei einer Premiere ist immer der Teufel los.»

«Und der Mörder hat das ausgenutzt.»

Giangiacomo Guidi riss erneut die Augen auf.

«Ja, wahrscheinlich. Die arme, arme Signora Caine ...»

«Das ist der fünfte Kaffee, den ich seit heute Morgen trinke», sagte der Kommissar und verzog den Mund. «Kein Wunder, dass ich eine Gastritis habe.»

Solara sah ihn voller Mitgefühl an. Sie standen in einem der vielen Gänge der Scala vor einem Kaffeeautomaten, der ihnen einen Fingerbreit kochend zähe Flüssigkeit in ein Plastikbecherchen gegossen hatte, das kurz vor der Schmelze stand.

«Widerlich, was?»

«Tja, aber immerhin ist es Kaffee. Ich hab heute Nacht kein Auge zugetan. Wenn es wenigstens etwas gebracht hätte. Was halten Sie von der ganzen Geschichte? Zwei Morde am gleichen Ort innerhalb von vier Tagen ... kann das Zufall sein?»

«Nein, ich glaube nicht an den Zufall. Den ziehe ich erst in Erwägung, wenn ich jede andere Hypothese endgültig ausschließen kann.»

«Dann suchen wir also nur einen Mörder.»

«Es gibt viele Möglichkeiten», seufzte Solara. «Es könnte ein Einzeltäter sein, der ein Motiv hatte, beide Opfer zu ermorden, oder der den zweiten Mord begangen hat, um die Aufmerksamkeit vom ersten abzulenken, oder den ersten, um vom zweiten abzulenken … Wir können es aber auch mit zwei Tätern zu tun haben, dann wäre der zweite eiskalt oder leicht beeinflussbar.»

«Zwei Täter am gleichen Ort und dann auch noch in einem Ambiente wie diesem … Das scheint mir nicht sehr wahrscheinlich.»

«Mir auch nicht, aber wir können nicht von vornherein ausschließen, dass jemand, ich wiederhole mich, äußerst Kaltblütiges die Aufregung um den ersten Mord ausgenutzt hat, um einen zweiten zu begehen und die Dinge zu vermischen. Wir könnten es aber auch mit einem leicht beeinflussbaren Menschen zu tun haben, der sich in seiner Erregung über die Tatsache, dass Gentile Modotti so problemlos ermordet wurde, gedacht hat, es könne genauso leicht sein, die Caine loszuwerden …»

«Der Ehemann?»

«Oder ihre Agentin, aus Rache, weil die Caine sich weigerte, ihr Testament zu ändern, oder auch ein betrogener oder zurückgewiesener Liebhaber … auch infrage käme jemand, der die Tat aus purer Lust am Töten begangen hat, und dazu noch in einem so spektakulären Augenblick …»

«Mein Gott, bitte kein Mythomane.»

«Aber die gibt es.»

Bedrückt schüttelte Guidetti den Kopf.

«Ich weiß. Und leider weiß ich auch, dass man die am schwersten findet. Wie geht es jetzt weiter?»

Solara verzog das Gesicht.

«Machen wir uns die Sache nicht zu schwer. Wenn Sie einverstanden sind, gehen wir zuerst von der Hypothese aus, dass es nur einen Mörder gibt, und suchen alle möglichen Verbindungen zwischen den beiden Verbrechen. Falls sich diese Hypothese als nicht stichhaltig erweisen sollte, untersuchen wir jeden Fall einzeln.»

«Gut. Dann fangen wir aber mit dem Ehemann an. Er hatte ein gutes Motiv, sowohl Gentile Modotti zu töten, als auch seine Frau aus dem Weg zu räumen. Stimmt's?»

«Stimmt.»

Giandomenico Berri hatte sich in seinem luxuriös eingerichteten Büro im ersten Stock eingeschlossen und fand keine Ruhe. Die irrationale Angst, über seinem Theater könnte ein Fluch liegen, hatte ihn die ganze Nacht über gepeinigt und tiefe Ränder unter seine Augen gezeichnet, die schon unter normalen Umständen immer in Bewegung waren, nun aber etwas Fieberndes an sich hatten. Die Entscheidungsfreude, die ihn sein ganzes Leben lang ausgezeichnet hatte, schien verschwunden und einem Wirrwarr verstiegener Ideen ohne Anfang und Ende Platz gemacht zu haben, die sich in seinem Hirn ballten und seinen Verstand lähmten. Nur einen klaren Gedanken konnte er noch fassen: anzuerkennen, dass es so war. Aber das half ihm nicht weiter.

Zum Glück, sagte er sich immer wieder, während er in einem fort mit fahrigen Schritten zwischen Schreibtisch und Fenster hin und her ging, zum Glück verfügte die Scala über einen Mechanismus, der so perfekt war wie ein Schweizer Uhrwerk. Alles, außer natürlich der Möglichkeit eines Mordes, war vorhergesehen. Und wenn er es recht bedachte, konnte selbst ein Mord als Unglück wie andere auch angesehen werden, wie ein ernstlich indisponierter Sänger, zum Beispiel, das war schließlich auch vorgesehen. Die Vorstellungen konnten also weitergehen. Sie mussten weitergehen.

Mary Rose Caine würde durch die Sopranistin aus dem anderen Cast ersetzt. So wurde in der Scala, um die Künstler nicht zu verletzen, die Zweitbesetzung genannt, der Ersatz, der in der Regel mindestens bis zum Ende des ersten Aktes hinter den Kulissen wartet. Für den Fall einer plötzlichen Heiserkeit des Tenors, eines Malheurs des Baritons, kurz: für alle Fälle. Und der sich jetzt auch beim Mord an der Sopranistin als nützlich erwies.

Berri musste nur den Verwaltungsrat einberufen, damit der eine Entscheidung traf und die Aufführung neu ansetzte. Doch dafür hätte er ein Fünkchen Energie benötigt, und ausgerechnet das schien ihm abzugehen, unglaublich, zum Verzweifeln. Zum ersten Mal in seinem Leben hoffte er, wie durch ein Wunder würde ihm jemand abnehmen, was ihm bis dahin mehr als alles auf der Welt Genuss am Dasein bereitet hatte. Entscheidungen treffen. Das Kommando führen.

Er fragte sich, was mit ihm geschah, aber zu seinem Glück hatte er nicht die Zeit, sich eine Antwort zu geben.

Michelangelo Loewenstein betrat sein Büro, ohne sich anmelden zu lassen und ohne zu klopfen, wie immer. Ein Benehmen, das den Intendanten anfangs sehr irritiert hatte, bis er irgendwann begriff, dass es keiner Arroganz entsprang, sondern der Selbstsicherheit, die dem Dirigenten sein seltsames Charisma verlieh, dank dessen er immer und überall willkommen war.

«Darf ich?»

Er setzte sich, gut aussehend, in Jeans und schwarzem Pullover, elegant in jeder Geste.

«Schlimme Phase?»

«Schlimmer geht's nicht.»

«Sag das nicht, du weißt, ich bin ein bisschen abergläubisch.»

«Wenn ich das nur auch wäre. Dann könnte ich mir zum Trost wenigstens Amulette umhängen …»

«Das größte Theater der Welt im Bann eines Fluchs», erwiderte Loewenstein ernst und unterstrich den Satz mit einer ausladenden Geste, als untermalte er eine große Überschrift oder ein Schild.

«Bitte keine Witze.»

«Das ist kein Witz. Zumindest nicht nur. Auch ich habe den Eindruck, dass etwas Unheilvolles in der Luft liegt. Ein Pleonasmus, natürlich. Zwei Morde können nur von einer unheilvollen Kraft ausgelöst worden sein. Und das Stigma bleibt.»

«Es bleibt noch etwas Schlimmeres. Zwei Premieren schief gegangen, das Theater gelähmt, vor den Augen der ganzen Welt … Ein Desaster, ein echtes Desaster.»

«Wir müssen reagieren. Das Theater muss reagieren, ein Zeichen der Stärke geben.»

«Ja, ja, gewiss …»

«Hast du schon ein Pressekommuniqué herausgegeben?»

«Ja, die Presseabteilung hat das erledigt, natürlich. Aber Pressekommuniqués halten nicht lange vor …»

«Hast du den Verwaltungsrat einberufen?»

Giandomenico Berri blickte verstört um sich.

«Ich wollte es gerade tun …»

«Gut. Die Vorstellungen müssen weitergehen. Die zweite Aufführung war für übermorgen vorgesehen, richtig? Na gut, wir müssen uns an das Programm halten, um jeden Preis. Diese Ersatzsängerin …»

«Liliana Capua.»

«Ja, sie ist nicht gerade die Größte, aber ich habe mir gedacht, wenn ich in diesen zwei Tagen mit ihr den ganzen Part durchgehe, ich und sie allein am Klavier, dann könnte sie vielleicht etwas mehr bringen, was hältst du davon?»

«Das scheint mir eine hervorragende …»

«Und noch etwas. Du hast selbst gesagt, Pressekommuniqués halten nicht lange vor. Warum berufst du nicht noch eine richtige Pressekonferenz ein? Findest du nicht auch, das wäre angebracht? Wenn du willst, machen wir das zusammen. Wir treten ruhig und gefasst vor die Fernsehkameras, sagen, wie bestürzt und erschüttert wir über das Vorgefallene sind, dass das Theater aber weiterleben müsse, für das Publikum, für die Künstler und für die Stadt. Wie stets in seiner Geschichte. Wir beklagen die Verluste, die wir erlitten haben, erklären unser Vertrauen in einen glücklichen Ausgang der Ermittlung und beruhigen alle. Was wir unbedingt vermeiden müssen, ist der Eindruck, wir seien unfähig zur Reaktion oder, ganz schlimm, in Panik verfallen. Bist du einverstanden?»

«Ja …»

«Dann los. Für wie viel Uhr willst du die Pressekonferenz einberufen?»

Giandomenico Berri blickte wieder um sich, wie auf der Suche nach einer Inspiration.

«Halb eins?», schlug er vor.

«Hervorragende Idee! Dann decken wir alle Nachrichtensendungen zur Mittagszeit ab, und die am Abend und von morgen auch. Denn uns werden sie sicher mehrmals zeigen.»

«Kann schon sein.»

«Wie, kann sein? Du weißt ganz genau, dass sie das tun werden. Weil wir die Scala sind, das größte Theater der Welt. Das dürfen wir nie vergessen. Dann sehen wir uns also um zwölf. Im Foyer, oder? Als würden wir, gemeinsam mit dem Publikum, darauf warten, endlich die

Aufführung zu sehen. Was ja auch die Wahrheit ist. Oder etwa nicht?»

Ohne eine Antwort abzuwarten, verließ er das Zimmer, schnell und sicher, wie er hereingekommen war. Als er die Tür hinter sich geschlossen hatte, lehnte er sich dagegen und schlug erschöpft die Hände vors Gesicht.

Das Grau der Möbel in Ruggero Solaras Büro wirkte im Vergleich mit der mattgrauen fleckigen Gesichtsfarbe Alberto Rossis geradezu strahlend und quicklebendig.

Seit einer halben Stunde wand er sich schon auf dem Stuhl und blickte sorgenvoll zur Tür, durch die der Staatsanwalt kommen musste, aber einfach nicht kam.

Eine halbe Stunde, in der die Angst, die ihn schon die ganze Nacht gepeinigt hatte, unerträglich geworden war und ihn zwang, seine Nägel bis aufs Blut zu kauen. Seit er in jungen Jahren seinen Sinn des Lebens in einem kleinen miefigen Trainingsstudio in der Vorstadt gefunden hatte, war er ein Gesundheitsfanatiker, aber das Warten in diesem Zimmer machte ihn so nervös, dass er eine ganze Schachtel Zigaretten geraucht hätte, wenn er eine in Reichweite gehabt hätte. Er versuchte, die Fragen zu erraten, die man ihm stellen würde, und sich die Antworten zurechtzulegen, aber die Fragen, die er vermutete, waren schrecklich und seine Antworten ungenügend.

Als Solara und Guidetti endlich das Büro betraten, war die Erleichterung darüber, dass das Warten ein Ende hatte, so groß, dass sie sogar seine Angst überwog.

«Klar, der Ehemann wird immer als Erstes verdächtigt», sagte er und sprang auf, «aber ich bin unschuldig!»

«Das wird sich zeigen», antwortete Solara und setzte sich an den Schreibtisch. «Guten Tag erst mal. Setzen Sie sich, bitte.»

Schon erschöpft, ließ sich Alberto Rossi auf den Stuhl fallen. Der Kommissar blieb hinter dem Staatsanwalt stehen, um ihn zu mustern. Rossi fand seine Miene bedrohlich.

«Wie kommen Sie überhaupt darauf», fragte Solara, «Sie würden des Mordes an Ihrer Frau verdächtigt?»

Alberto Rossi wurde feuerrot.

«Na, weil ... weil ... ich alles erbe, oder? Diese Schlange von Guglielmini hat Ihnen das doch bestimmt gesteckt.»

«Viele Ehemänner erben alles.»

«Ja, schon», wand sich Rossi, «aber Mary Rose hatte einen Haufen Geld. Einen verdammt großen Haufen. Das ist doch für euch bestimmt ein gutes Motiv.»

«Ein hervorragendes Motiv, ja. Vor allem für einen Ehemann, der – wie soll ich sagen? – selbst nicht viel zu bieten hat.»

«Ich bin vielleicht ein Habenichts», entgegnete Alberto Rossi aufs äußerste angespannt, «aber das hat nichts mit ihrem Tod zu tun. Das braucht Sie nicht zu interessieren, das ist meine Angelegenheit! Sie brauchen sich nur merken, dass ich sie nicht ermordet habe!»

«Haben Sie sie geliebt?»

«Ich habe sie nicht ermordet. Der Rest, ich sag's noch einmal, ist meine Sache.»

«Könnten Sie uns wenigstens sagen, was Sie in der halben Stunde vor Beginn der Vorstellung gemacht haben?», fragte Guidetti.

«Hab mich ein bisschen rumgetrieben.»

«Wo?»

«Im Theater.»

«Und weshalb sind Sie nicht bei Ihrer Frau in der Garderobe geblieben?», fragte Solara. «Hatten Sie mir nicht gesagt, vor den Auftritten wären Sie immer bei ihr, um sie zu beruhigen und abzulenken?»

«Wir hatten uns gestritten», sagte Rossi kleinlaut.

«Wie bitte?»

«Wir hatten uns gestritten!», wiederholte er und warf dem Staatsanwalt einen herausfordernden Blick zu. «Ist das ein Verbrechen? Streiten Sie sich nie mit Ihrer Frau?»

«Schon möglich», ging Solara darüber hinweg. «Weshalb haben Sie sich gestritten?»

Rossi machte ein Gesicht wie ein trotziges Kind.

«Weil sie mir den neuen Ferrari nicht kaufen wollte. Sie sagte, ich muss ihn mir verdienen. Als ob das keine Arbeit wäre, Tag und Nacht um sie rum zu sein. Eine harte Arbeit ist das. Wieso fragen Sie mich das überhaupt? Hat Ihnen die Guglielmini das nicht erzählt? Sie war doch immer dabei, mit ihrem falschen Lächeln, und hat jedes Mal beifällig genickt, wenn Mary Rose mir etwas verweigert hat. Immer gegen mich, immer Zwietracht säen. Wenn schon, würde ich die umbringen.»

Hoffen wir, dass sie nicht das nächste Opfer wird, dachte Solara. Überrascht hielt er einen Augenblick inne. Wieso ging er überhaupt davon aus, dass es noch einen Mord geben könnte? Was hatte ihn auf diesen Gedanken gebracht? Die düstere Atmosphäre im Theater? Intuition? Sein grundsätzlicher Pessimismus? Er schüttelte den Kopf und beschloss, nicht weiter darüber nachzudenken. Zumindest nicht jetzt. Er hatte schon genug am Hals.

«Und wohin sind Sie dann gegangen?», fragte der Kommissar, Solaras Schweigen ausnutzend.

«Nach draußen … ein bisschen frische Luft schnappen, um die Nerven zu beruhigen.»

«Durch welchen Ausgang?»

«Den an der Via Filodrammatici.»

«Dann müssten die Pförtner Sie ja gesehen haben.»

Rossi zuckte die Schultern.

«Wie lange waren Sie draußen?»

«Fünf oder zehn Minuten, ich weiß nicht.»

«Und dann?»

«Bin ich wieder rein. Ich wollte nicht, dass Mary Rose einen hysterischen Anfall kriegt und irgendwie mir die Schuld daran gibt, wenn sie keinen Ton mehr rausbringt. Es wäre ja nicht das erste Mal gewesen.»

«Dann sind Sie also in die Garderobe zurückgegangen.»

«Ja.»

«Und welchen Weg haben Sie genommen?»

«Den über die Bühne, das geht schneller.»

«Haben Sie jemanden gesehen?»

«Einen Haufen Leute.»

«Haben Sie mit jemandem gesprochen?»

«Nein», zischte Rossi. «In diesem verdammten Theater lässt sich niemand herab, mit mir zu sprechen. Nur der Dirigent und die Kostümbildnerin und die Maskenbildnerin, die viel mit Mary Rose zu tun hatten. Die anderen schneiden mich alle, weiß Gott, was die glauben, wer sie sind, diese ...»

Er unterbrach sich abrupt, er wollte nicht zu vulgär werden.

«Können Sie uns die Namen der Personen nennen, die Sie gesehen haben?»

«Ein paar vielleicht. Ich mein, ich hab ja nicht darauf geachtet, wen ich gesehen habe. Ich hatte schließlich an anderes zu denken.»

«An den Ferrari?»

«Zum Beispiel», antwortete er herausfordernd.

Dann begann er wieder an den Nägeln zu kauen.

«Zu beschränkt», brummte Guidetti, als sich die Tür hinter dem jungen Mann geschlossen hatte. «Oder ...»

«… oder zu schlau», vollendete Solara den Satz für ihn. «Hm. Hätte er abgestritten, über die Bühne gegangen zu sein, wäre er früher oder später von jemandem widerlegt worden, und wenn er uns haarklein erzählt hätte, wer ihn hätte bemerken können, hätte es unecht geklungen.»

«Wie dem auch sei, er hatte die Gelegenheit, das Heroin ins Glas zu schütten. Wie lange dauert es, bis man eine Ampulle geleert hat? Eine Sekunde? Zwei?»

«Aber wo könnte er sie sich besorgt haben?»

Guidetti lächelte bitter.

«Man sieht, dass Sie Mailand noch nicht kennen. Was das angeht, ist es hier wie in Rom, glauben Sie mir. Ein Kinderspiel, er hätte sie sich überall besorgen können, am Bahnhof, in Niguarda, am Castello … Es gibt jede Menge Orte, an denen es von Fixern und Dealern nur so wimmelt. Wir verjagen sie von einem Ort, und sie tauchen an einem anderen wieder auf. Schlimmer als Unkraut.»

«Am Castello auch? Dort gehe ich joggen.»

«Tatsächlich? Dann geben Sie auf die Spritzen Acht, rate ich Ihnen», sagte der Kommissar besorgt. «Und wie gehen wir jetzt weiter vor?»

Solara schaute auf die Uhr.

«Mist», brummte er, «ich müsste mich unbedingt beim Oberstaatsanwalt blicken lassen, vom Amtsdiener weiß ich, dass er schon den ganzen Vormittag nach mir sucht … Aber erst … erst gehe ich noch auf einen Sprung in die Scala, ich will mich mit dem Dirigenten unterhalten. Wie sehen Ihre Pläne aus?»

Guidetti fuhr sich mit der Hand durchs Haar.

«Ich habe alle, die in diesen verdammten zwanzig Minuten auf der Bühne waren, aufs Kommissariat bestellt. Eine ellenlange Liste. Wieso, brauchen Sie mich?»

«Nein, tun Sie nur Ihre Arbeit. Rovetta Valesi werde ich

vernehmen. Ich habe ihm ausrichten lassen, er solle später hierher kommen.»

«Weshalb, war er gestern Abend auch auf der Bühne?»

«Das weiß ich noch nicht, aber ich habe ihn vorgeladen, weil Boldini mir heute Morgen gesagt hat, wer die Caine ersetzen wird.»

«Lassen Sie mich raten. Liliana Capua, die Geliebte von Rovetta Valesi?»

«So ist es.»

7

Es kam ihm inzwischen vor, als würde er dauernd zwischen Staatsanwaltschaft und Scala hin und her laufen, wie ein Schiffchen, als wäre er Teil eines zermürbenden, sinnlosen Perpetuum mobile. Sicher, er hätte genauso gut hinter dem Schreibtisch bleiben, telefonieren, vorladen, vernehmen, Guidettis Berichte abnehmen, kurz: alles vom Büro aus machen können. Aber was war das für ein Büro? Ein graues, anonymes Zimmer mit deprimierender Ausstrahlung, in dem er das Gefühl hatte, als stauten sich die Gedanken in seinem Kopf.

Ein bekanntes Gefühl. Büros, Schreibtische und Sitzungssäle hatte er schon immer als deprimierend empfunden, selbst bei seinem Kinderzimmer war es ihm so gegangen. Auch damals hatte er, sobald er konnte, Bücher und die unvermeidlichen Notizblöcke, die er für jedes Schulfach besaß, zusammengerafft und war nach draußen gegangen, um auf einer Wiese in der Villa Borghese zu lernen, wenn's sein musste, auch bei einem Freund, wo es wenigstens den Anreiz einer fremden Umgebung und einer neuen Wohnung gab, die man erforschen konnte.

Doch wenn er aufrichtig war, musste er zugeben, dass ihn nicht so sehr das Grau seines Büros nach draußen trieb, sondern eher seine immer größere Neugier auf die Scala. Sie kam ihm vor wie eine Welt für sich, durchdrungen von der eigenen Geschichte und den eigenen Traditionen, regiert nach Regeln, die er nicht kannte, wo die Leute irgendwie anders waren, als sprächen sie eine andere Sprache, obwohl sie die gleichen Worte benutzten. Dieser Neugier wegen machte er auch noch schnell einen Abstecher in die Galleria, vielleicht gab es im dortigen Buchladen ja etwas über das Theater. Zu seinem Erstaunen fand er gleich mehrere Titel, ganze Stapel, sodass er die Qual der Wahl hatte.

Mit dem Buch tief in der geräumigen Manteltasche, den Kopf abgewandt, damit man ihn nicht erkannte, ging Solara an den offenen Türen des Haupteingangs vorbei, wo sich Journalisten, Fernsehkameras und die üblichen Schaulustigen drängten, und bog in die Via Filodrammatici ein, wo die Pförtner ihn inzwischen nur noch mit resigniertem Kopfnicken grüßten und nicht mehr fragten, wohin er wolle.

Er machte sich auf die Suche nach dem unvermeidlichen Demetrio Boldini.

«Der Dirigent ist im Augenblick beschäftigt», teilte dieser ihm mit, «er und der Intendant halten eine Pressekonferenz ab. Ich glaube, er steht ihm ein bisschen bei.»

«Beistehen, wem?»

«Dem Intendanten. Man erkennt den armen Mann ja nicht wieder», erklärte Boldini mit einem seltsamen Lächeln. «Der ganze Rummel hat ihn wohl geschafft.»

«Sie mögen ihn nicht besonders, stimmt's?»

Boldinis Lächeln wurde starr.

«Nein, nicht besonders. Aber ...», beeilte er sich, das Thema zu wechseln, «ich sehe, es ist fast eins. Würden Sie eine Einladung zum Mittagessen annehmen? Ich verspreche Ihnen, dass ich Sie in Ruhe lasse und Sie nichts über die Ermittlungen fragen werde. Wäre Ihnen ein rascher Imbiss recht? Wenn wir zurückkommen, wird der Dirigent Zeit haben, und Sie können mit ihm reden, so lange Sie wollen.»

Solara willigte ein. Und da er immer neugierig war zu sehen, wo die Leute wohnten, war er auch einverstanden, als Boldini ihm vorschlug, den Imbiss bei ihm zu Hause einzunehmen, ganz in der Nähe, gleich hinter der Piazza Duomo, in der Via dei Piatti.

Die Wohnung, erzählte Boldini, hatte er erst kürzlich nach seinem Entwurf umbauen lassen, er selbst hatte die Bauarbeiten überwacht, was ihn natürlich viel Kraft gekostet, unterm Strich aber auch viel Freude bereitet hatte, denn es war ein wahres Juwel dabei herausgekommen … Über all das sprach Boldini mit einem besonderen, fast weibischen Stolz und betonte besonders die Tatsache, dass er von seinen Fenstern aus die Madonnina sehen könne. Der Staatsanwalt, der an die großartigen Aussichten der römischen Terrassen gewohnt war, fand diese Verherrlichung ein bisschen übertrieben.

Doch als er vor der großen Balkontür im Wohnzimmer stand, revidierte er sein Urteil. Nie hätte er gedacht, dass es in Mailand, dem grauen, flachen Mailand, ein derart eindrucksvolles Panorama geben könne.

Ja doch, hoch oben auf der höchsten Fiale des Doms glitzerte die Madonnina in der Sonne, aber das war fast ein Detail, letzter Strich auf einem schon vollkommenen Bild.

Ein faszinierendes Gewirr aus Dächern, das überraschende Grün von Terrassen, und dazwischen die drei grün oxidierten Kupferkuppeln von Sant'Alessandro, die aussahen wie Montgolfieren, bereit, inmitten der unzähligen grauen Dächer abzuheben, und weiter rechts, im Hintergrund, die dunkle, das Mittelalter nachahmende Silhouette der Torre Velasca, dem jüngsten Stolz der modernen Mailänder Hochhausarchitektur.

«Das ist ja phantastisch!», rief Solara fasziniert aus. «So unecht, wie gemalt, als wäre es ein Bühnenbild.»

«Deshalb wollte ich keine Gardinen, es wäre ein Sakrileg gewesen. Aber kommen Sie, das ist noch nicht alles. Schauen Sie hier auf der anderen Seite …»

Er zeigte ihm das harmonische Panorama der großen bauchigen Kuppel von San Lorenzo, deren geradezu lehrbuchhaftes Pendant die kleinere, anmutige Kuppel von Sant'Eustorgio bildete.

«Ich muss wirklich sagen, ich beneide Sie. Ich wohne zurzeit in einer deprimierenden Residence, und das ist noch beschönigend ausgedrückt.»

«Wenn Sie möchten, helfe ich Ihnen, etwas Besseres zu finden. Aber machen Sie es sich doch bequem. Möchten Sie sich die Hände waschen?»

Ja, wollte er, aber vor allem wollte er so viel wie möglich von der übrigen Wohnung sehen. Boldini führte ihn durch einen langen weißen Flur, von dem geschlossene Türen abgingen und wo an einer Stelle eine ganze Zimmerwand entfernt worden war, um Platz für einen kleinen, aber gut ausgestatteten Trainingsraum zu schaffen.

Im raffiniert schwarz-weiß gehaltenen Bad fiel ein unpassender alter Stuhl ins Auge, der mit Antiquitäten-Zeitschriften beladen war, und auf der schwarzen Marmorfläche des Waschbeckens, auf einem Tablett aus massivem Silber, das Solaras Mutter bestimmt auf dem Esstisch zur Schau gestellt hätte, fanden sich Männerdüfte in einer Vielfalt, auf die ein Spezialgeschäft neidisch gewesen wäre. Am neugierigsten machte ihn jedoch ein großes rundes Stoffgebilde, eine Art bunte Zielscheibe, die an der Längswand hing. Von der weißen Mitte aus entfaltete es sich spiralförmig zum Rand hin, erst gelb, dann orange, grün, blau, braun und schließlich schwarz. Erst nachdem er die Hände gewaschen hatte, begriff Solara, dass es sich wohl um ineinander gewickelte Judogürtel handelte. Vom weißen Gürtel der Anfänger bis zum schwarzen, den nur die Meister erreichen.

«Machen Sie Judo?», fragte er, als er ins Esszimmer zurückkam, wo Boldini bereits den Tisch mit eleganten Platzdeckchen, Kerzen, einem Silberkorb fürs Brot, einem Tablett mit Wurst und Käse und sechs oder sieben Fläschchen mit amerikanischen Salatsaucen hergerichtet hatte, Dressings, wie man das heutzutage auch in Italien nennt.

«Karate», berichtigte Boldini angenehm überrascht, während er eine große Salatschüssel auf den Tisch stellte. «Aber das ist Schnee von gestern. Schade, ich war schon beim fünften schwarzen Dan, aber die Verpflichtungen, die Arbeit … kurz, ich habe es aufgegeben. Seit Jahren halte ich mich nur mit ein bisschen Gymnastik fit.»

«Sie haben ja auch einen schönen Trainingsraum …»

«Ein paar Geräte, weiter nichts», lächelte Boldini mit falscher Bescheidenheit. «Zum Glück konnte ich hier in der Wohnung dafür Platz schaffen. Denn fürs Fitness-Studio finde ich einfach nicht mehr die Zeit …»

Während des Mittagessens ließ sich Boldini über Karate, Hanteltraining und Fitness aus. Solara erzählte von seinen morgendlichen Dauerläufen, von seinen Zeiten, von den Strecken und von seiner vagen Idee, Seil zu springen, wenn er nicht genügend Zeit zum Laufen hatte. Aber vor allem sah er sich um.

Diese Wohnung hatte etwas Besonderes.

Weiße Wände, weiße Sofas, weiß gestrichener Holzfußboden, die perfekte Ordnung einer pedantischen Hausfrau, große Regale, wo Bücher, Platten und Videobänder wie paradierende Zinnsoldaten aufgestellt waren, und … Vitrinen. Überall Glasvitrinen, große und kleine, voll gefüllt mit Gegenständen.

Boldini schien seine Gedanken zu lesen.

«Ich bin ein unverbesserlicher Sammler», bekannte er, während er rasch die Teller in die Küche zurücktrug. «Ich sammle alles. Das ist meine Freizeitbeschäftigung, fast eine Manie. Wenn es Sie interessiert …»

«Sehr.»

«Dann kommen Sie, ich zeige Ihnen alles ganz genau. Wenn's Ihnen zu viel wird, müssen Sie es sagen.»

In der größten und schönsten Vitrine standen zig Miniaturmodelle der Scala aus allen Epochen und Materialien, aus Holz, Marmor, Blech, Pappmaché und sogar eins, das von einem offenbar die Oper liebenden Strafgefangenen aus Streichhölzern gefertigt worden war. Alles Mögliche enthielten die Vitrinen. Eine war voll gestopft mit zumeist russischen Pillendöschen aus emailliertem Silber, eine enthielt goldene und silberne Fingerhüte, eine Frösche in allen Größen und Materialien, eine einfache Steine, eine Bleistifte aus aller Herren Länder, eine Tintenfässer aus schlichtem Glas, und eine enthielt große schwarze, von Nadeln durchbohrte Spinnen, was Solara irgendwie makaber fand.

«... und das sind Schwarze Witwen, eine echte Rarität», beendete Boldini seine Führung. «Ich bin ein unbekehrbarer Junggeselle. Sie leisten mir Gesellschaft.»

Der Staatsanwalt wusste nicht recht, ob sich das auf alle Sammlungen bezog oder nur auf die Spinnen, aber er verkniff sich die Frage. Es war schon spät. Sie mussten in die Scala zurück.

Der Dirigent, erfuhren sie von einem Pförtner, war im gelben Zimmer und probte den Part des Soprans.

«Was ist das gelbe Zimmer?», fragte Solara, immer neugierig.

«Dort tagt der Verwaltungsrat, es heißt so wegen der Tapeten. Sie sind aus Seide, müssen Sie wissen», erklärte Boldini mit offenkundigem Stolz. «Ausgesprochen schön, vielleicht probt der Dirigent deshalb so häufig dort. Möchten Sie zuhören? Loewenstein hat bestimmt nichts dagegen, und wenn er fertig ist, wird er Ihnen sicher alle Fragen beantworten.»

«Apropos Loewenstein, reine Neugier. Wie kommt es eigentlich, dass ein Ausländer Chefdirigent der Scala ist? Gab es nicht genügend qualifizierte Italiener für den Posten?»

«O doch, zumal die Scala noch nie einen ausländischen Dirigenten hatte. Aber Loewenstein ist tatsächlich Italiener. Seine Mutter war die berühmte Pianistin Carola Minghetti, haben Sie von ihr gehört?»

«Nein.»

«Eine Konzertpianistin von Weltruf», fuhr Boldini mit seinen Erläuterungen fort, während er durch eine Glastür voranging und Solara über eine Wendeltreppe in den ersten Stock führte. «Den Nachnamen hat er vom Vater, einem amerikanischen Juden deutscher Abstammung, einem berühmten Geiger, der ebenfalls aus einer Musikerfamilie stammte. Als er starb, offenbar in jungen Jahren, kehrte die Minghetti nach Italien zurück, und Loewenstein hat hier studiert, am Mailänder Konservatorium, um genau zu sein. Er besitzt die doppelte Staatsbürgerschaft, sagt aber stets, sein Vaterland sei Italien.»

«Offenbar schwimmt er da gegen den Strom», warf Solara ein. «Die meisten Italiener, die ich kenne, sagen unentwegt, wenn sie könnten, würden sie lieber in einem anderen Land leben.»

Er sprach automatisch, plötzlich abgelenkt von dem Gedanken, wie er bei dem Gespräch mit Loewenstein auftreten sollte. Er war zwar in offizieller Funktion hier, aber der Dirigent zählte weder zu den Zeugen noch zu den Verdächtigen, zumindest im Moment. Solara wollte ihm nur ein paar Fragen stellen. Und wenn man nur ein paar Fragen stellen wollte, durfte man da eine Probe unterbrechen? Als er sich bewusst wurde, mit welcher Frage er sich da beschäftigte, war er irritiert. Er leitete die Ermittlung in zwei Mordfällen, die in der ganzen Welt Aufsehen erregt hatten, was zum Teufel scherte er sich um die Proben mit der Sopranistin? Langsam begann die weihevolle Atmosphäre dieses Theaters ihn zu konditionieren, dachte er unwillig.

Gereizt beschloss er, nicht allzu rücksichtsvoll vorzugehen, doch sobald er eintrat, wurden diese Gedanken hinfällig, denn Loewenstein unterbrach die Sängerin mitten in der Arie und ging mit gewinnendem Lächeln auf ihn zu.

«Wenn ich recht vermute, wollen Sie mir ein paar Fragen zum Mord an der armen Caine stellen, Herr Staatsanwalt. Ich wäre übrigens auch gern zu Ihnen gekommen, wenn Sie mich nur hätten rufen lassen. Es ist mir ein Vergnügen, Ihnen Rede und Antwort zu stehen, aber … ich muss Sie um einen kleinen Gefallen bitten: Gewähren Sie mir noch zehn Minuten?»

Er kehrte an den Flügel zurück und ließ einen frustrierten und verdutzten Solara stehen, dem nichts anderes übrig blieb, als sich zu setzen und in Geduld zu fassen.

Unter dem Porträt Arturo Toscaninis, der die Probe mit strengem Blick zu überwachen schien, glitten Loewensteins Finger über die Tasten, und die Sopranistin stimmte eine Arie an, die Solara noch nie gehört hatte.

Es war ein seltsamer Anblick, diese moderne junge Frau in Jeans und engem T-Shirt über den kleinen spitzen Brüsten, das dunkle Haar flüchtig im Nacken zusammengefasst, eine so romantische Arie trällern zu hören. Man hätte sie sich besser auf dem Sozius eines Motorrads oder vor einem Computer vorstellen können, mit irgendetwas Zeitgenössischerem beschäftigt als mit dem permanenten Wiederholen endloser hoher Tonfolgen, die hundertfünfzig Jahre zuvor komponiert worden waren.

Und doch stand sie da, konzentriert, aufmerksam, eifrig

und bereit, mitten in der Phrase abzubrechen und von vorn zu beginnen, sobald der Dirigent die Finger von den Tasten nahm und damit durch die Luft fuhr, um eine Musik darzustellen, die in diesem Augenblick nur in ihren beiden Köpfen erklang.

«Nein, nein, nicht so, leiser. Über die Worte ‹Parigi o cara› hat Verdi ‹dolcissimo a mezza voce› geschrieben …»

«Ja, ja, sehr gut. Nur ein wenig leiser. In der Partitur steht ‹leggero e stentato›. Noch einmal ab ‹de' corsi affanni compenso avrai›. Und denk dran: Die Betonung auf dem Fes.»

«Hörst du den Ton? Dieses Ces ist zu intensiv. Wenn Violetta singt: ‹È il mio malore … fu debolezza›, muss der Gesang die Fiktion eines wiedererlangten Wohlbefindens aufrechterhalten, bebend und erloschen zugleich. Los, nochmal von vorn.»

«Nein, nein, das ist nicht gut. Die Stimme muss hier den fast schon erloschenen Lebenswillen ausdrücken. ‹Sforzandosi›, hat Verdi geschrieben. Also versuch auch, Anstrengung auszudrücken. Große, unsagbare Anstrengung …»

Zuerst begriff Solara nicht. Er konnte keinerlei Unterschied heraushören zwischen dem, was dem Dirigent nicht gefallen hatte, und dem, was er nach vielmaligem Wiederholen mit zufriedenem Lächeln guthieß. Und doch musste es einen Unterschied geben, sonst wäre all diese Mühe völliger Irrsinn gewesen. Er hörte genauer hin. Aber ja. Diese Betonung, die der Dirigent ‹auftaktig› nannte, gab jener Gesangsphrase mehr Menschlichkeit, bewirkte, dass die Empfindung unter die Haut ging. Und jenes letzte Crescendo, diese übermenschliche Anstrengung, wenn Violetta im Augenblick des Todes ‹O gioia› singt, drückte, wenn es so herzzerreißend gesungen wurde, wie er sagte, tatsächlich all die Menschlichkeit eines Geschöpfes aus, das am Ende seines Weges angekommen war.

Solara war begeistert von seinem ungeahnten Musikverständnis und genoss die Musik so sehr, dass er es außerordentlich bedauerte, als Loewenstein den Flügel zuklappte und die Sopranistin entließ.

Demetrio Boldini, höflich und diskret wie immer, hatte sich unterdessen dezent zurückgezogen.

Loewenstein blieb auf dem Klavierhocker sitzen, wandte sich dem Staatsanwalt zu, schlug die Beine übereinander und lächelte.

«Nun bin ich ganz der Ihre.»

Einen Augenblick lang blitzte in Solaras Hirn der Gedanke auf, dass dieser mit einem Glitzern in den blauen Augen ausgesprochene Satz wohl alle Frauen, die er kannte, zutiefst aufgewühlt hätte. Auch bei ihm wurde etwas ausgelöst, und zwar reine Irritation.

«Nur ein paar leider nicht sehr originelle Fragen. Waren Sie in den zwanzig Minuten, bevor sich der Vorhang öffnete, auf der Bühne?»

«Ich habe sie überquert, aber ich könnte nicht genau sagen, wann. Ich wollte in meine Garderobe. Wissen Sie, vor einer Vorstellung habe ich immer das Bedürfnis, eine Zeit lang allein zu bleiben. Um mich zu konzentrieren.»

«Wie ein Torero?», entfuhr es Solara.

«Genau!», rief Loewenstein begeistert, als hätte er die skeptische Nuance in der Stimme des Staatsanwalts nicht bemerkt. «Ich sehe, Sie haben das Wesen der Sache vollkommen erfasst. Wie ein Torero, ja. Denn glauben Sie mir, die Musik zu bändigen kann sogar noch schwieriger sein, als einem Stier gegenüberzutreten … Also, wie ich bereits sagte, ich habe die Bühne überquert, relativ zügig, aber ich kann Ihnen nicht genau sagen, wann das war, ob eine halbe Stunde oder fünfundzwanzig oder zwanzig Minuten vor Beginn der Vorstellung …»

«Und Ihnen ist nichts Verdächtiges aufgefallen?»

«Nein, nichts, was mir merkwürdig vorkam. Weder damals noch hinterher, im Wissen, was später – leider – geschah. Ich habe lange darüber nachgedacht.»

«Niemand, der dort nicht hätte sein dürfen?»

«Nein, ich glaube nicht … mal sehen. Ich habe den Regieassistenten gesehen, der das Bühnenbild abschließend begutachtete, dann Ossola, den Bühnenmeister, Boldini, ein paar Chorsänger und Bühnenarbeiter … im Vorraum zur Bühne waren natürlich auch Leute … Dort bin ich zum Beispiel dem Intendanten begegnet, dem Pressesprecher und Rovetta Valesi, mit dem ich ein paar Worte gewechselt habe. Nur wenige Minuten, dann habe ich mich in meine Garderobe zurückgezogen und meine *Traje de Luces* angelegt. Meinen schwarzen Frack, meine ich.»

«Ist es üblich, dass Rovetta Valesi sich so frei im Theater bewegt?»

Loewenstein zuckte mit den Schultern.

«Streng genommen dürfte er das nicht. Der Präsident der Amici della Scala tut das nicht. Der kommt nur zu den Generalproben, bei denen die Mitglieder beider Vereine von Rechts wegen dabei sein dürfen, und ab und zu auch zu einer Vorstellung. Aber er ist ein sehr verschlossener, reservierter Mensch, ein Lombarde alter Schule, verstehen Sie? Ihm gefällt es, Macht zu haben und sie im Hintergrund auszuüben. Rovetta Valesi hingegen gefällt es, ständig mit Macht und Bekanntschaften zu prahlen und sie einzusetzen, wo er nur kann.»

«Beim Engagement von Liliana Capua zum Beispiel?»

«Ja. Ab und zu muss man auch mal einen Kompromiss

eingehen; die Capua war ja auch nur als Ersatz vorgesehen.»

«Aber jetzt, nach der Ermordung der Caine, wurde sie automatisch zur Erstbesetzung, oder irre ich mich?»

Loewenstein breitete die Arme aus. Solara fuhr fort: «Haben Sie vielleicht während der Proben jemanden bemerkt, der dort nicht sein durfte, oder jemanden, der sich, wie soll ich sagen, ein bisschen zu sehr für den Ablauf der Szene interessierte?»

«Nicht, dass ich wüsste. Da kann kommen und zuhören, wer will. Alle hier, vom Intendanten bis zum einfachen Angestellten, lieben die Oper. Und obwohl sie die *Traviata*, um einmal unser Beispiel herzunehmen, schon hundert Mal gesehen haben, halten sie immer noch inne, sobald ihre Arbeit es zulässt, und lauschen der Musik. Sie kommentieren, kritisieren, ziehen Vergleiche … Immer ist jemand darunter, der an die vergangenen Zeiten erinnert und der Callas nachtrauert.»

«Oder Riccardo Muti?»

Loewenstein musste herzlich lachen.

«Oder Riccardo Muti, natürlich!»

Der Oberstaatsanwalt war außer sich. Er hatte genug von der Auskunft seiner Sekretärin, Solara sei nicht im Büro und habe sein Handy ausgeschaltet. Er sagte ihr, sie solle es nicht länger versuchen, und bearbeitete nun selbst alle drei Minuten die Tasten seines Telefons, um sich – vergeblich – mit seinem Untergebenen in Verbindung zu setzen.

Denn, zum Teufel, ein Untergebener war er, und dazu noch mit einer brenzligen Ermittlung befasst! Solara hätte ihn von sich aus über jede kleinste Wendung auf dem Laufenden halten müssen, stattdessen war er nicht mal telefonisch zu erreichen! Es war unerhört. Unerträglich. Er würde ihm die Ermittlung entziehen, o ja, und ob! Aber mit welcher Begründung? Weil er sein Handy ausgeschaltet hatte? Oriani befand sich im Visier des Ministers, unter Beobachtung der Politiker, im Fokus der Presse, übler ging es gar nicht. Um Solara die Ermittlung zu entziehen und sie einem anderen, Eifrigeren oder wenigstens Ehrerbietigeren zu übertragen, hätte er eine stichhaltigere Begründung präsentieren müssen. Natürlich hätte er die Ermittlungen an sich ziehen und selbst leiten, «höchstpersönlich» alle Verantwortung übernehmen können. Doch das hätte bedeutet, sich ebenjenem Minister, den Politikern und der Presse an Händen und Füßen gefesselt auszuliefern und, falls Gottes Wille ihn nicht sofort die Mörder finden ließ, zum Sündenbock in dieser Angelegenheit zu werden, zum Ersten und vielleicht Einzigen, der den Schaden hatte. Was wäre dann aus seinen politischen Ambitionen geworden?

Er musste sich beruhigen. Er musste nachdenken. Sobald er Solara zu fassen bekäme, würde er ihm eine ordentliche Gardinenpredigt halten, sich aber vor unüberlegten Schritten hüten. Denn es war viel, viel besser, den schwarzen Peter bei seinem Untergebenen zu belassen. Sollte der doch die Verantwortung tragen, sollte der doch schlecht aussehen, der mit seinem verdammten ausgeschalteten Handy!

Rovetta Valesi war ein einziger Tic. Sein langer hektischer Körper schien außer Kontrolle geraten. Die Beine zitterten, die Hände kamen nicht zur Ruhe, die Zähne kauten von allein auf den Innenseiten der Wangen herum.

Es war das zweite Mal, dass er in die Staatsanwaltschaft vorgeladen wurde, und zum zweiten Mal ließ man ihn warten. Was hatte dieser Staatsanwalt vor, wollte er seine Nerven zerrütten? Ja? Dann, so musste er zugeben, war er auf dem besten Weg dazu.

Aber er schwor sich, dass er ihm nie, um nichts auf der Welt, die Genugtuung verschaffen würde, das zu merken.

Als Solara hereinkam, traf er einen entspannten Pier Antonio Rovetta Valesi an, der mit gespieltem Interesse eine alte Zeitung durchblätterte, die er im Altpapier gefunden hatte.

«Sie müssen entschuldigen, ich wollte Sie nicht warten lassen.»

«Aber ich bitte Sie, ich verstehe sehr gut, wie eingespannt Sie wegen der Ermittlung sind. Weniger verstehe ich, wie ich Ihnen nützlich sein könnte.»

«Sind Sie zufrieden, dass Liliana Capua jetzt die Violetta singt?», fragte Solara ihn unvermittelt.

Rovetta Valesi erstarrte.

«Ich wäre es», antwortete er, «hätte das nicht den Tod der armen Caine vorausgesetzt. Oder wollen Sie mir unterstellen ...»

«Ich unterstelle gar nichts ...»

«... dass mir die Karriere der Capua mehr wert ist als ein Menschenleben?»

«... ich stelle nur Fragen, das ist mein Job. Was hatten Sie zum Beispiel auf der Bühne zu suchen, bevor der Vorhang aufging?»

«Ich wollte Loewenstein Glück wünschen.»

«Der Dirigent hat mir gesagt, er sei Ihnen zufällig begegnet.»

«Das denkt er.»

«Ist Ihnen klar, dass Sie sich in einer ziemlich heiklen Lage befinden? Sie waren am Tatort, sowohl als Gentile Modotti ermordet wurde, mit dem Sie sich gestritten hatten, als auch als das Gift in das Glas der Caine geschüttet wurde, deren Ableben Ihrer Geliebten zugute kam.»

«Das beweist aber nicht, dass ich die beiden getötet habe.

Allein deshalb nicht, weil ich der Meinung bin, dass es zivilisiertere Methoden gibt, Probleme zu lösen.»

«Wie sich mit einem Mann zu prügeln, der Ihr Freund gewesen ist?»

«Ich habe Ihnen bereits erklärt, wie es sich abgespielt hat. Ich habe Ihnen bereits gesagt, wie Leid mir das tut.»

«Unter anderem, weil dieser Streit Sie in ein sehr schlechtes Licht rückt ...»

«Und, was wollen Sie tun, wollen Sie mich zweier Morde anklagen, weil ich mich mit Luca gestritten habe?»

«Ich denke darüber nach.»

«Ach ja?» Rovetta Valesi verlor nun doch die Fassung. «Ach ja? Haben Sie darüber schon mit Ihrem Vorgesetzten gesprochen? Und was, meinen Sie, wird der Minister darüber denken? Wissen Sie, dass wir wie Brüder sind? Dass unsere Familien gemeinsam in Urlaub fahren? Wissen Sie, dass meine Frau die Cousine des Bürgermeisters ist? Wissen Sie, dass ich Sie bei meinen Kontakten in null Komma nichts feuern lassen könnte, wenn ich wollte?»

Solara machte es sich auf seinem heißen Stuhl bequem und lächelte: Rovetta Valesis Nerven lagen blank. Entweder er war der Mörder, oder er hatte vor irgendetwas Angst, aber wovor?

Er verabschiedete sich schroff von ihm und beschloss, das Handy einzuschalten. Noch während er es in der Hand hielt, klingelte es.

«Solara!», explodierte der Oberstaatsanwalt. «Wo zum Teufel stecken Sie?»

«Ich bin hier, in der Staatsanwaltschaft.»

«Kommen Sie unverzüglich in mein Büro!»

In den drei Minuten, die Solara benötigte, bläute Antonio Oriani sich ein, dass er lernen musste, sich zu beherrschen, wenn er Politiker sein wollte. Nun, dann konnte er auch gleich damit beginnen, bevor er einen Infarkt erlitt.

Als Solara hereinkam, hatte sich der Oberstaatsanwalt deshalb ausreichend beruhigt, zumindest glaubte er das.

«Ist Ihnen eigentlich klar», zischte er, «an was für einem Fall Sie arbeiten?»

«Ja, gewiss …»

«Und da kommt es Ihnen nicht in den Sinn, verdammt, dass Sie mich unmittelbar auf dem Laufenden halten müssen? Dass ich ständig wissen muss, was los ist? Glauben Sie vielleicht, Sie wären der Einzige …»

«Es tut mir Leid», sagte Solara, der sich eine x-beliebige Entschuldigung zurechtgelegt hatte. «Aber gestern Abend habe ich vergessen, das Handy aufzuladen …»

«Gehen Sie mir doch weg mit Ihrem Handy», unterbrach Oriani ihn. «Ab morgen werden Sie mir jeden Tag als Erstes einen Bericht geben. Verstanden!?»

«Natürlich», antwortete Solara in der Gewissheit, dass er das nicht tun würde.

«Gut. Und nun schießen Sie los. Ich will wissen, wie weit wir mit diesen verdammten Morden sind.»

Solara erstattete ihm detailliert Bericht, aber es war deutlich, dass Oriani ungeduldig war und es kaum abwarten konnte, endlich die Sache anzusprechen, die ihm auf der Seele brannte.

«Sie müssen so bald wie möglich jemanden beschuldigen», platzte er heraus, als Solara am Ende seines Berichts angelangt war. «Wir müssen den Zeitungen etwas bieten, und sei es nur eine Teillösung, und sei sie nur … befristet. Wir müssen unter allen Umständen das ganze Durcheinander verschweigen, das diese Sache angerichtet hat.»

Solara merkte, wie ihm das Blut zu Kopf stieg.

«Eine ‹befristete› Beschuldigung!? Und wen soll ich Ihrer Meinung nach einkassieren, Herr Oberstaatsanwalt?», fragte er mit aller ihm zu Gebote stehenden Ruhe.

Oriani verzog keine Miene.

«So, wie die Dinge stehen, den Ehemann, diesen Rossi da. Er war an beiden Tatorten, und er könnte sehr gut Gentile Modotti aus Eifersucht und die Ehefrau aus Habgier ermordet haben.»

«Und außerdem ist er ein Niemand.»

«Wie bitte? Ich verstehe nicht.»

«Ich sage, er hätte für uns den Vorteil, dass er ein Niemand ist. Denn sonst könnte ich auch Rovetta Valesi beschuldigen, der sich mehr oder weniger in der gleichen Lage befindet, finden Sie nicht? Er war ebenfalls bei beiden Morden in der Nähe des Tatorts und kann Gentile Modotti aus Wut oder Rache ermordet haben und die Caine, um seine Geliebte zu begünstigen. Was halten Sie davon? Natürlich darf auch die Möglichkeit nicht außer Acht gelassen werden, dass Rossi nur den künstlerischen Leiter, nicht aber die Caine ermordet hat, oder umgekehrt. Bei Rovetta Valesi genauso. Es könnte auch so gewesen sein, dass ...»

Antonio Oriani sah ihn hasserfüllt an.

«Einverstanden. Einverstanden, in Ordnung», gab er notgedrungen zu. «Überstürzen wir nichts. Lassen Sie sich ein paar Tage Zeit, aber finden Sie den oder die Mörder. Wenigstens einen, zum Teufel!»

Er hatte sich während dieser unerquicklichen Unterhaltung eigentlich ganz gut zusammengerissen, überlegte Solara, zu sehr vielleicht. Denn die mit großer Willenskraft unter Kontrolle gehaltene Wut rächte sich, sobald er die Tür zu seinem Büro hinter sich schloss.

Unaufhaltsam wie eine Flutwelle raste das Blut durch seine angeschwollenen Halsschlagadern und hämmerte in seinen

Schläfen in einem Rhythmus, der nichts mit dem natürlichen Pulsschlag gemeinsam hatte. Er lockerte den Krawattenknoten und knöpfte den obersten Hemdknopf auf, aber das vergrößerte seine Anspannung nur, als hätte sie nun erst den Platz, sich zu entfalten.

«Verdammt!», rief er mit zusammengebissenen Zähnen aus und schlug mit der Faust auf den Schreibtisch, dass es im ganzen Zimmer widerhallte. Dieses plötzliche, irgendwie überraschende Geräusch beruhigte ihn schlagartig. Nun erst spürte er, wie erschöpft er war.

Er hatte noch nicht wieder genügend Energie, sich der Arbeit zuzuwenden, außerdem war es spät, besser er ließ alles liegen und ging nach Hause. Nur noch schnell einen Anruf bei Guidetti. Denn die Vermutung, der Verdacht oder, besser noch, seine Intuition, dass Rovetta Valesi etwas zu verbergen hatte, etwas, das ihn unter Strom setzte, hatte ihn nicht einen Augenblick verlassen. Erstaunlicherweise nicht einmal während seines Wutanfalls.

Rasch ging er zu Fuß durch die beißend kalte Abendluft zurück zur Residence. Er hatte keine Pläne, außer einen Happen zu essen und einen Blick in das Buch über die Scala zu werfen, das seine Manteltasche nach unten zog. Nicht viel für einen ganzen Abend, aber er tröstete sich mit dem Gedanken, dass er schon schlimmere verbracht hatte.

Doch das Buch entpuppte sich als angenehme Überraschung und schlug ihn völlig in seinen Bann.

Das Teatro alla Scala, las er, war ein Werk des Architekten Piermarini und wurde am 3. August 1778 eröffnet, also nur zwei Jahre – und das war so unglaublich, dass er die Daten noch einmal sorgfältig verglich – nachdem ein Brand das Teatro Ducale vernichtet und den Bau eines neuen großen Theaters für Mailand erforderlich gemacht hatte.

Der Neubau hatte die für damalige Verhältnisse ungeheure Summe von einer Million Lire verschlungen und war, was ihm ebenfalls unglaublich vorkam, von neunzig Mailänder Adelsfamilien finanziert worden, die dafür die Logen überschrieben bekamen und, je nach Geschmack, einrichten und ausstatten durften.

Gespielt wurde bei Kerzenschein, der einzigen Lichtquelle damals, und wegen des Fehlens einer Heizung war es so kalt, dass die Männer ihre Hüte fest auf den Kopf drücken mussten. Damals diente das Theater allen möglichen Zwecken. Im Parkett, wo es noch keine Sitze gab, wurde getanzt, und in den Logen empfing man Freunde, während der Familienkoch im Bereich der Hinterbühne Speisen zubereitete, die das Theater mit Bratenduft erfüllten. In der Loge selbst wurde Karten gespielt, auch Glücksspiel, worüber niemand sich aufregte, zumal es allen nützte, weil die Provisionen daraus in die Kasse des Theaters flossen.

Kurz, das Theater jener Zeit war nichts weiter als eine Ansammlung mondäner Privatsalons. Zahllos waren die amourösen Treffen in den Logen. Gelächter und Geplauder, das Klirren des Geschirrs und die geheimen Zusammenkünfte der Verschwörer und Patrioten, die hier ihren Kampf für ein freies und vereintes Italien ausheckten, überlagerten das Geschehen auf der Bühne und verhinderten häufig, dass man den Schauspielen, Balletten und Spektakeln aller Art folgte. Zwar waren manche Künstler so umjubelt, dass sie sich nach Belieben jene Eigenheiten und Grillen herausnehmen konnten, denen übrigens ein ganzes Kapitel in dem Buch gewidmet war, doch das Wichtige war damals nicht die Aufführung, sondern das Dabeisein. Solara hatte zwar Mühe, sich das vorzustellen, aber es amüsierte ihn.

Ebenso amüsierte ihn zu erfahren, dass es anfangs noch keine Toiletten im Theater gab, weshalb Damen und Kavaliere gezwungen waren, Blase und Darm durchs Fenster auf die Via Filodrammatici zu entleeren, die damals gewiss nicht eine solch feine Adresse war wie heute.

Doch irgendwann änderte sich der Musikgeschmack von Aristokratie und Großbürgertum. Die Mailänder sahen zwar auch weiterhin im Theater ihre gute Stube und den idealen Treffpunkt, aber schließlich registrierten sie auch die wichtigen Dinge, dass zum Beispiel der Zuschauerraum über eine perfekte Akustik verfügte. Irgendwann hatten sich Sitten und Bräuche in der Scala vollständig verändert, und das vor allem dank Toscanini.

Unter seiner Leitung gingen die Logen in den Besitz des Theaters über, Toiletten und elektrische Beleuchtung wurden installiert, was – so las Solara vergnügt – heftige Proteste der Damen nach sich zog, die nun dauernd im Lichtschein standen und mehr für ihre Garderobe ausgeben mussten. Das Glücksspiel wurde verbannt, das Tragen von Hüten im Saal war verboten, beim Öffnen des Vorhangs hatte Stille zu herrschen. Das Theater begann, das zu werden, was es heute ist: ein Tempel der Musik.

Daneben aber auch, und das kam sehr deutlich heraus, das Herz der Stadt, das Theater schlechthin, das Wahrzeichen, in dem alle Mailänder, gleich welcher sozialen Herkunft, sich wiedererkannten.

Solara klappte das Buch zu. Es hatte ihn derart gefesselt, dass er nicht bemerkt hatte, wie viele Stunden Schlaf es ihm gestohlen hatte. Die lange Lektüre reute ihn nicht, denn sie hatte ihm dabei geholfen, manches besser zu verstehen. Zum Beispiel die Anhänglichkeit, ja fast Identifikation der Mailänder mit ihrer Scala, als wäre dieser weltliche Tempel der einzige, der in der Stadt anerkannt wurde.

Wie sehr er sich auch bemühte, er konnte sich nichts vorstellen, mit dem sich ein Römer in seiner Stadt identifizieren könnte. Weder der Petersdom, der zu einem internationalen Rummelplatz verkommen war, noch das Colosseum, das – so eindrucksvoll es war – im Grunde doch nur die Hinterlassenschaft einer seit Jahrhunderten toten Vergangenheit darstellte. Sie standen da, doch waren sie inzwischen nur noch Symbole der Stadt, nicht mehr ihr Herz.

Er überlegte, dass es in der Ewigen Stadt keinen Ort gab, den man als ihr pulsierendes Herz hätte bezeichnen können, und dass in den Herzen der Römer vielleicht auch gar kein Platz für so etwas wäre.

8

Bei der Eröffnung des Testaments von Mary Rose Caine gab es eine Überraschung. Besser gesagt, die Existenz dieses speziellen Testaments war eine Überraschung für den Staatsanwalt.

Was er über den letzten Willen der Sängerin wusste, hatte er kurz nach dem Mord an Luca Gentile Modotti von Margaret Guglielmini erfahren. Offenbar hatte die Caine, die zunächst ihrer Agentin eine große Hinterlassenschaft zugedacht hatte, später den Ehemann zum Alleinerben bestimmt. Weshalb die Guglielmini, voller Groll gegen den jungen Mann, alles darangesetzt hatte, die Caine zu einer Testamentsänderung zu überreden, sobald sie wieder in London wären, wo, wie sie wusste, der Notar der Caine seine Kanzlei hatte.

Doch der Notar, der den Staatsanwalt nun telefonisch zur Testamentseröffnung einlud, hieß Giovanni Brambilla und war ein Mailänder, wie er im Buche steht.

Ein hagerer, sehr gepflegter Mann in den Sechzigern, der einen Anzug von derselben grauen Farbe wie sein Haar trug und ausgesprochen höfliche Umgangsformen besaß. Überall wäre er ohne weiteres als erfolgreicher Manager durchgegangen, nur nicht in den vier Wänden seines riesigen Büros. Er musste es vor langer Zeit vom Vater übernommen und unverändert gelassen haben, und schon dieser konnte nichts darin verändert haben, als er es vom Großvater übernahm.

Dunkle Holzvertäfelungen vom Fußboden bis an die Decke, glänzendes knarrendes Parkett mit aufwendigen Mustern wie bei einem Teppich, harte abgesteppte Sofas aus leicht abgewetztem schwarzem Leder, gedämpftes Licht, ganze Wände voller alter Aktenschränke mit glänzenden Messinggriffen, die noch die Akten von Mandanten aus dem 19. Jahrhundert bargen – zumindest sahen sie so aus.

Das Büro wirkte wie die Sakristei einer bedeutenden Kirche, ein Ort, an dem heilige oder jedenfalls unheimlich wichtige Dinge geschahen, wo sich der Notar weihevoll wie ein Priester bewegte.

Der Notar schickte die Sekretärin fort, und während er den Staatsanwalt durch lange Flure führte, erzählte er, dass der Vorschlag, ihn in Anbetracht des Aufsehens, das der Mord erregt hatte, zur Testamentseröffnung einzuladen, von ihm gekommen sei und dass sich Signor Alberto Rossi und Signorina Margaret Guglielmini nicht dagegen ausgesprochen hätten. Solara fragte sich insgeheim, weshalb alle Notare, die er kannte, sprachen, als hätten sie eine höhere Mission zu erfüllen, oder zumindest alles daransetzten, so zu wirken. Für ihn waren sie nichts weiter als Bürokraten, Sesselfurzer, und dafür viel zu üppig entlohnt.

Es war offensichtlich, dass Alberto Rossi und Margaret Guglielmini von der Idee des Notars ganz und gar nicht begeistert waren. Beide saßen tiefernst und kerzengerade auf Stühlen aus dunkelgrünem Samt und waren wie für eine Zeremonie gekleidet. Die Guglielmini in einem engen schwarzen Kostüm mit langem Rock, Rossi eingezwängt vom Knoten der Krawatte, die dunkel war wie der Anzug, der über seinem Bizeps spannte.

Der Notar eröffnete das Testament, das, wie er sagte, genau eine Woche zuvor verfasst worden war.

Mary Rose Caine hatte ihr Vermögen in mehrere in englischen Pfund bezifferte Hinterlassenschaften aufgeteilt. Bedacht wurden: ein entfernter Verwandter, dem sie das Konservatorium finanzierte, mehrere karitative Organisationen, die Hausangestellten ihres Hauses in London. Eine Summe im Gegenwert von zweihundertfünfzigtausend Euro ging an die Guglielmini, fünfhunderttausend an den Ehemann. Der ganze Rest, Besitz und Geldmittel in noch nicht beziffertem, aber gewiss beträchtlichem Umfang, ging an ein Altersheim für Opernsänger.

«Und, wie haben sie reagiert?», fragte der Kommissar, während er ohne abzuheben das Telefon ausstöpselte, das mitten in der Erzählung des Staatsanwalts zu klingeln begonnen hatte.

Solara massierte sich die Nasenwurzel und rückte die Brille zurecht.

«Beide haben den Mund aufgesperrt und gleich darauf wieder zugeklappt und die Zähne zusammengebissen. Ich habe sie aufmerksam beobachtet, sie sahen aus wie Zwillinge. Aber ...»

«Was, aber?»

«Ich weiß nicht, es wirkte gestellt.»

«Etwas Spontaneres, als den Mund vor Überraschung aufsperren und dann zuklappen, kann man in einer solchen Situation eigentlich nicht tun ...»

«Stimmt, aber gerade deshalb ist es auch das, was man am leichtesten vortäuschen kann, wenn man sich überrascht geben will. Ich weiß nicht. Vielleicht habe ich diesen Eindruck, weil beide sich genau gleich verhalten haben.»

«Und was haben sie gesagt?»

«Nichts. Sie haben die Zähne zusammengebissen und sind gegangen. Es ist mir nicht gelungen, herauszufinden, ob sie von dem Testament wussten. Denn damit sind die Dinge noch komplizierter.»

«Leider ja. Der Ehemann ist nicht mehr Alleinerbe und

von daher weniger verdächtig. Aber es kann auch sein, dass er nichts davon wusste.»

«Oder dass er so getan hat, als wüsste er nichts, weil er die Ehefrau entweder aus Rache getötet hat oder um wenigstens das bisschen, das sie ihm hinterlassen hat, einzustecken, aus Furcht, sie könnte es sich wieder anders überlegen und das Testament noch mehr zu seinen Ungunsten ändern. Eine Milliarde alte Lire ist immer noch ein hübscher Batzen, vor allem für einen Habenichts wie ihn.»

«Auch für mich wäre das ein hübscher Batzen», seufzte der Kommissar, «und die zweihundertfünfzigtausend der Guglielmini auch.»

«Apropos. Wo war die Guglielmini, als das Wasser vergiftet wurde?»

«In der Garderobe. Aber auch sie war in dieser verdammten halben Stunde auf der Bühne. Sie sagt, sie habe einen wichtigen Botengang für die Caine gemacht und sei auf dem Rückweg über die Bühne gegangen, um schneller wieder in der Garderobe zu sein.»

«Dann waren ja wirklich alle auf dieser Bühne!», platzte Solara heraus. «Unmöglich, dass niemand etwas gesehen haben will.»

«Halten Sie die Guglielmini auch für verdächtig?»

«Ich weiß nicht. Wer weiß schon, was in den Köpfen der Leute vor sich geht. Wenn sie wirklich nichts von dem Testament wusste, ist sie unschuldig, weil sie sicher mehr erwartet hätte, aber falls die Caine mit ihr darüber gesprochen hat, war sie vielleicht enttäuscht über das, was sie bekommen sollte, und könnte sie im Affekt getötet haben.»

«Oder weil sie sich im Bewusstsein, dass sie keinen Einfluss auf die Caine mehr hatte, überlegt hat, lieber die Hand wenigstens auf dieses Geld zu legen, wer weiß?»

«Schluss jetzt», seufzte der Staatsanwalt erschöpft.

«Schluss mit den Mutmaßungen, sonst kommen wir nie weiter … in diesem verdammten Fall könnte jeder jeden ermordet haben. Wie kommen Sie mit der Überprüfung der Aussagen voran?»

«Langsam, wie immer», seufzte der Kommissar. «Schritt für Schritt.»

Wie kann es sein, fragte sich Federica Navarro seit zwei Tagen und Nächten, dass ein Mensch, den man noch nie gesehen hat, dem man zufällig begegnet ist und den man überhaupt nicht kennt, plötzlich so wichtig wird? Wie kann das sein? Dass sein Aussehen, seine Art, zu sprechen und einen anzuschauen, sogar seine Tics zum Gegenstand der Erinnerung und des Nachsinnens werden? Wieso kommt einem das Leben, das man bis vor kurzem geführt hatte, auf einmal so hohl und unbedeutend vor? Und wenn Ruggero Solara nun schon mal ihre Phantasien so plötzlich angeregt hatte, wieso unternahm sie dann nichts, um ihn zu erobern?

Sie hielt das nicht mehr aus, diese dauernde Grübelei. Sie griff zum Hörer und wählte die Nummer der Staatsanwaltschaft.

Das Telefon auf seinem Schreibtisch klingelte gebieterisch, als Solara gerade den Mantel auszog.

«Hättest du Lust, heute Mittag mit mir essen zu gehen?»

Der Staatsanwalt sah auf die Uhr. Er hatte keinen Hunger, aber es war fast Essenszeit, zumindest nach Mailänder Gepflogenheiten. Würde er seine römischen Gewohnheiten beibehalten, lief er ernsthaft Gefahr, die Küchen stets kalt und den Koch außer Haus anzutreffen.

«Warum nicht?»

Warum nicht? Das war die Antwort, die sie am wenigsten erwartet hatte, aber sie beschloss, darüber hinwegzugehen.

«Dann hole ich dich in zwanzig Minuten vor der Staatsanwaltschaft ab», sagte sie und zwang sich, ihre Stimme unbeschwert klingen zu lassen. «Ich kenne ein hübsches Lokal in der Nähe vom Corso Garibaldi. Molto milanese. Es wird dir gefallen.»

Das kleine Restaurant war wirklich hübsch und tatsächlich sehr mailändisch. Wie übrigens alle in dieser Gegend. Klein, schöne schlichte Einrichtung, arrogante Bedienung und Hausmannskost. Sehr «trendy».

Federica Navarro hatte sich eine Reihe von Themen zwischen ernst und mondän zurechtgelegt, um das Gespräch interessant zu gestalten oder weiterzuführen, wenn es hakte, aber das hätte sie sich getrost sparen können.

Der Staatsanwalt begann über die Ermittlungen zu berichten und redete während des ganzen Essens über nichts anderes. Ohne sie etwas Persönliches zu fragen, ohne ihr etwas von sich zu erzählen. Der Gedanke, sie könnte eher daran interessiert sein, ihn kennen zu lernen, als über die Ermittlungen auf dem Laufenden gehalten zu werden, lag ihm offenbar völlig fern.

Unter anderen Umständen hätte Federica die erste Pause dazu genutzt, das Ruder zu übernehmen und die Unterhaltung auf zwei Ebenen zu führen, spritzig und intelligent auf sachlicher Ebene, verführerisch und schmeichlerisch in Blicken und Gesten. Unter anderen Umständen hatte das immer funktioniert. Doch eine plötzliche Scheu, fast ein Widerwille, hinderte sie daran.

Sie beschloss, dass es besser war, das Spiel mitzuspielen, wobei sie insgeheim hoffte, dass es sich tatsächlich um ein Spiel handelte. Sie lächelte.

«Kann ich dir irgendwie helfen?»

Solara zuckte die Schultern.

«Ich weiß nicht. Es sei denn, dir fällt etwas ein, irgendetwas über die Caine oder Gentile Modotti, das mir weiterhilft …»

«Was soll ich sagen? Über die Caine weiß ich wirklich wenig. Über Luca kann ich dir sagen, dass er gebildet und freundlich und in seine Arbeit verliebt war, aber das weißt du bereits. Ich kann noch hinzufügen, dass er ein gelassener Mensch war, wie man es selten findet, und dazu noch mit der Fähigkeit ausgestattet, diese Gelassenheit auf seine Umgebung zu übertragen.»

«Eine seltene Gabe.»

«Sehr selten», lächelte Federica. «Ich erinnere mich, dass er einmal …»

«Hatte er denn keine Schwäche, kein Laster, was weiß ich?»

Frustriert über die Unterbrechung hielt Federica Navarro kurz inne, aber dann beeilte sie sich, ihm zu antworten.

«Nicht, dass ich wüsste. Er war überaus korrekt. Redlich, wenn du mir ein außer Mode gekommenes Wort gestattest. Seine beruflichen Entscheidungen traf er stets zum Besten des Theaters. Ich bin überzeugt, dass er nie seine Stellung ausgenutzt hat, um zu mauscheln oder um sich zu bereichern.»

«Welche Art von Mauscheleien denn?»

«Ich weiß nicht, wie so etwas genau abläuft, aber ein künstlerischer Leiter sucht zum Beispiel die Sänger aus. Und ein Engagement an der Scala treibt jedermanns Kurswert in die Höhe. Ein Unbekannter wird schlagartig berühmt, die Plattenfirmen bieten ihm Verträge an … Ein unredlicher Mensch, stelle ich mir vor, könnte das ausnutzen, Abmachungen treffen …»

«Habt ihr je darüber gesprochen?»

«Nein. Das heißt doch. Einmal, es ging um Rovetta Valesi.»

«Und zwar?»

«Luca hatte gehört, dass Rovetta Valesi Liliana Capua nicht nur protegierte, weil er mit ihr ins Bett ging, sondern auch, weil er in gewisser Weise ihr Agent war. Also, er steckte einen Prozentsatz ihrer Gagen ein. Luca fand das grundfalsch, zumal für einen Vorsitzenden von Milano per la Scala. Er war aufrichtig empört. Wenn ich jetzt darüber nachdenke, muss das einer der Gründe dafür gewesen sein, weshalb er sich am Ende für die Caine entschieden hat, selbst wenn er sich darüber mit Rovetta Valesi zerstritten hat.»

«Aber weshalb sollte sich Rovetta Valesi in diese unangenehme Lage bringen? Ich dachte, er sei sehr reich?»

Federica brach in Lachen aus.

«Er und reich? Da bist du schlecht informiert. Seine Frau sitzt am Geldhahn, und wie man so hört, lässt sie nicht viel fließen.»

Die Sitzung des Verwaltungsrats am Tag zuvor war für Giandomenico Berri wie ein endloses Fegefeuer gewesen, in dem er mit übermenschlicher Anstrengung wenigstens den Schein gewahrt hatte, der Alte zu sein. Die Ratsmitglieder hatten der eigenen Betroffenheit Ausdruck gegeben, Ratschläge erteilt, wie es ihre Aufgabe war, und Vorschläge gemacht, was in der gegenwärtigen Situation zu tun sei. Einer hatte sogar angeregt, die Aufführungen bis zum Abschluss der Ermittlung auszusetzen – eine Vorstellung, die für Berri einem wirtschaftlichen Selbstmord und einem nicht wieder gutzumachenden Imageschaden des Theaters gleichgekommen wäre. Der Vorschlag hatte ihn so betroffen gemacht, dass er unfähig zu einer Erwiderung war. Zum Glück hatte ein anderer das für ihn übernommen, er erinnerte sich nicht mehr daran, wer. Nach endlosem Debattieren wurde schließlich das einzig Mögliche beschlossen, nämlich weiterzumachen und die Vorstellungen mit dem kommenden Samstag wieder aufzunehmen.

Alles musste weitergehen wie bisher, auch wenn nichts mehr so war wie bisher. Ein Mörder – vorausgesetzt, es war nur einer – trieb im Theater sein Unwesen. Ein Irrer, der den Tod eingeschleppt hatte und der jeder sein konnte, sogar jemand, den er kannte, mit dem er sich unterhalten hatte, dem er ahnungslos in die Arme laufen konnte, wenn er sein Büro verließ …

Es war zum Verrücktwerden. Er musste seine Courage wiederfinden, aber wie? Hätte sein Vater noch gelebt, hätte er ihm sicher helfen können, ihn angespornt und beruhigt. Aber sein Vater war tot, und daher gab es nur eins, was ihm ein bisschen Ruhe beziehungsweise eine Auszeit verschaffen konnte – die Flasche.

Gleich nach dem Kaffee hatte Federica Navarro auf die Uhr geschaut, sich entschuldigt und verkündet, sie müsse ins Krankenhaus. Der Staatsanwalt saß plötzlich allein am Tisch, in einem mittlerweile leeren Restaurant. Er bestellte noch einen Espresso und rührte lange darin herum. Was war das für eine seltsame Melancholie, die ihn da ergriffen hatte? Solange Federica bei ihm gewesen war, schön, intelligent und aufmerksam, hatte er sich energiegeladen und aktiv gefühlt.

Nun saß er da, während die ungeduldigen Kellner begannen, die Stühle auf die Tische zu stellen, und war bedrückt.

Die Ermittlungen waren noch immer zu vage, richtungslos, und bargen die Gefahr, dass sie sich unendlich lang ergebnislos hinzogen. Schon jetzt war der Druck beträchtlich, irgendwann würde er unerträglich werden. Die Zeitungen würden sich auf ihn stürzen, der Oberstaatsanwalt würde ihm keine ruhige Minute lassen, würde eine spektakuläre Erklärung fordern, auf einer Verhaftung bestehen, und wenn er dann nichts Konkretes in Händen hätte, käme es sicher zu einer ernsthaften Auseinandersetzung. Keine schöne Aussicht. Aber das war es nicht, was ihn am meisten beunruhigte.

Am meisten beunruhigte ihn ein Gefühl von Einsamkeit und Entwurzelung, die sich gegenseitig verstärkten und seine Stimmung bisweilen dominierten. Solange er arbeitete oder mit jemandem zusammen war, wie bis eben mit Federica, war alles gut, doch wenn er wieder allein war, vor allem in dieser anonymen Residence, wusste er manchmal nicht, was er mit sich anfangen sollte. Er tröstete sich mit dem Gedanken, dass er sich wohler fühlen und alles besser laufen würde, wenn er erst eine Wohnung gefunden und mit seinen Sachen eingerichtet hätte, mit seinen Filmen und seinen Büchern, all den Dingen eben, die ihm immer schon Gesellschaft geleistet hatten. Doch solange diese Ermittlung andauerte, konnte er sich gewiss nicht den Luxus erlauben, auf Wohnungssuche zu gehen.

Die Ermittlungen, ja. Besser, er konzentrierte sich darauf. Ein Kuddelmuddel, bei dem sich keine Lösung abzeichnete. Zum Glück kümmerten sich der Kommissar und seine Leute ums Grobe, um die Vernehmungen und die langwierigen Überprüfungen. Bald würden sie detailliert sagen können, wer wann wo was gemacht hatte. Damit hätte man das Feld schon einmal eingegrenzt. Und irgendwann würde etwas passieren. Ein neues Indiz, eine Intuition, ein Geständnis ... Er durfte den Kopf nicht hängen lassen.

Er schlüpfte in den Mantel, schlug den Kragen hoch und ging. Draußen fiel ein leichter, kompakter Regen, der ihn bestimmt durchnässen würde, wenn er ohne Schirm zu Fuß zurück zur Staatsanwaltschaft lief, aber das war ihm egal. Er hatte das Bedürfnis nach frischer Luft und Bewegung, danach, die Stadt und die Menschen zu sehen.

Eine Weile bummelte er ziellos umher, doch plötzlich wurde er sich bewusst, dass er vor Benedettas Galerie stand. Zum Glück hatte sie noch geschlossen, denn er hätte ihr seine Anwesenheit nicht erklären können. Er konnte sie sich selbst nicht erklären, sie höchstens mit seiner Beklommenheit rechtfertigen, die ihn offenbar nach menschlicher Wärme suchen ließ. Er flüchtete sich in die nächstbeste Bar.

Die Stunde des Nachmittagskaffees war vorüber und die des Aperitifs hatte noch nicht begonnen. In dem fast leeren Lokal herrschte eine melancholische Stimmung. Ein Kellner bestrich träge die Canapées, die bald zu alkoholfreien Getränken und Prosecco gereicht werden würden, ein anderer tauschte die Aschenbecher auf den Tischen aus. Zwei einsame Gäste unterhielten sich, lässig an die Theke gelehnt, vor halb leeren Gläsern mit Magenbitter, und warfen ab und zu neugierige Blicke in den hinteren Teil der Bar. Solara sah näher hin. Am letzten Tisch, allein vor seinem Kaffee, saß Loewenstein. Offensichtlich hatten sie ihn erkannt, aber sie ließen ihn in Frieden.

Der Staatsanwalt wunderte sich über diese typisch lombardische Diskretion, aber noch mehr wunderte er sich über den sorgenvollen Gesichtsausdruck des Dirigenten. Versunken spielte Loewenstein mit seinem Tässchen, ab und zu schüttelte er ein wenig den Kopf, als beschäftigte er sich mit einem bestimmten Gedanken, der ihn nicht überzeugen wollte. Er sah aus wie jemand, der sich mit einem schwer wiegenden Problem herumschlägt, die faszinierende Aura, die ihn sonst umgab, war verflogen. Sogar sein langes, zum Pferdeschwanz gebundenes Haar schien seinen Glanz verloren zu haben. Er war es, aber er sah aus wie ein anderer.

Verdutzt musterte Solara ihn weiter, bis Loewenstein seinen Blick spürte, aufsah, ihn erkannte und sich im Nu verwandelte. Fast als hätte er eine Maske aufgesetzt oder, umgekehrt, eine abgesetzt, begannen seine Augen wieder zu strahlen, sein Lächeln wurde wieder gewinnend und seine Gesten wieder elegant.

«Setzen Sie sich, Herr Staatsanwalt. Was darf ich Ihnen bestellen?»

Solara schwankte, hin- und hergerissen zwischen seiner instinktiven Antipathie für den Dirigenten und der Neugier, weil er ihn einen Augenblick lang so ganz anders als gewohnt gesehen hatte. Die Neugier siegte, und er nahm einen Kaffee. Loewenstein begann, Konversation über das Wetter zu machen. So wechselhaft sei es in Mailand, dass sogar er, der daran gewöhnt war …

«Vorhin haben Sie mir besser gefallen», unterbrach ihn Solara, der unnützes Geschwätz einfach nicht ertrug.

«Ich verstehe nicht …»

«Vorhin», wiederholte Solara, «vor ein paar Minuten, als Sie nicht merkten, dass ich Sie beobachtet habe.»

«Entschuldigen Sie, aber ich verstehe immer noch nicht.»

«Sie haben da ganz allein gesessen und schienen nicht Sie selbst zu sein. Sie waren versunken, besorgt, vielleicht traurig, ich weiß es nicht. Jedenfalls wirkten Sie mehr … weniger … wie soll ich sagen …» Er unterbrach sich und fragte sich, warum zum Teufel er sich auf dieses absurde Gespräch eingelassen hatte. War es die irrationale Lust, Loewenstein zu attackieren, oder der verständliche Wunsch, den Menschen hinter der Maske kennen zu lernen?

Jetzt war Loewenstein es, der ihn aufmerksam ansah, das Lächeln war verschwunden.

«Normaler? Weniger brillant? Voller Zweifel und Sorgen wie jeder andere auch?»

Solara antwortete nicht.

«Es stimmt, ich bin äußerst besorgt über das, was in der Scala passiert ist. Ich spüre eine Art bösen Zauber, und ich habe Angst, dass noch mehr passiert. Es ist wie eine Vorahnung, eine Vorahnung, die mich beunruhigt. Besser kann ich es nicht umschreiben.»

«Glauben Sie an Vorahnungen?»

«Ich glaube an vieles, und vor manchem habe ich Angst.»

«Sie sehen nicht aus, als hätten Sie Angst.»

Der Dirigent schwieg eine Weile. Als hätte er einen Entschluss gefasst, beugte er sich dann zum Staatsanwalt hinüber, sah ihm in die Augen und fuhr fort.

«Zeigen Sie nie Ihre Angst. Das habe ich vor langer Zeit gelernt, zwangsläufig.»

«Wie das?»

«Na, wegen meiner Arbeit natürlich. Sehen Sie, meine Arbeit ist meine große Leidenschaft, aber die Rolle des Dirigenten ist sehr schwierig und anspruchsvoll. Man muss sich absolut sicher sein, wohin man will, und diese Sicherheit auf das Orchester übertragen. Kraftvoll, ohne Zweifel oder Schwanken. Das Orchester muss sich in guten Händen fühlen, muss sich dem Dirigenten und seiner Interpretation der Partitur blind anvertrauen, sonst kann daraus nie gute Musik entstehen … Aus diesem Grund kann man noch so viel studieren und sich vorbereiten – um ein Orchester wirklich zu leiten, braucht man eine eigenartige irrationale Gabe. Eine Gabe, die ausschließt, dass man Scheu oder gar Angst zeigt.»

«Charisma?»

«Wie ich sehe, verstehen Sie.»

«Sie haben es», zwang sich Solara zuzugeben. «Und nicht nur, wenn Sie dirigieren.»

Loewenstein schüttelte den Kopf.

«Ich erfinde es. Ich streife es über. Ich setze es auf wie eine Maske.»

«Sie lügen», sagte der Staatsanwalt verwirrt.

«Keineswegs, ich lüge nicht. Ich weiß nicht, weshalb ich Ihnen all das erzähle, aber es ist die Wahrheit. Ich bin ein großer Dirigent, weil ich für die Musik lebe, ja, aber auch, weil ich die Rolle des großen Dirigenten spiele. Und meine Rolle schleppe ich mit ins richtige Leben.»

«Ich glaube nicht, dass das reichen würde.»

«Nein, Sie haben Recht, ich übertreibe. Selbstverständlich braucht man eine gewisse Veranlagung, zum Beispiel eine gewisse physische Präsenz, Charakterstärke und die Fähigkeit, die anderen zu verzaubern … Aber diese Dinge allein genügen nicht, glauben Sie mir. Man muss sie auch in Szene setzen können.»

«Sie machen mich neugierig.»

Loewenstein lachte.

«Ja, gewiss. Das kann ich mir vorstellen … Wollen Sie meine Geschichte hören?»

«Wenn Sie mich so fragen», sagte Solara lächelnd, «ich bitte sogar darum.»

«Gut. Sie müssen wissen, dass ich in einer Musikerfamilie aufgewachsen bin und von klein auf Orchesterdirigent werden wollte. Im Konservatorium machte ich gute Fortschritte, die Musik hatte ich im Blut, aber ich war ein bisschen schüchtern und hatte überhaupt keinen Charme. Meine Mutter, eine Frau, die die Dinge immer so sah, wie sie waren, machte mir unmissverständlich klar, dass ich auch daran würde arbeiten müssen, um ein wirklich guter Dirigent zu werden. Ich habe mich ihr anvertraut, mit allem, was das bedeutete: Benimmschule, Tanzunterricht …»

«Tanzunterricht?»

«Natürlich, für die Körperbeherrschung. Klingt komisch, ich weiß, aber das ist wichtig, wenn man allein mit der physischen Gegenwart Sicherheit demonstrieren soll …»

«Hört sich an wie ein Bildungsprogramm für Mädchen aus gutem Hause um die Jahrhundertwende.»

«Gar nicht so abwegig», erwiderte Loewenstein lächelnd. «Aber ich versichere Ihnen, Sticken habe ich nicht gelernt. Dafür habe ich Körpersprache studiert, Schauspiel und auch ein wenig Psychologie. Und natürlich Musik. Sehr viel Musik. Es hat funktioniert. Ich bin der lebende Beweis, dass man Charisma spielen kann und dass es aus dem Spiel heraus zur zweiten Natur wird.»

«Ich hätte Sie nicht für so bescheiden gehalten.»

«Das ist keine Bescheidenheit. Das ist Aufrichtigkeit. Plötzliche, unerwartete, unglaubliche Aufrichtigkeit.» Er zog eine Grimasse. «Wissen Sie, vorhin, als ich merkte, dass Sie mich so komisch anstarrten, kam ich mir nackt vor. Aber seltsamerweise habe ich mich dabei nicht unwohl gefühlt.»

«Ich wollte nicht …»

«Bitte rechtfertigen Sie sich nicht. Es ist Ihr Job, Leute zu demaskieren. Wie man sieht, machen Sie ihn gut, selbst wenn es nicht Ihre Absicht ist. Jedenfalls seien Sie beruhigt, ich bereue nicht, was ich Ihnen eben gebeichtet habe. Ab und zu tut es gut, ganz man selbst zu sein. Und außerdem …», er breitete die Arme aus, «und außerdem, ich weiß nicht, warum, aber zu Ihnen habe ich Vertrauen.»

Das feine Nieseln verwandelte sich in einen Platzregen, und der Platzregen ließ wie von Zauberhand sämtliche Taxis der

Stadt verschwinden. Nass bis auf die Knochen flüchtete sich Solara in einen Hauseingang, in dem sich schon viele Leute drängten, die genauso durchnässt waren wie er. In diesem Augenblick klingelte sein Handy.

Rasch, damit es nicht zu lange klingelte, meldete er sich, bedachte seine Umgebung mit einem vagen Lächeln der Entschuldigung und verdrückte sich in eine Ecke.

«Ja?»

«Herr Staatsanwalt, hier Guidetti, es gibt Neuigkeiten.»

«Schießen Sie los.»

«Störe ich? Ich kann auch später nochmal anrufen.»

«Keine Sorge, sagen Sie schon.»

«Es dauert ein bisschen …»

«Machen Sie sich keine Gedanken», antwortete Solara, während er auf die Wand aus Regen starrte. «Ich habe alle Zeit der Welt.»

«Es geht um Rovetta Valesi. Er ist spielsüchtig. Und natürlich verliert er, sodass er bei vielen Casinos Schulden hat …»

«Wie haben Sie das erfahren?»

«Ein Kollege von mir, ein Kommissar aus San Remo, der seine Seele verkaufen würde, um nach Mailand versetzt zu werden, hat seinen Namen in der Zeitung gelesen, sich an einen verlustreichen Besuch Rovetta Valesis erinnert, der im Casino für Wirbel gesorgt hat, ein bisschen nachgeforscht und …»

«… und Sie angerufen.»

Guidetti lachte säuerlich.

«I wo. Der ist ein Karrierist. Der macht nichts umsonst. Er hat die Gelegenheit genutzt, um sich direkt beim Polizeichef lieb Kind zu machen. Und der Polizeichef hat sich dann bei mir lang und breit über die Ermittlungsführung beklagt. Nicht gründlich genug, hat er gesagt.»

«Tut mir Leid», sagte Solara, und das meinte er auch. Der Kommissar hatte Tag und Nacht gearbeitet, das wusste er nur zu gut.

«Mir nicht», erwiderte Guidetti. «Ich bin's gewohnt. Also, was halten Sie davon?»

«Hervorragend. Das könnte zu einer anderen Sache passen, die ich heute erfahren habe. Ich erzähl's Ihnen später. Jetzt geht es nicht. Jedenfalls, behalten Sie ihn im Auge.»

«Das tue ich bereits», grinste der Kommissar. «Hoffen wir, dass es die richtige Fährte ist.»

Solara steckte das Handy in die Tasche. Rovetta Valesi verlor beim Glücksspiel, das Geld gehörte eigentlich seiner Frau, mit der er sich nicht besonders verstand, und er hatte ein Verhältnis mit Liliana Capua, die er nach Kräften förderte, aus Liebe oder vielleicht nur, um an ihren Gagen mitzuverdienen. Ihretwegen hatte er sich mit Luca Gentile Modotti gestritten, der nun tot war. Dann war auch die Caine gestorben, und morgen würde Liliana Capua endlich ihr Debüt in der Scala geben. Für keinen der beiden Morde hatte Rovetta Valesi ein Alibi.

Reichte das, um Anklage gegen ihn zu erheben?

An diesem Abend arbeitete er nicht mehr. Nachdem es aufgehört hatte zu regnen, ging er nur noch auf einen Sprung in der Staatsanwaltschaft vorbei, packte die ganze Ermittlungsakte mit seinen Karteikarten ein und rief Guidetti an, um ihn davon zu unterrichten, was Federica ihm erzählt hatte, kaufte dann in einer Rosticceria vier Reiskroketten und etwas gekochtes Gemüse fürs Abendessen ein und kehrte in seine Residence zurück.

Es war ein seltsamer Tag gewesen, und er hatte das Bedürfnis nachzudenken. Nicht über die Geschichte, die Loewenstein ihm erzählt und die dazu geführt hatte, dass seine

Antipathie für ihn verschwunden war. Und noch viel weniger über sich selbst und über die seltsame Melancholie, die von ihm Besitz ergriffen hatte. Die eigenen Gefühle zu erforschen löste bei ihm nämlich immer eine Unruhe aus, weshalb er sie lieber hintanstellte, sich setzen ließ, bis sie sich schließlich von selbst klärten oder verschwanden. Marta hatte das immer getadelt, aber so war er eben. Er konnte nichts daran ändern und wollte das vielleicht auch gar nicht.

Nein, er hatte das Bedürfnis, über die Ermittlung nachzudenken.

Er räumte das Tischchen frei, ordnete die Karteikarten darauf, eine neben die andere, brachte die von Rovetta Valesi, Alberto Rossi, Loewenstein und Margaret Guglielmini auf den neuesten Stand und betrachtete sie dann alle zusammen. Eine für jede Person, mit der er während der Ermittlungen in Kontakt gekommen war. Eine für den Intendanten, eine für Boldini, eine für die Kostümbildnerin … Alle Mosaiksteinchen lagen da. Nur das Gesamtbild fehlte noch.

Lange studierte er die Karten, verschob sie, ordnete sie anders an, bis ihm auffiel, dass er eine Art Patience spielte, eine Patience ohne Regeln.

Da konnte er gleich eine richtige Patience spielen. Er räumte die Karteikarten beiseite und holte aus den Tiefen eines noch nicht ganz ausgepackten Koffers sein altes französisches Kartenspiel. Zwar kannte er die Regeln von Scala quaranta und Machiavelli, aber eigentlich mochte er keine Kartenspiele, vielleicht weil er immer auf Leute getroffen war, die spielten, um zu gewinnen, und sich darauf konzentrierten, während er so viel Anstrengung für einen Zeitvertreib irritierend fand.

Anders verhielt es sich mit Patiencen. Die faszinierten

ihn, vor allem die schwierigsten. Einmal hatte er sich sogar bei dem Gedanken ertappt, dass nichts so sehr dem Leben ähnelt wie eine Patience. Denn die Karten kommen, wie das Schicksal sie verteilt, und man muss mit ihnen zurechtkommen. Manchmal muss man sie nur auf dem Tisch ausbreiten und sieht schon, dass die Patience nicht aufgehen wird. Ein andermal sieht es schlecht aus, doch eine ganz bestimmte Konstellation führt plötzlich zur Lösung. Oder es sieht gut aus, aber eine Kleinigkeit verhindert, dass sie aufgeht. Und wenn man statt der einen eine andere Karte legt, entstehen aus denselben Karten plötzlich Variationen und Möglichkeiten mit je eigener unumstößlicher Zwangsläufigkeit.

Eine Patience kann man versauen, doch wenn das Schicksal nicht will, dass sie aufgeht, ist jede Anstrengung vergeblich, und niemandem auf der Welt wird es gelingen, sie zu lösen. Dafür genügt manchmal eine richtige Karte oder ein glücklicher Zug, und alles geht mit einer bis dahin für undenkbar gehaltenen Leichtigkeit auf, die Karten finden sich wie durch Zauberei, als hätte jemand beim Mischen betrogen, um das Spiel zu vereinfachen.

Dann verspürt man ein Gefühl des Sieges. Flüchtig, sinnlos, ja, aber eben des Sieges. Und einen Augenblick lang darf man denken, man habe nicht über den Zufall der Karten gesiegt, sondern über das Chaos des Lebens.

Doch dieser Tag stand eindeutig unter negativen Vorzeichen, nicht einmal die Karten waren ihm hold.

9

Wie gern sich Giandomenico Berri auch damit beruhigt hätte, dass es seit dem Morgen wie aus Eimern goss, dass es sehr kalt und dazu noch ein Freitag war – er wusste doch genau, dass all das nicht die vielen leeren Plätze im Parkett rechtfertigte.

Es war die Schuld der Presse, sagte er sich wütend. Die Journalisten hatten sich das Wort «Fluch» zu Eigen gemacht und wie afrikanische Trommler von Zeitung zu Zeitung, von Artikel zu Artikel weitergetragen, bis dieses Wort, das nunmehr zweifach mit dem Namen des Theaters verknüpft war, Zugang zu den Köpfen der Leute gefunden hatte. Und das war nun wirklich ein Fluch.

Ruhe, was er jetzt unbedingt brauchte, war Ruhe. Er wusste, dass er sie in ein paar Gläsern Whisky finden würde, doch in einer Aufwallung von Selbstachtung versagte er sie sich. Betrinken konnte er sich hinterher, wenn der Vorhang gefallen war. Jetzt musste er sich selbstsicher präsentieren, gelassen, ganz Herr der Situation. Er musste Anweisung geben, dass das Theaterpersonal unmittelbar vor dem Erlöschen der Lichter die leeren Plätze besetzte, damit niemand bemerkte, wie viele der Aufführung ferngeblieben waren, und dann musste er mit gelassener Miene durchs Parkett schlendern und allen zulächeln.

Von seinem Logenplatz aus bemerkte auch Solara die leeren Sitze. Eine irrationale Reaktion, dachte er, aber verständlich. Als er Boldinis Einladung erhielt, hatte er sich einen Augenblick lang vorgestellt, an diesem Abend käme es erneut zu einem unerfreulichen Zwischenfall, und überlegt, ob er eine anderweitige Verpflichtung vorschieben sollte. Aber dann war es gerade diese Sorge gewesen, die ihn bewog hinzugehen.

Niemand schien vollkommen ruhig. Hinter dem Lächeln der Leute ahnte man eine Anspannung, die vielleicht der Tatsache geschuldet war, dass man sich an einem Ort befand, an dem sich innerhalb weniger Tage zwei Morde ereignet hatten, und in manchen Blicken erkannte Solara sogar eine ordentliche Portion Sensationsgier, ein krankhaftes Geifern, man könnte vielleicht Zeuge eines weiteren Mordes werden.

Nur ein paar Japaner saßen friedlich auf den besten Plätzen im Parkett, offensichtlich hochzufrieden, dass sie dort sein durften. Die Männer in dunklen Anzügen und die Frauen in ihren wunderbaren traditionellen Kimonos lächelten einander ununterbrochen zu und nickten dabei leise, wie um sich gegenseitig zu dem außergewöhnlichen Abend zu beglückwünschen, der sie erwartete.

Der erste Akt geriet phantastisch und endete mit einem großen Applaus. Liliana Capua wurde wieder und wieder herausgerufen und Loewenstein wirkte sehr zufrieden. Das Publikum entspannte sich, kommentierte jeden Aspekt der Aufführung und schwärmte ins Foyer aus, wo man in den dortigen Spiegeltüren nebenbei sein Aussehen kontrollieren konnte.

Solara folgte dem Strom in der Hoffnung, Boldini zu treffen und zu erfahren, was er von der Darbietung der Capua hielt, die er selbst gelungen fand, obwohl sein Urteil natürlich nicht zählte.

Er fand ihn nicht, also streifte er allein durch die Menge, die sich vor der Bar drängte oder ständig neue Grüppchen bildete, in denen man sich noch einmal begrüßte und die immer gleichen Sätze sagte. Ein Getränk war nur unter enormer Anstrengung zu ergattern, da setzte er sich lieber auf einen der wenigen Samthocker, die an den cremefarbenen Wänden standen, und sah sich um.

Das riesige rechteckige Foyer wurde von sechs gewaltigen Kristalllüstern taghell erleuchtet. Je drei glitzerten rechts und links einer Reihe von vier Säulenpaaren aus grau gemasertem Marmor, die von goldglänzenden korinthischen Kapitellen abgeschlossen wurden. Verdi, Rossini, Donizetti und Bellini, deren Statuen in den Ecken des Saals standen, starrten mit düsterer Miene auf den Fußboden aus rosa Marmorvierecken, den man hier und da zwischen den schwarzen Schuhen der Männer und den Aufsehen erregenden, farbenfrohen der Damen sah, und zeigten keine Freude darüber, dass sie noch immer so viel Publikum hatten.

Ein abgeschiedener, verzauberter Ort fern der Wirklichkeit. Nur die roten Feuerlöscher, die ärgerlicherweise wie überall auf dieser Welt an den Wänden hingen, erinnerten daran, dass dieser Ort verwundbar war wie jeder andere auch.

Auch der zweite Akt, in dem Violetta zwischen dem Leid der Liebe und der Tuberkolose hin- und hergerissen ist, verlief wunderbar. Nur an einer Stelle wurde es spannend, als die Capua in einer nicht einmal besonders schwierigen Passage unvermutet den Ton nicht traf, doch das Publikum beschloss, großmütig zu sein, und bedachte sie statt mit Pfiffen mit aufmunterndem Beifall.

Im dritten Akt verströmte die Musik nun ganz ihren Zauber, und es gab keinen Zuschauer, der sich nicht, alle realen Verbrechen vergessend, vom vermeintlichen Todeskampf der Protagonistin hätte mitreißen lassen.

Dann, in die letzten Takte, als Violetta sich kurz vor dem

Dahinscheiden ein letztes Mal aufbäumte, knallte laut und deutlich ein Pistolenschuss.

Loewensteins Taktstock verharrte in der Luft, die Musik geriet in Unordnung und verklang Instrument für Instrument, während ein erster greller Frauenschrei in panischem Geschrei unterging und alles aufsprang, um hinauszustürzen.

Nur die Japaner harrten im Parkett aus, wo sie einem der Ihren hektisch den Kragen aufknöpften, seinen Puls fühlten und mit einer Kimonoschleife versuchten, das Blut zu stillen, das ihm aus einer klaffenden Wunde im Hals sprudelte.

Hiroshi Chida, Toyota-Manager und mit Gemahlin auf Prämienreise durch Italien, verblutete, während der Notarztwagen mit hoher Geschwindigkeit durch den sintflutartigen Regen schoss, der noch immer über Mailand niederging.

Als es der Polizei endlich gelang, die Türen des Theaters zu schließen, waren viele Zuschauer bereits auf und davon, dennoch dauerte es Stunden, die noch Anwesenden zu durchsuchen und die Personalien der Zeugen aufzunehmen.

Um drei Uhr nachts hatte man die Pistole, aus der der Schuss abgefeuert worden war, noch immer nicht gefunden. Die Polizisten gaben die Suche erschöpft auf, das Team von der Spurensicherung machte Schluss und verschob die restliche Arbeit auf den nächsten Tag, nur Solara und Guidetti waren noch da, zusammen mit Loewenstein, der schweigsam abseits saß, und einem blassen und vor Anspannung zitternden Boldini, der ab und zu verschwand und sie mit noch einem miserablen Kaffee versorgte.

«Das ist Wahnsinn», sagte Guidetti und rieb sich mit den

Händen die schon wieder stacheligen Wangen. «Wahnsinn. Es gibt keinen Zusammenhang mehr, keine Verbindung zwischen den Morden … daraus werde ich nicht mehr schlau.»

Solara schüttelte den Kopf. Er war erschöpft, aber die Müdigkeit war so unmittelbar, dass sie in ihm eine Art Beben auslöste und bewirkte, dass er sich wach und ganz klar fühlte.

«Es muss einen Zusammenhang geben. Es gibt immer einen. Aber Sie haben Recht, der Japaner dürfte nichts mit Gentile Modotti oder der Caine zu tun gehabt haben, die Ehefrau hat ausgesagt, sie seien erst gestern, beziehungsweise inzwischen vorgestern, in Mailand angekommen und hätten vorher noch nie einen Fuß in die Stadt gesetzt … Das alles legt die Vermutung nahe, dass es sich um ein zufälliges Opfer handelt. Dass es genauso gut jeder andere hätte sein können. Angesichts dessen ist es lächerlich, anzunehmen, dass es zwei oder gar drei Mörder sind und dass sie allesamt verrückt sind. Es muss ein Einzeltäter sein, einer, der sich ungehindert im Theater bewegen kann …»

«Und der es hasst.»

Solara und Guidetti drehten sich abrupt zu Loewenstein um. Sie hatten ihn völlig vergessen, so still hatte er die ganze Zeit abseits gesessen.

«Was haben Sie gesagt?», fragte Guidetti.

«Dass er es hasst. Der Mörder hasst nicht seine Opfer, er hasst das Theater. Er tötet, um das Theater in die Knie zu zwingen. Und wenn er in diesem Tempo weitermacht, wird er mit Sicherheit Erfolg haben.»

Solara starrte ihn überrascht an.

«Als hätten Sie meine Gedanken gelesen, Herr Loewenstein. Ich denke schon den ganzen Abend über diese Möglichkeit nach. Aber sie wirkt so … so …»

«Romantisch?», fragte Boldini und reichte ihm einen Becher mit heißem Kaffee.

«Eher verrückt. Eines kranken Hirns würdig.»

«Ein paranoider Mörder …», seufzte der Kommissar und barg seinen Kopf in den Händen. «Alles, nur das nicht.»

Der Staatsanwalt sah ihn an. Guidettis Gesicht war grau vor Müdigkeit.

«Es hat keinen Zweck, dass wir uns jetzt weiter herumplagen. Es ist spät, sehr spät. Gehen wir schlafen.»

Natürlich war an Schlaf kaum zu denken. Lange lag Solara im Bett und starrte auf den Fernseher, der bei abgestelltem Ton lief. Er hatte die Brille abgesetzt, ohne sich dessen bewusst zu sein, wie immer, wenn er seinen Gedanken freien Lauf lassen wollte, und sah keine Bilder, sondern Farben mit unbestimmten Umrissen und in ständiger Bewegung. Ein hypnotisierendes Kaleidoskop, das ihn wach hielt, aber nicht ablenkte.

Die ersten beiden Morde konnten durchaus eine Verbindung untereinander aufweisen, doch beim dritten gab es keine. Falls also der Japaner nicht umgebracht wurde, um Verwirrung zu stiften, was ebenfalls nicht auszuschließen war, dann hatten sie es tatsächlich mit jemandem zu tun, der das Theater so sehr hasste, dass er es zu vernichten versuchte, indem er unbeherrschbare Panik erzeugte.

Ein Psychopath, der zum Serienmörder geworden war, um sein Ziel zu erreichen.

Was sagten zu diesem Thema nochmal die Kriminologiebücher, die unerreichbar in den Regalen seiner Wohnung in Rom standen? Mit welchem Täterprofil hatte er es hier, statistisch gesehen, zu tun?

Begriffe fielen ihm wieder ein, aber schlaglichtartig und ungeordnet. So hatte das keinen Sinn.

Er machte Licht, setzte die Brille auf, streifte einen Pullover über den Schlafanzug und setzte sich an den Tisch, um niederzuschreiben, woran er sich erinnerte, wie es ihm gerade in den Sinn kam. Später würde er alles auf einer Karteikarte ordnen.

SERIENMÖRDER

Psychopath, im Konflikt mit der Gesellschaft, extrem egoistisch, unsensibel, impulsiv, unfähig, Schuld zu empfinden.
Mutter in den ersten fünf Lebensjahren häufig abwesend.
Vater häufig asozial, Alkoholiker.
Niedrige Frustrationstoleranz.
Übertriebener Egozentriker, leidet unter schwerer narzisstischer Persönlichkeitsstörung. Handelt impulsiv, ohne nachzudenken. Strebt nach unmittelbarer Belohnung. Übertrieben ehrgeizig, legt überhebliches Verhalten an den Tag, will bewundert werden.
Giert nach Reizen, vielleicht um ein Gefühl der Nutzlosigkeit zu überdecken. Sein Überlegenheitsgefühl lässt ihn gewöhnlich scheitern.
Anfälle von emotionaler Oberflächlichkeit und Unsicherheit.
Interessiert sich ausschließlich für sich selbst.
Triumph des Stils über die Substanz. Kindliches Wertesystem, bewundert äußerliche Dinge wie Schönheit, Reichtum, Verehrung durch andere. Verachtet durch Fleiß errungene Erfolge, das Akzeptieren von Verantwortung, das Festhalten an Idealen.
Lebt Gefühle und Empfindungen auf nicht ehrliche Weise aus.

Würdigt andere herab, um eine hohe Meinung von sich selbst haben zu können.
Betrachtet die eigene Arbeit nicht als Quelle emotionalen oder kreativen Wachstums, sondern als wichtigstes Mittel, um sich selbst dauerhaft zu respektieren.

Da war noch etwas, aber es wollte ihm jetzt nicht einfallen. Etwas Wichtiges, denn sein Hirn stellte einen Zusammenhang her zwischen diesem fehlenden Detail und den Ermittlungen ... es war irgendetwas, das er gesehen oder gehört, aber nicht hundertprozentig erfasst hatte, weil er damals ja noch nicht wusste, dass er einen Psychopathen jagte ...

Nichts zu machen, er war zu müde, er erinnerte sich nicht. Er legte den Stift hin.

Bei Ermittlungen gegen Serienmörder konnte man jederzeit die besten Spezialisten der Polizei anfordern, das wusste er natürlich, aber er wusste auch, dass die kurzen Wege die besten sind, und vor allem, dass sein Freund Sergio De Simone, Leiter des UACV, der Abteilung zur Analyse von Gewaltverbrechen, alles über Serienmörder wusste, was man darüber wissen konnte.

Ihn würde er am nächsten Tag gleich als Erstes anrufen. Bis dahin blieb ihm nichts zu tun, als noch einmal nachzulesen, was er eben notiert hatte.

Auf wen konnte ein derartiges Profil passen? Auf den Ehemann der Caine, der sich von den Theaterleuten verachtet fühlte? Auf Rovetta Valesi, der so mit seinen Beziehungen und seinem Einfluss prahlte? Auf den Intendanten, in einem Anfall von Wahnsinn gegen sein eigenes Werk? Auf Loewenstein, der seine Arbeit so wichtig nahm, dass er sich ein maßgeschneidertes Image geschaffen hatte? Auf Boldini mit seinem übertriebenen Sinn für Ästhetik? Auf den Ehemann der Geigerin, der als kleiner Junge vielleicht von der Mutter verlassen worden war und einen Alkoholiker zum Vater hatte? Auf den Ex-Freund der Folego, der in einem Anfall von Wahn Gentile Modotti mit der gesamten Scala gleichgesetzt und dann entsprechend gehandelt hatte? Auf wen nur?

Am Boden zerstört hatte Giandomenico Berri, gleich nachdem er nach Hause kam, eine Flasche geleert. Mehrere Flaschen, um die Wahrheit zu sagen.

Sofort hatte die Verzweiflung nachgelassen, und er hatte gespürt, wie die Spannung verschwand, die jede einzelne Muskelfaser gepackt hatte. Doch nach und nach hatte sich die Erleichterung in grenzenloses Selbstmitleid verwandelt, in unendliche Trauer über die eigene Lage. Und die Trauer war einer Bestürzung und Sorge gewichen, die er vergeblich in weiterem Alkohol zu ertränken versucht hatte, bis er schließlich besinnungslos auf einen der kostbaren Buchara-Teppiche gesunken war.

Am Morgen darauf, als der philippinische Hausangestellte vergeblich versuchte, ihn hochzuziehen, begriff er schlagartig, was die Amerikaner als *hangover* bezeichnen und die Mexikaner als *la cruda*.

Ihm war schwindelig wie auf der Achterbahn, sein Magen schmerzte, als hätte er in einem Rugbymatch einen Kopfstoß abbekommen, sein Mund war voller Galle, und die Kopfschmerzen waren so grell, dass er sich dafür verfluchte, je getrunken zu haben.

Er schickte den Hausangestellten fort, raffte sich irgendwie auf und ging bedrohlich schwankend in Richtung Badezimmer.

Nie mehr, um nichts auf der Welt, würde er sich noch einmal so zurichten. Nie mehr, um nichts auf der Welt, würde er zulassen, dass wer auch immer ihn in diesem Zustand sah.

Nie mehr, um nichts auf der Welt, würde er unter der Last von etwas zusammenbrechen, was immer es sein mochte, egal, wie grausam und unvorstellbar auch immer.

Nach drei Stunden und unzähligen Kaffees betrat er sein Büro – verkatert, aber gestärkt durch das Bewusstsein, dass er sich wieder vollständig im Griff hatte.

Der schlaffe Körper des Oberstaatsanwalts war gebeugter als sonst und vermittelte nicht mehr den Eindruck, als nähme er den ganzen verfügbaren Raum ein. Die Mondblässe seines Gesichts machte das, was ihm an blondem Haar geblieben war, noch bleicher.

Krumm auf dem Sessel hinter seinem Schreibtisch sitzend, lauschte er dem detaillierten Bericht Solaras, ohne ihn zu unterbrechen. Um Journalisten und unangenehmen Fragen aus dem Weg zu gehen, war er am Abend zuvor nicht in die Scala gegangen, sodass die Nachricht vom Tod des japanischen Zuschauers ihn im heimischen Wohnzimmer wie ein Keulenschlag traf.

In seiner langen Karriere hatte er zu viel Erfahrung gesammelt, um nicht zu wissen, was drei Morde innerhalb von kurzer Zeit an ein und demselben Ort bedeuten konnten. Das Wort «Serienmörder» strahlte wie ein Neonschriftzug in seinem Hirn und hatte seine hochtrabenden politischen Perspektiven schlagartig in weite Ferne gerückt.

Einmal, vor vielen Jahren, als es noch kein Wort für jemanden gab, der bei vollem Bewusstsein einen Menschen nach dem anderen tötete, hatte er Monate darauf verwandt, einen derartigen Mörder zu fassen. Und wie sehr das diesbezügliche Wissen auch gewachsen und die Ermittlungstechniken weiterentwickelt worden waren, er wusste doch genau, dass solche Fälle immer langwierig und schwer zu lösen waren.

Das galt für den Fall Scala vielleicht noch mehr als für andere, denn es war noch nie vorgekommen, dass ein Serienmörder seine Opfer in so gehobenem Ambiente niedergemetzelt hatte.

Die Ermittlung würde sich endlos hinziehen, seine Person ständig im Rampenlicht stehen. Er musste sich wohl oder übel von dem sicheren Sitz im Senat verabschieden und sich wappnen, um wenigstens seinen jetzigen Posten zu behalten, indem er Solara so viel Unterstützung und Hilfe wie möglich zuteil werden ließ.

Aufmerksam sah er seinen Mitarbeiter an, der ihm die letzten Fakten vom Vorabend berichtete. Er war sichtlich angespannt und erschöpft, zeigte aber keinerlei Anzeichen von Mutlosigkeit. Eher eine entschlossene Erregung und ein echtes Verlangen, den Mörder aus Liebe zur Gerechtigkeit zu fassen, nicht aus Ruhmsucht oder der Karriere wegen. All das stand auch in seiner Personalakte, aber bis zu diesem Augenblick hatte Antonio Oriani all dem keinen Glauben geschenkt.

«Soll ich einen Kollegen für Sie abstellen?», schlug er Solara vor, als der am Ende seines Berichts mit verschränkten Armen auf einen Kommentar wartete.

«Nein, wenn es nach mir geht. Kommissar Guidetti ist sehr kompetent und hat eine gute Truppe. Er ist mir bereits eine große Hilfe, und außerdem habe ich mit Sergio De Simone vom UACV telefoniert, Sie kennen ihn ja gut. Er hält sich gerade in den Vereinigten Staaten auf, zu einer Fortbildung beim FBI, aber glücklicherweise fliegt er morgen zurück nach Italien. Falls es sich um einen Serienmörder handelt, muss ich die ganze Ermittlung noch einmal unter anderem Blickwinkel aufrollen, und dabei wäre er die größte Hilfe. Viel wichtiger wäre es …»

«Ja?»

Solara sah seinem Vorgesetzten direkt in die Augen.

«Um die Wogen zu glätten, mit anderen Worten: um weitere Morde zu verhindern, hielte ich es für viel wichtiger, die Vorstellungen eine Zeit lang auszusetzen.»

Oriani stockte der Atem.

«Sie schlagen mir vor, die Scala schließen zu lassen?»

«Nur, bis ...»

«Die Scala schließen?», röchelte der Oberstaatsanwalt. «Das berühmteste Theater der Welt? Ist Ihnen eigentlich klar, was das bedeutet? Für das Theater, für die ganze Stadt, für ... auch für uns von der Staatsanwaltschaft wäre das ... es wäre verheerend.»

«Wenn es wirklich nur ein Mörder ist», beharrte Solara, wobei er die Silben einzeln betonte, als legte er einem kleinen Kind eine komplizierte Sache dar, «wenn es wirklich ein verrückter Psychopath ist, der die Scala hasst, dann müssen wir die Scala, so gut es geht, schützen, denn sie ist sein eigentliches Opfer.»

«Das habe ich auch begriffen», entgegnete Oriani irritiert. «Aber wer garantiert mir, dass der Mörder nicht auch zuschlägt, wenn die Scala die Vorstellungen aussetzt?»

«Das kann niemand garantieren. Es ist möglich, aber nicht sehr wahrscheinlich.»

«Und wieso nicht? Da bin ich aber gespannt.»

«Weil unser Mörder Panik auslösen will, mindestens aber ein schreckliches Durcheinander. Sehen Sie sich die Morde an. Die Ermordung Luca Gentile Modottis hat zur Absage einer Premiere geführt, dann wurde ein Sopran mitten auf der Bühne ermordet und schließlich ein Zuschauer umgebracht. Eine schreckliche Eskalation. Er würde sich nicht damit zufrieden geben, eine Platzanweiserin oder einen Pförtner ins Jenseits zu befördern. Das wäre nicht genug, würde kein Aufsehen erregen. Er will ins Rampenlicht.

Deshalb müssen wir dieses Licht löschen, zumindest so lange, bis wir herausfinden, wer der Täter ist.»

«Ich fürchte, Sie haben Recht», kapitulierte Oriani nach kurzem Nachdenken. «Aber … aber wer soll das bloß dem Intendanten beibringen?»

«Wenn Sie es wünschen, erledige ich das.»

O ja, und wie er das wünschte.

Der im Verlauf einer raschen Autopsie errechnete Winkel, in dem das Projektil in Hiroshi Chidas Hals eintrat, sowie Sitzplatz und Höhe des Halses des sitzenden Japaners halfen den Männern von der Spurensicherung festzustellen, dass der Schuss vom ersten Rang rechts abgegeben worden sein musste, in etwa zwischen den Plätzen 97 und 108.

Guidetti machte sich sofort an die Arbeit, lud alle, die am Abend zuvor erklärt hatten, auf diesen oder den benachbarten Plätzen gesessen zu haben, vor und befragte sie. Vielleicht hatte sich die Aufregung über Nacht ja gelegt, und sie erinnerten sich an irgendein Detail, das von Nutzen war.

Von allen Aussagen, die er einholte, war höchstens eine von gewissem Wert.

Signora Amina Verbani, eine leidenschaftliche Autogrammjägerin, wollte den Rang vor Ende des letzten Aktes gerade verlassen, um sich schnell vor der Garderobe der Capua auf die Lauer zu legen und ihre Unterschrift für das große Album zu ergattern, das sogar ein Autogramm der Callas barg, als sie mit einem Mann zusammenstieß, der es sehr eilig zu haben schien, den ersten Rang zu erreichen. So eilig, dass er nicht einmal stehen blieb, um sich zu entschuldigen, weil er sie angerempelt hatte. Sie erinnerte sich nur daran, dass er dunkle Kleidung trug und groß und kräftig war. Eine Beobachtung, die mit gebührender Vorsicht bewertet werden musste, denn die Signora selbst war gerade mal eins fünfundvierzig.

Ein weiterer Zeuge, Giannino Ravanti, von Beruf Schwarzhändler, kam aus eigenem Antrieb ins Kommissariat.

Ja, er wisse, dass es nicht ganz legal sei, was er da treibe … dass es illegal sei, okay, aber er sei ein Bürger wie jeder andere auch. Und als Mailänder gehe es ihm gegen den Strich, dass in der Scala reihenweise die Leute umgebracht würden, zumal darunter auch die Geschäfte litten. Ja, er wolle etwas erzählen, eine komische Sache, die möglicherweise wichtig sein könne. Ein Mann, den er nicht kannte, keiner seiner Stammkunden, habe sich ihm in der Bar genähert, wo er eine Stunde vor Vorstellungsbeginn immer zu finden sei, und ihm, ohne überhaupt zu fragen, wie viel er verlange, zehn Mal den Wert für eine Eintrittskarte im ersten Rang geboten. Als ob Enrico Caruso wiederauferstanden wäre. Ja, eine Karte für den ersten Rang. Wieso, sei denn von dort geschossen worden? Wie dem auch sei, der Mann habe Mantel und Hut getragen, Gesicht und Körperbau seien ganz durchschnittlich gewesen. Die Hände, ja, die seien groß und stark gewesen. Das sei ihm aufgefallen, als er das Geld genommen habe. Ob ihnen diese Information vielleicht weiterhelfe?

«Ich glaube nicht, dass das eine heiße Spur ist», meinte Guidetti kopfschüttelnd. «Und Sie?»

«Ich auch nicht», antwortete Solara. «Wenn der Mörder sich bei den ersten beiden Morden frei im Theater bewegen konnte, warum sollte er dann eine Eintrittskarte kaufen, um den dritten zu begehen?»

«Vielleicht ist unser Mann zwischen dem Mord an der Caine und dem am Japaner entlassen oder aus dem Theater verbannt worden, oder man hat ihm den Hausausweis weggenommen, was weiß ich. Man müsste den Intendanten fragen.»

«Fragen bitte Sie ihn. Rufen Sie ihn an. Ich habe ihm gerade mitgeteilt, dass er sein Theater schließen muss.»

«Das Theater schließen?», wiederholte Guidetti überrascht.

«Um weitere Morde zu verhindern.»

«Und wie hat er das aufgenommen?»

Solara spürte langsam die Müdigkeit nach einer schlaflosen Nacht, im Büro des Kommissars war es warm, er hatte nicht einmal genug Energie, um den Mantel auszuziehen, und auch keine große Lust, dazubleiben und zu erzählen. Aber Guidetti war bestimmt genauso müde und hatte das Recht, alles zu erfahren. Er seufzte.

«Er hat es sehr ruhig aufgenommen, was mich überrascht hat. Bisher hat er immer schrill getönt, das Programm des Theaters sei unantastbar. Erinnern Sie sich noch an seine Presseerklärungen, als wegen des Mordes an Luca Gentile Modotti die Premiere abgesagt wurde? Das waren unverhohlene Angriffe. Jetzt hingegen war auch er der Meinung, dass, ungeachtet des beträchtlichen wirtschaftlichen Schadens für das Theater, eine Schließung das Vernünftigste ist, bis der Täter gefasst ist. Er bat nur darum, vorher den Verwaltungsrat einberufen und die Schließung nicht als Anordnung der Justiz, sondern als Beschluss dieses Gremiums ausgeben zu dürfen. Ich habe eingewilligt. Ich bin sicher, so ist es auch Oriani lieber, er will so wenig Konfrontation wie möglich. Wenn man ihm damit einen Gefallen tut …»

«Scheint mir vernünftig.»

«Wer, Oriani?»

«Nein, Berris Haltung. So wahrt er wenigstens das Gesicht, das des Theaters, meine ich. Es macht einen positiven

Eindruck, drückt Verantwortung gegenüber dem Publikum und Zusammenarbeit mit der Justiz aus.»

«Ja, aber etwas habe ich nicht verstanden.»

«Und zwar?»

«Er war gelassen, fast fröhlich. Ganz anders, als ich ihn zuvor erlebt habe. Als hätte er endlich erreicht, was er wollte …»

Der Kommissar wurde blass.

«Dass die Scala geschlossen wird? Sie glauben, er ist der Mörder?»

Solara sah ihn überrascht an.

«Großer Gott, nein, das meinte ich nicht. Wenn dem so wäre, hätte er einen Oscar für den besten Hauptdarsteller verdient.»

«Stimmt, nur befürchte ich, dass unser Mörder, wer immer es sein mag, tatsächlich ein oscarreifer Schauspieler ist. Glauben Sie nicht?»

Die Pistole, aus der der tödliche Schuss auf Hiroshi Chida abgegeben worden war, ein Smith-&-Wesson-Revolver, wurde gegen Abend gefunden, perfekt getarnt in einem Lüftungsschacht und noch immer auf das Parkett gerichtet. Sie war auf eine Halterung montiert, die sie in der richtigen Position hielt, und an einen simplen, effizienten Mechanismus angeschlossen: eine Küchenuhr für die Hausfrau, damit sie die Eier nicht vergisst.

Natürlich fanden sich keine Fingerabdrücke, und die Seriennummer war weggefeilt worden. Doch falls je ein Zweifel bestanden hatte, belegte die Positionierung der Pistole eindeutig, dass sich der Mörder frei im Theater bewegte und jeden Winkel wie seine Hosentasche kannte. Einschließlich Belüftungsanlage.

10

Die Schließung des Teatro alla Scala erregte, sofern möglich, noch mehr Aufsehen als alle drei Morde zusammengenommen. Es gab Schlagzeilen über neun Spalten, Sondersendungen im Fernsehen, Interviews mit jedem, der auch nur im Entferntesten mit dem Theater zu tun hatte, parlamentarische Anfragen, serienweise Verlautbarungen des Innenministers und ein endloses Telefonat des Letzteren mit Oberstaatsanwalt Antonio Oriani, der berichtete, erläuterte, zusammenfasste und vor allem Versprechungen machte, denn er hatte noch nicht ganz die Hoffnung aufgegeben, sich in die Politik «zu stürzen», und zwar für die Partei, zu deren aktivsten und aggressivsten Exponenten der Minister zählte.

Ruggero Solara war sehr unruhig, so unruhig, dass nicht einmal der morgendliche Dauerlauf im feinen Nebel, der das Castello mit einer märchenhaften Aura umgab, ihn aufgeheitert hatte.

Gegenüber dem Oberstaatsanwalt hatte er mit Zähnen und Klauen die Theorie eines Serienmörders verteidigt, obwohl er genau wusste, dass es nur eine Theorie war und sie sich überdies zu einem Gutteil auf Intuition stützte. Und da die Intuition bekanntlich irrational ist, neigte er dazu, ihr erst im Nachhinein Glauben zu schenken, wenn die Fakten ihm bestätigten, dass er sich nicht geirrt hatte.

Als Anhaltspunkt hatte er nur drei Morde, zu wenige, um seine Hypothese statistisch zu untermauern, dazu noch ohne jeglichen sexuellen Hintergrund und auf unterschiedliche Weise verübt, dabei gehörten sexueller Hintergrund und identischer Modus Operandi fast immer zu den charakteristischen Merkmalen von Serienmorden.

Fast immer. Ruggero Solara klammerte sich an dieses «fast», aber er ertappte sich selbst bei dem Gedanken, dass das Ziel des Mörders genauso gut auch die Beseitigung nur eines seiner Opfer gewesen sein konnte und er die anderen getötet hatte, um Verwirrung zu stiften. Diese Hypothese, das gestand er sich ein, war ein wenig geschmacklos, aber die Erfahrung hatte ihn gelehrt, dass lang gehegter Hass und die lange Planungsphase eines Mordes manchmal zu den unglaublichsten Tatphantasien anregen können.

Vernunft oder Intuition, worauf sollte er hören? Es gewann die Intuition, gegen die er immer kämpfte und der er sich schließlich doch immer wieder ergab. Nur verschaffte ihm das weder Rückhalt noch Erleichterung.

«Ruggero?»

Die Stimme von Sergio De Simone stieß in sein Ohr. Solara hielt den Hörer weg, er wusste, dass es keinen Sinn hatte, Sergio zu bitten, nicht so laut ins Telefon zu sprechen. Mit abstrusen DNA-Proben oder extrem komplizierter Software ging De Simone um, als hätte er sein Lebtag nichts anderes getan, doch wie ein Telefon funktionierte, schien er noch nicht begriffen zu haben. Er gehörte zu der glücklicherweise im Aussterben begriffenen Sorte Mensch, die die Stimme umso mehr heben, je größer die Entfernung ist, die sie von ihrem Gesprächspartner trennt. Er rufe aus Rom an, erklärte er sogleich. Rund fünfhundertfünfzig Kilometer, da musste Solara den Hörer nur zehn Zentimeter weghalten.

«Wo bist du?»

«Zu Hause. Ich bin vor zehn Minuten angekommen, ich

hab den ganzen Flug über kein Auge zugetan und leide total unter Jetlag, wie üblich. An dieses blöde Reisen werde ich mich nie gewöhnen. Es entspricht einfach nicht meiner Natur. Sei's drum … ich habe deine Nachricht auf dem Anrufbeantworter abgehört und dich gleich angerufen. Ich weiß, dass du ziemlich in der Klemme sitzt. Dein Ruhm hat's über den Ozean geschafft, wie man so sagt. Schöner Mist, mein Lieber. Brauchst du Hilfe?»

«Ich stehle dir nur fünf Minuten, und später, wenn du dich schön ausgeschlafen hast, telefonieren wir in aller Ruhe. Hör zu, ich habe eine Liste der psychischen Charakteristika eines Serienmörders angefertigt, soweit ich mich daran erinnere. Sag mir, ob was fehlt.»

Er las ihm seine Liste vor.

De Simone bat ihn, sie noch einmal vorzulesen.

«Jetzt und hier würde ich sagen, es fehlt nichts. Nein, warte … In der Kindheit kommt es bei diesen Typen häufig zu Episoden von Pyromanie und auch von … verdammt, was war das nochmal? Entschuldige, aber ich bin zu benebelt … Nächtliches Wasserlassen, das ist es! Sprich, sie pinkeln ins Bett. Passt das ins Bild?»

«Nein … gar nicht, fürchte ich, zumindest im Moment. Na ja, wenn ich ehrlich bin, passt es auch nicht ins Bild, dass diese Morde keinen sexuellen Hintergrund haben und dass sie darüber hinaus jeder auf eine andere Art verübt wurden …»

«Ja, du hast Recht, theoretisch wäre das eine Anomalie, aber mach dir nichts draus, in Amerika sagen sie, Serienmörder sind wie Viren, ständig hat man es mit einer neuen Variante zu tun …»

«Dann ist ja alles in bester Ordnung», sagte Solara ein wenig gequält. «Trotzdem danke, und … melde dich, wenn du wieder wach bist, okay?»

«Darauf kannst du wetten. Die Sache interessiert mich. Ich will alle Einzelheiten.»

Die Magenschmerzen von Kommissar Guidetti waren mittlerweile außer Kontrolle geraten, wie immer, wenn er gestresst war. Aus Erfahrung wusste er, dass sich seine Gastritis dann nicht einmal durch allerstrengste Diät auf der Basis von gekochten Kartoffeln, Reis pur und Rinderbrühe lindern ließ. Da er also der Überzeugung war, dass es schlimmer nicht werden konnte, war er vor seinem Besuch beim Staatsanwalt schnell in einer Bar eingekehrt und hatte versucht, die zahllosen Kaffees, die er seit dem frühen Morgen in sich hineingeschüttet hatte, mit zwei Salamipanini wieder aufzusaugen. Es wurde schlimmer.

Nun stand er da und stützte sich mit beiden Unterarmen auf Solaras Schreibtisch, um zu überspielen, dass er die Hände fest auf den Magen presste.

«Die Leute sind wirklich unberechenbar», begann er.

Solara verschloss den Füllfederhalter, mit dem er soeben die Karteikarten auf den neuesten Stand gebracht hatte.

«Inwiefern?»

«Seit heute Morgen, seit die Zeitungen die Meldung von der Schließung der Scala gebracht haben, bilden sich rund um das Theater Menschenansammlungen.»

«Menschenansammlungen? Und wieso?»

«Um gegen die Schließung zu demonstrieren, nehme ich an. Ich habe ein paar Leute hingeschickt, um die Lage zu beobachten, bis jetzt ist alles ruhig. Sie stehen in der Kälte rum, sonst nichts, aber es werden ständig mehr. Nicht zu glauben. Wenn wir die Ermittlungen nicht erfolgreich abschließen, weiß ich schon, was mir blüht. Was glauben Sie?»

«Dass es schwierig wird, den Mörder zu finden, es sei

denn, wir finden heraus, dass einer unserer Verdächtigen als Kind ins Bett gepinkelt hat.»

«Ich verstehe nicht.»

Solara hielt dem Kommissar die Karte hin, die er zuoberst auf die anderen gelegt hatte.

«Ich habe Hausaufgaben gemacht», sagte er mit bitterem Unterton.

Guidetti konzentrierte sich auf die Lektüre und vergaß darüber seinen Magen.

«Hervorragend, wenn Sie mir die Bemerkung erlauben. Das hätte man uns mal in die Hand drücken sollen, anstatt uns zwei ganze Tage lang in Fortbildungskursen zuzuquatschen.»

«Sie haben einen Kurs über Serienmörder besucht?»

«Ja, vor zwei Jahren, und die gestrige Nacht habe ich damit verbracht, die zentnerweise Papiere durchzuackern, die wir dort bekommen haben. Viel mehr als in Ihren Notizen habe ich auch nicht herausgefunden», sagte er und überflog noch einmal die Liste, «außer, dass diese Typen manchmal eine Sammelwut haben. Die komischsten Sachen sammeln die, sogar …»

«Halt!», brüllte Solara fast und streckte die Hand mit geöffneten Fingern Richtung Kommissar aus, als wollte der ihn umrennen. «Haben Sie Sammelwut gesagt? Das haben Sie doch gesagt, oder?»

«Ja», bestätigte Guidetti, verblüfft über Solaras plötzliche Erregung. «Wieso?»

«Das war es, was mir nicht mehr einfiel!», rief Solara und schlug sich gegen die Stirn. «Die Sammelleidenschaft!»

Keine Viertelstunde später standen beide hoch erregt in Giandomenico Berris Büro.

«Unser Vorgehen ist zwar nicht ganz korrekt», begann

Solara, «aber ich bitte Sie dennoch von Amts wegen, mit niemandem über das, was in diesem Büro gesagt wird, zu sprechen.»

Der Intendant sah sie beunruhigt an. Er hatte seine Selbstbeherrschung wiedergefunden, aber er hatte es überhaupt nicht eilig, sich auf die Probe zu stellen.

«Was ist denn nun schon wieder passiert?», fragte er langsam.

«Nichts. Oder alles, kommt darauf an. Wir müssen Ihnen detaillierte Fragen über einen Angestellten der Scala stellen.»

«Ich stehe zu Ihrer Verfügung, aber ich kenne nicht alle. Die Personalabteilung könnte Ihnen vielleicht ...»

«Es handelt sich hier um eine äußerst heikle Angelegenheit. Am besten wäre es, Sie gäben uns Auskunft, ohne jemanden zu konsultieren.»

Berris Augen füllten sich mit Hoffnung.

«Wissen Sie, wer der Mörder ist?»

«Vielleicht. Wir werden sehen. Bis jetzt ist alles nur Theorie.»

«Was kann ich für Sie tun?»

«Erzählen Sie uns alles, was Sie über Demetrio Boldini wissen.»

All die in Schweizer Internaten und englischen Colleges verbrachten Jahre konnten nicht verhindern, dass der Intendant vor Staunen den Mund aufsperrte.

«Demetrio ... Boldini?», wiederholte er wie ein Automat. «Demetrio Boldini, unser stellvertretender Pressesprecher?»

«Genau der.»

Giandomenico Berri schnellte aus seinem Sessel und begann, im Zimmer auf und ab zu laufen.

«Entschuldigen Sie, aber ich kann einfach nicht stillsitzen», rechtfertigte er sich. «Die ganze Sache regt mich zu sehr auf, und außerdem … Boldini … Nein, das kann nicht sein. Er kann nicht der Mörder sein. Das ist unmöglich.»

«Wie wir schon sagten, wir sind uns selbst nicht sicher», erwiderte Solara, um Berris verständliche Entrüstung zu beschwichtigen – und weil es die Wahrheit war. «Wir wollen nur überprüfen, ob gewisse Dinge zusammenpassen. Aber wir wollen Sie nicht beeinflussen. Sagen Sie uns, was Sie wissen, mehr nicht.»

«Einverstanden, einverstanden», antwortete Berri und fuhr fort, mit großen Schritten hin und her zu gehen. «In Ordnung. Es hat ja jetzt auch keinen Sinn, sich aufzuregen. Also … Demetrio Boldini … Demetrio Boldini. Jemand hat mir erzählt, er habe in frühester Kindheit die Mutter verloren und sei dann von einem sehr reichen Onkel aufgezogen worden, der ihm sein ganzes Vermögen vermacht hat. Über den Vater weiß ich nichts. Boldini ist ein ruhiger Typ, immer sehr elegant und wohlerzogen, fast affektiert, würde ich sagen … ist es das, was Sie wissen wollen?»

«Ja, unter anderem, aber fahren Sie fort. Erzählen Sie uns alles, was Ihnen einfällt, alles, was Sie über ihn wissen, vor allem was Schwächen, Defekte, die dunklen Seiten seines Charakters anbelangt …»

«Aber», wandte der Intendant ein, «ich hatte nie vertraulichen Umgang mit ihm. Ich habe nur beruflich mit ihm zu tun.»

«Und beruflich läuft alles bestens?»

«Ganz und gar nicht», ereiferte sich Berri und beschleunigte seine Schritte. «Er ist aufdringlich, intrigant und aufgeblasen. Extrem egozentrisch, und über die Jahre ist es nur schlimmer geworden. Er liebt es, belobigt zu werden, und hält sich für die tragende Säule des Theaters. Ich kann Ihnen gar nicht sagen, wie viel Unheil er in der Presseabteilung angerichtet hat! Sogar Interviews hat er gegeben, als ob die Scala ihm gehörte. Journalisten, die er kannte, und auch solche, die er nicht kannte, hat er gedrängt, sie sollten ihn in ihren Artikeln zitieren. Er war überzeugt, er würde bald Leiter der Presseabteilung, stellen Sie sich das mal vor. Ausgerechnet hier, in der Scala, wo Understatement obligatorisch ist und wir alle es als Ehre betrachten, immer und ausschließlich das Theater in den Vordergrund zu rücken! Er wurde abgemahnt, aber es hat nichts genützt. Er hat weitergemacht, als ob nichts wäre. Deshalb haben wir uns schließlich entschlossen, ihn zu entlassen.»

«Wie bitte?!», riefen Solara und Guidetti wie aus einem Mund.

Berri unterbrach sein Hin-und-her-Gerenne und wandte sich ihnen überrascht zu.

«Das ist doch bestimmt nicht von Interesse.»

«Und ob!», fuhr Solara auf. «Falls er der Mörder ist, kann das der Auslöser gewesen sein, der ihn dazu trieb, zu töten. Um sich am Theater zu rächen, um die Scala zu vernichten! Aber», fuhr er fort, während er die Brille ein wenig anhob und sich die Nasenwurzel massierte, «eins verstehe ich nicht. Wenn Sie ihn entlassen haben, wieso läuft er dann noch im Theater herum?»

«Genau das wollte ich Ihnen gerade erzählen», antwortete Berri und breitete die Arme aus. «Der Verwaltungsrat hat für die Entlassung votiert, aber dann starb der arme Gentile Modotti mit allem, was dann kam, und … also … die Kündigung ist noch nicht ausgesprochen worden. Er weiß noch nichts. Das kann nicht das Motiv sein, er kann nicht der Mörder sein.»

«Wann genau haben Sie denn beschlossen, ihn zu entlassen?», fragte Guidetti.

«Auf der Sitzung am 7. Dezember.»

«Am Tag der Premiere?»

«Ja, am Morgen. An diesem Tag hält der Verwaltungsrat traditionell eine Sitzung ab.»

«Und es kann nicht sein, dass jemand ihm gesagt hat, er werde entlassen?»

«Ein Mitglied des Verwaltungsrats? Das bezweifle ich stark.»

«Oder jemand, der die Beschlüsse mitschreibt, fürs Protokoll, eine Sekretärin oder wer auch immer …»

«Unsere Mitarbeiter sind sehr zurückhaltend und kompetent und durchlaufen vor ihrer Einstellung ein strenges Auswahlverfahren.»

Was nicht verhindert hat, dass ihnen ein Mörder durch die Maschen geschlüpft ist, dachte Solara, aber er sagte es nicht. Stattdessen stellte er noch eine Frage.

«Sie sagten, er sei abgemahnt worden. Worin bestand die Abmahnung?»

«In einer Kündigungsandrohung.»

«Und dennoch hat er sein Verhalten nicht geändert?»

«Leider.»

«Da er nicht dumm ist, musste er also damit rechnen. Entlassen zu werden, meine ich.»

«Ich denke ja.»

«Also musste er jedes Mal, wenn der Verwaltungsrat tagte, auf das Schlimmste gefasst sein. Oder nicht?»

«Ich nehme es an.»

«Hatte er vielleicht Zugang zu den Akten des Verwaltungsrats? Konnte er in den Unterlagen stöbern und nachsehen, was beschlossen wurde? Konnte er herausfinden, ob er entlassen worden war?»

Berri wurde blass.

«Mein Gott, ja. Ja, das hätte er gekonnt. Ganz leicht sogar.»

«Wenn ich zusammenfassen darf», sagte Solara und wandte sich an Guidetti. «Es gibt genügend Hinweise darauf, dass Boldini ein psychopathischer Mörder ist. Seine Kindheit hat er ohne Mutter und, wie es scheint, auch ohne Vater verbracht, er ist ein Einzelgänger, er ist egozentrisch, er sammelt zwanghaft Gegenstände, er kennt die eigenen Grenzen nicht und so weiter und so fort, und er hat die Scala zu seinem Lebensinhalt gemacht. Dann entdeckt er auf traumatische Weise, dass ihm ein – vermeintliches – Unrecht widerfährt, diese Frustration lässt ihn den Verstand verlieren, und als er Luca Gentile Modotti sieht, ermordet er ihn im Affekt ...»

«Die handeln ja fast immer im Affekt.»

«... um durch ihn das Theater in seiner Gesamtheit zu treffen. Das Theater, mit dem er sich identifiziert und das ihn verraten hat.»

«Und dann findet er Gefallen daran und tötet immer weiter, um es zu vernichten.»

«Dann ist dieser Albtraum also vorbei», seufzte Berri. «Bitte verhaften Sie ihn.»

Solara und Guidetti wechselten einen Blick. Solara übernahm es, zu antworten.

«Nein, wir verhaften ihn nicht. Sein psychologisches Profil weist Parallelen zu dem eines Serienmörders auf. Die tatauslösenden Umstände ebenfalls. Wir wissen auch, dass er jahrelang Karate getrieben hat, dass er also ohne weiteres mit einem Schlag die Finger von Gentile Modotti hätte brechen können. Darüber hinaus hat er für keinen der drei Morde ein Alibi. Aber wir haben keine Beweise. Und auch keinen Zeugen. Nichts. Wenn wir ihn verhaften, stehen wir am Ende möglicherweise wie die Deppen da.»

«Und was nun?», murmelte Berri und ließ sich in seinen Stuhl sinken.

«Vorläufig behalten wir ihn im Auge …», antwortete der Kommissar und warf dem Staatsanwalt einen Blick zu.

«… und wenn nichts passiert, wenn er keinen falschen Schritt macht, dann versuchen wir, ihm eine Falle zu stellen», schloss Solara.

Die Erregung über ihre Entdeckung hatte den Staatsanwalt so gebannt, dass er zunächst alles andere vergaß. Mit der inneren Gewissheit, dass er den Mörder gefunden hatte, saß er bei Guidetti im Auto und schmiedete Pläne, ohne der Menschenmenge Beachtung zu schenken, die sich vor dem Theater versammelt hatte.

Doch jetzt wurde die Erregung langsam von der großen Sorge darüber verdrängt, dass er nicht die leiseste Ahnung hatte, wo, wann und wie er versuchen sollte, Boldini die Maske vom Gesicht zu reißen, und er wusste ganz genau, dass die Sorge seine Gedanken verwirren und durcheinander bringen würde, bis sie jede logische Stringenz verloren hätten.

Also sich lieber ablenken, sich umschauen … da, bitte, das war doch interessant, was hatten bloß all diese Menschen vor dem Theater zu suchen?

Noch einmal ließ er sich vom Kommissar versichern, dass ausreichend viele seiner Leute Boldini auf Schritt und Tritt folgten, dann verabschiedete er sich. Er schlug den Mantelkragen hoch, tauchte durch die Journalistenhorde hindurch, die inzwischen Tag und Nacht dort ausharrte, ging denen aus dem Weg, die noch immer nicht gelernt hatten, dass es vollkommen sinnlos war, ihn mit Fragen zu bombardieren, lief durch die Via Filodrammatici und blieb an der Ecke Via Santa Margherita stehen.

Von dort aus konnte er in aller Ruhe die Piazza beobachten. Abgesehen von den Fahrspuren, die aus Bürgersinn freigehalten wurden, waren der ganze Gehsteig vor dem Theater und die gesamte Piazza um das große Blumenbeet herum voller Leute, die in der beißenden Kälte dieses Vormittags schweigend ausharrten. Sie riefen nichts, hielten keine Schilder hoch, taten nichts. Sie standen nur da, die Gesichter den großen geschlossenen Eingangstüren zugewandt, gleichgültig gegenüber den Fernsehkameras, die sie aufnahmen, höflich gegenüber den Reportern, die sie befragten. Ihre Unerschütterlichkeit war wirkungsvoller als jedes Schwenken von Transparenten, als jeder Sprechchor.

Ganz unterschiedliche Leute, jeden Alters, aller Schichten und Einkommensverhältnisse, waren da, zwischen denen es scheinbar keinerlei Berührungspunkte gab. Eine Mischung, wie Solara sie noch nie bei einer Demonstration gesehen hatte und auch nicht noch einmal sehen würde, da war er sicher. Eine Signora mit blonden Strähnchen im blonden Haar, die vom Hals bis zu den Knöcheln in einem Daunenmantel steckte, der gewiss mehr gekostet hatte als ein Pelz, stand ganz selbstverständlich neben einem Rentner, der zu seinen besten Zeiten vielleicht Straßenbahnschaffner gewesen war. Die Hausfrau mit Kopftuch unterhielt sich leise mit einem gelackten jungen Mann, der aussah wie die Inkarnation eines Coverboys von «Capital». Und die unmittelbare Nähe zu dem Mädchen mit den lila Haaren und dem Nasenpiercing schien dem blasierten Signore, der schon am Vormittag schwarzen Mantel, Wildlederslipper und weißen Seidenschal trug, als würde er gleich seinen Logenplatz einnehmen, nicht im Geringsten unangenehm zu sein. Sie alle einte offenbar nur eins, nämlich die Liebe zu diesem Theater.

Solara war gerührt. Ja doch, er wusste, dass die Mailänder in der Scala das Herz ihrer Stadt sahen, aber das Wissen darum war das eine, es mit eigenen Augen zu sehen, etwas ganz anderes. Ja, dachte er, das war richtiggehend ergreifend.

Ihn überkam eine seltsame Lust mitzumachen. Als hätte nicht er selbst das Theater schließen lassen, als wäre ihm gestattet, gegen seine eigene Anordnung zu demonstrieren. Ungläubig schüttelte er den Kopf. Nein, er konnte sich dieser schweigenden Menge nicht anschließen, doch er konnte wenigstens versuchen, ihre Stimmung genauer zu erfassen, indem er den Platz Richtung Galleria überquerte und sich unter sie mischte.

Das einzige Risiko war, dass ein besonders aufgebrachter oder aufdringlicher Demonstrant ihn wiedererkannte.

Aber nichts dergleichen passierte. Dafür entdeckte er gleich neben dem Zeitungskiosk am Eingang der Galleria Benedetta Gentile Modotti.

Sie war allein, klein und so zierlich, dass sie nicht einmal in dem langen schwarzen Daunenmantel warm eingepackt aussah. Starr blickte sie auf das Theater und wirkte sehr traurig.

Bevor er sich richtig entschlossen hatte, stand Solara schon neben ihr.

«Wie geht's?»

Ohne das leiseste Zeichen von Überraschung wandte sich Benedetta ihm zu, und statt zu antworten, stellte sie ihm eine Gegenfrage, die eigentlich gar keine Frage war.

«Ich nehme an, all das ist unvermeidlich.»

«Es wird nicht lange dauern.»

Worte der Beruhigung, die er durchaus nur so dahergesagt haben konnte. Benedetta las die Wahrheit darin.

«Es wird nicht lange dauern?!», rief sie und griff nach seinem Arm. «Dann haben Sie ihn also gefunden … dann wissen Sie also, wer …»

Mit ihren großen schwarzen Augen sah sie ihn so intensiv an, dass er einfach nicht lügen konnte. Er schüttelte nur den Kopf, zu mehr war er nicht fähig, aber das konnte alles bedeuten.

Sie verstand dennoch.

«Das ist eine Erleichterung», seufzte sie. «Eine echte Erleichterung. Vielleicht können wir wenigstens versuchen, diesen Albtraum hinter uns zu lassen …»

Wir können? Wir? Was heißt hier wir?, dachte Solara. Wir alle hier auf der Piazza? Wir alle, die mit diesen Morden zu tun haben? Wir … zwei?

Er setzte die Brille ab, doch ihr Gesicht blieb seltsamerweise klar, als hätte es sich unauslöschlich auf seiner Netzhaut eingeprägt. Rasch setzte er die Brille wieder auf, ohne auch nur so zu tun, als wollte er sie putzen.

«Es ist noch nicht spruchreif. Wir gehen nur einer Hypothese nach.»

Sie lächelte und zog die Hand weg, die die ganze Zeit seinen Arm festgehalten hatte.

«Aber natürlich. Berufsgeheimnis. Das verstehe ich.»

«Ich bitte Sie …»

«Das verstehe ich wirklich. Glauben Sie mir nicht?»

Sie sah ihn von unten an, die Nase ein bisschen gerötet, die Augen in der Kälte glitzernd, das kurze Haar unter einem Barett aus rauchgrauer Wolle verborgen. Sie sah aus wie ein kleines Mädchen. Ein intelligentes Mädchen, entschlossen und stark.

Solara spürte auf Höhe seines Magens ein seltsames Gefühl, das er keinesfalls ergründen wollte. Stattdessen suchte er nach einer brillanten, weltgewandten Antwort, die Eindruck machen sollte.

«Natürlich glaube ich Ihnen» war alles, was er herausbrachte. Dann brummte er ein paar Abschiedsworte, zog den Kopf zwischen die Schultern und machte sich rasch auf den Weg in die Staatsanwaltschaft. Eine Menge Arbeit wartete auf ihn. Als Erstes den Oberstaatsanwalt über ihre Entdeckung informieren, dann De Simone anrufen, ganz egal, ob der sich nun vom Jetlag erholt hatte oder nicht, und vor allem musste er sich über das Wie klar werden. Schließlich wollte er einem paranoiden Mörder eine Falle stellen.

Der Oberstaatsanwalt war so begeistert von der Neuigkeit, dass Solara sich verpflichtet fühlte, ihn mehrmals daran zu erinnern, dass sie vorläufig nicht nur keinerlei Beweise hatten, sondern auch keine gangbare Idee, wie sie den Verdächtigen in die Enge treiben konnten.

De Simone hingegen war überhaupt nicht begeistert, dass er aus dem Tiefschlaf gerissen wurde. Doch als der Staatsanwalt ihn über die neuesten Entwicklungen aufklärte, erholte er sich schlagartig von Müdigkeit und Jetlag.

«Charaktermerkmale, Tatumstände, Motivlage … passt alles! Ich glaube, du hast das große Los gezogen, Ruggero! Jetzt musst du ihn nur noch in die Enge treiben!»

«Tja …»

«Soll ich kommen und dich unterstützen? Ich kann das auch privat machen, ohne dass wir die ganze Bürokratenmaschinerie in Gang setzen. Ich springe in den nächsten Flieger, und …»

«Nein, das fehlte gerade noch. Ein paar Tipps würden mir schon reichen. Hör dir an, wie ich die Sache sehe, und dann sagst du mir, was du davon hältst, in Ordnung?»

«In Ordnung.»

«Ich fange jetzt erst an, darüber nachzudenken. Als würde ich laut denken …»

«Komm zur Sache, sonst sind wir heut Nacht noch dran.»

«Gut. Also … unser Mörder ist beseelt von Hass auf das Theater, und bis jetzt hat jeder Mord, den er begangen hat, sein Ziel erreicht. Zum ersten Mal in der Geschichte wurde die Premiere abgesagt, eine Sopranistin wurde während einer Aufführung vergiftet, und dann ist sogar jemand aus dem Publikum ermordet worden. Die Scala hat großen finanziellen Schaden erlitten, sie hat überall auf der Welt für Negativschlagzeilen gesorgt und wurde sogar zur Schließung gezwungen. Korrekt?»

«Wenn du das nicht weißt ...»

«Ich sehe, du kannst mir folgen. Erste Frage: Meinst du, der Mörder könnte sich mit dem Erreichten begnügen und es gut sein lassen? Im Grunde hat er das berühmteste Theater der Welt in die Knie gezwungen, oder?»

«Ja, aber ...»

«Aber?»

«Eins musst du dir vor Augen halten, Ruggero, das ist das A und O», sagte De Simone. «Diese Leute denken nicht wie normale Menschen. Es ist nicht so, dass unser Mörder einen rationalen Plan gefasst hat und jetzt, da er sein Ziel erreicht hat, neu überlegt, sich mit dem Ergebnis zufrieden gibt und keine Leute mehr umbringt. Er hat aus einem Affekt heraus getötet, zumindest beim ersten Mal, als er von einem unerträglichen Gefühl der Frustration dazu gedrängt wurde. Danach hat er offenbar Geschmack daran gefunden. Besser gesagt, in ihm ist ein Mechanismus ausgelöst worden, der sich kaum mehr aufhalten lässt. Unter anderem deshalb, weil diese Sorte Mörder ihn meist unter keinen Umständen aufhalten will. Den Zerstörungsmechanismus, den sie in Gang gesetzt haben, meine ich.»

«Und was bedeutet das?», fragte Solara.

«Im Allgemeinen hegen sie den geheimen Wunsch, entdeckt zu werden. Auch deshalb töten sie weiter.»

«Das kann hilfreich sein.»

«Ja, kommt aber darauf an, wie viele Menschen ihm in

der Zwischenzeit zum Opfer fallen», wandte De Simone ein.

«Stimmt. Jedenfalls, du meinst, unser Mörder wird es noch einmal versuchen?»

«Ich hab's dir bereits gesagt.»

«Ich weiß, aber ich musste es noch einmal hören. Nächste Frage: Meinst du, er würde auch außerhalb des Theaters morden?»

«Nach dem, was du mir erzählt hast, scheint mir das unwahrscheinlich.»

«Hältst du es denn für wahrscheinlicher, dass er in einer normalen Situation tötet oder in einer, die Aufsehen erregt?»

«In einer, die Aufsehen erregt, natürlich. Aber warum stellst du mir Fragen, auf die du die Antwort schon weißt? Willst du mich auf den Arm nehmen?»

«Red keinen Unsinn. Hör zu. Heute hat sich ein Haufen Menschen vor der Scala versammelt, um gegen die Schließung zu demonstrieren. Hunderte von Leuten reglos in der Kälte.»

«Ach was», sagte De Simone überrascht. «Tatsächlich?»

«Sehr beeindruckend, sage ich dir. Wenn du mir nicht glaubst, schau Nachrichten. Da habe ich mir gedacht, diese Leute sind der lebende Beweis dafür, dass der Mörder sein Ziel nicht erreicht hat, nämlich die Scala in die Knie zu zwingen. Und ich habe mir auch gedacht, dass man diesen Protest vielleicht noch ein bisschen anheizen und dazu benutzen könnte, zu beweisen, dass das Theater nicht tot ist, dass die Leute es unterstützen und dass es auf Druck der Straße sogar wieder seine Tore öffnet, und zwar für ein außergewöhnliches Event. Das müsste ihn doch reizen, oder?»

«Darauf kannst du Gift nehmen.»

«Und dazu bringen, zu töten.»

«Sehr wahrscheinlich.»

«Dann muss ich nur das Theater wieder öffnen, ein außergewöhnliches Event organisieren und jemanden finden, der wichtig genug ist und sich als Köder zur Verfügung stellt, um unseren Mörder verhaften zu können, wenn er ihn zu töten versucht. Richtig?»

«Kinderspiel.»

«Lass das. Sag mir nur, ob es funktionieren würde.»

«Aus dem Bauch heraus würde ich sagen: ja. Aber glaub nicht, dass das so einfach ist. Das ist ja kein Film.»

«Das weiß ich sehr gut.»

«Aber als Falle wäre das nicht schlecht», überlegte De Simone. «Ich denke, die Idee funktioniert. Das größte Problem ist der Köder. Er muss etwas darstellen, wie du sagst, und auch ganz schön starke Nerven haben, denn da können ihn noch so viele Polizisten schützen – ein Köder ist immer ein Köder. Damit das klar ist.»

«Natürlich.»

De Simone schwieg einen Augenblick.

«Du erzählst mir nicht die ganze Wahrheit», sagte er dann. «Du bist zu ruhig. Sag mal ehrlich, hast du schon jemanden im Auge?»

«Vielleicht», antwortete Solara. «Vielleicht.»

Und in einem ungewohnten Anflug von Aberglauben kreuzte er Unheil abwehrend die Finger.

Farbe ist Leben, überlegte Federica Navarro, während sie durch das Fenster den Himmel betrachtete, aber die Abwesenheit von Farbe ist nicht Schwarz, sondern Grau.

Schwarz gibt Kraft, es ist dicht, vibrierend, dramatisch, gibt ein gutes Gefühl. Grau hingegen entkräftet, verschluckt Licht, trübt und engt ein. Vor allem das Bleigrau dieses Himmels, der ihre Stimmung widerzuspiegeln schien. Grau wie die Abwesenheit von Leben, bleiern wie die Schwere, die sie in sich spürte.

Sie hüllte sich in den Morgenmantel und ging in die Küche, um den Rest Kaffee einzugießen. Wie spät war es? Und wie viel Kaffee hatte sie schon getrunken? Den ganzen Tag hatte sie so verbracht, lustlos, hatte nicht einmal geduscht. Eine Dusche hätte sie aufgerüttelt, doch sie wollte in ihrer Willenlosigkeit verharren, wollte darin aufgehen, denn sonst hätte sie wieder angefangen zu denken, zu grübeln, Vermutungen anzustellen, Hypothesen zu erfinden. Und jeder Gedanke, jede Grübelei, jede Vermutung, jede Hypothese hätte nur einem Zweck gedient, nämlich zu erklären, warum Ruggero Solara sie nicht anrief.

Weil die Ermittlung ihn ganz in Anspruch nahm, weil er müde war, weil er ihre Nummer verloren und nicht daran gedacht hatte, sie im Telefonbuch zu suchen oder in der Scala danach zu fragen, weil eine plötzliche Schüchternheit ihn befallen hatte …

Tausend Erklärungen würde sie finden, das wusste sie, nur die wahre nicht, die einzige, die sie nicht in Betracht ziehen wollte.

Er rief sie nicht an, weil er schlicht nicht an sie dachte. Das war ihr noch nicht untergekommen. Welch eine Demütigung für ihre Selbstachtung. Dabei hatte sie um diesen Mann so viele Phantasien gerankt … hatte auf ihn, wie hieß das nochmal? Ach, ja … ihre Wünsche projiziert. Kurz, sie hatte sich ein Wunschbild geschaffen, das nichts mit dem zu tun hatte, wie er wirklich war. Sie musste darüber nachdenken, und zwar gründlich, schließlich bedeutete das, dass sie viele unbefriedigte Wünsche hatte, die sie auf niemanden richten konnte. Und deshalb schlurfte sie mitten am Samstag durch die Wohnung, kaute an den Nägeln und sah jede Viertelstunde nach, ob das Telefon noch funktionierte.

Ihre Schuld, sie hatte sich ja nie ein Handy zulegen wollen.

Wie bitte? Ihre Schuld, weil sie sich nie ein Handy zugelegt hatte? Sie blieb mitten im Zimmer stehen, verwirrt darüber, dass sie einen solchen Unsinn gedacht hatte. Es war ihre Schuld, ja, einzig und allein ihre Schuld, aber nur, weil sie sich aufführte wie ein dummes Mädchen. Es war Zeit, wieder erwachsen zu werden.

Sie warf den Bademantel auf die Erde und ging duschen. Wenn sie wegen des Rauschens nicht hören würde, falls es klingelte, umso schlimmer. Sie hatte nämlich auch keinen Anrufbeantworter.

Oberstaatsanwalt Antonio Oriani sah sich schon mit Lorbeer bekränzt aus diesem Albtraum hervortreten und wähnte den Abgeordnetensitz wieder in Reichweite, während er mit größter Aufmerksamkeit Solaras Plan lauschte und seinem Untergebenen freie Hand gab, fast jedenfalls.

Sich selbst behielt er nämlich die oberste Leitung vor, was ja nun auch exakt seine Aufgabe war und was er nur zu gern vor den Fernsehkameras der ganzen Welt erklären würde, sobald es seinem Untergebenen gelungen wäre, den Mörder zu verhaften.

Denn Solaras Plan war riskant, schon, aber er konnte funktionieren. Er musste funktionieren.

Seit dem frühen Morgen schob der Intendant alle fünfzehn, zwanzig Minuten den Vorhang in seinem Büro beiseite und warf einen Blick auf die Menge, die schweigend die Scala belagerte. Sie wuchs zusehends und besetzte nicht nur alle Straßen rings um das Theater, sondern inzwischen auch die Galleria und sogar die Via delle Case Rotte. Er war gerührt, dass so viele Menschen in solcher Würde ihre Hingabe und ihre uneingeschränkte Liebe für das Theater manifestierten.

Wenn er auch nur einen einzigen Tropfen getrunken hätte, hätte er den Alkohol für den Juckreiz in seinen Augen verantwortlich gemacht. Doch da er vollkommen nüchtern war, musste er sich eingestehen, dass es sich um echte Rührung handelte.

Er sah auf seine ultraflache Uhr. Der Staatsanwalt musste jeden Augenblick eintreffen. In einer dringenden Angelegenheit, hatte er gesagt. Einer Angelegenheit, die seine und die Mitwirkung des Chefdirigenten erfordere, den er ebenfalls dazugebeten habe, Berri möge die Eigenmächtigkeit entschuldigen.

Er stieß einen tiefen Seufzer aus. Seit Solara ihm am Morgen gesagt hatte, Demetrio Boldini könne der Mörder sein, seufzte er in einem fort, obwohl ihn die Tatsache an sich noch immer in ungläubiges Staunen versetzte. Nicht vor Erleichterung seufzte er, dafür gab es kaum Anlass, solange der Verrückte auf freiem Fuß war und es im Theater von Polizisten wimmelte, sondern weil er nur so die schreckliche Verspannung, die sich zwischen seinen Schultern eingenistet hatte, für kurze Momente ein wenig zu lösen vermochte.

Der Staatsanwalt und Loewenstein trafen fast gleichzeitig ein. Erst Solara, unter Hochspannung, wie elektrisiert. Wenige Augenblicke später der Dirigent, in dessen Gesicht man nur eine unbestimmte, wohlerzogene Neugier lesen konnte.

«Haben Sie den Dirigenten über die Lage informiert?», fragte Solara nach einer knappen Begrüßung.

«Über das, was Sie mir heute Morgen gesagt haben?», fragte Berri überrascht. «Natürlich nicht, Sie hatten mich doch um absolute Diskretion gebeten ...»

«Richtig, entschuldigen Sie. Es war nicht meine Absicht ... Also, wenn Sie erlauben, kläre ich ihn auf.»

Er wandte sich an Loewenstein und erzählte ihm, was er herausgefunden hatte.

Der Dirigent hörte vollkommen reglos zu und hob nicht einmal die Braue. Doch die Adern an seinen Schläfen schwollen so sehr an, dass man das Blut pochen sah, als wären sie durchsichtig geworden, und seine blauen Augen verdüsterten sich.

Als Solara geendet hatte, bedeckte Loewenstein das Gesicht mit den Händen und verharrte einen langen Augenblick in dieser Haltung, als wollte er sich vor der Wahrheit verschließen. Dann räusperte er sich.

«Darf ich fragen, welche Maßnahmen Sie getroffen haben?»

«Boldini wird Tag und Nacht überwacht, innerhalb und außerhalb des Theaters. Eine verdächtige Bewegung, und die Polizei schlägt zu. Aber ...»

«Aber Sie haben etwas anderes im Sinn, sonst wären Sie nicht hier», erwiderte Loewenstein, wieder vollkommen klar. «Richtig?»

«Richtig», gab Solara zu.

Giandomenico Berri stieß einen weiteren tiefen Seufzer aus, aber diesmal wurde das Stechen zwischen den Schulterblättern nicht gelindert.

«Sagen Sie, was bitte», meinte er. «Wir hatten in den vergangenen Tagen schon genug Angst und Ungewissheit.»

Solara sah die beiden einen Augenblick lang an, als wollte er sich seines eigenen Urteils vergewissern.

«Es ist ein kühner Plan», begann er, «und er erfordert die Mitarbeit vieler Menschen. Die Idee ist, den Mörder so zu frustrieren und zu provozieren, dass er einen weiteren Mord ausheckt.»

«Sie wollen ihn provozieren? Habe ich richtig verstanden?», entgegnete der Dirigent aufmerksam.

«Ja, provozieren. Wir wissen, dass sich sein Hass ganz auf die Scala richtet. Nun, da es ihm gelungen ist, um das Theater eine Aura des Fluchs zu errichten und sogar die Schließung zu erzwingen, muss er sehr zufrieden mit sich sein. Doch wenn wir jetzt auf Druck des Volkes das Theater wieder öffnen, wenn es uns gelingt, ein bedeutendes, ein Weltereignis zu organisieren, das so laut wie möglich von den Medien propagiert wird, das die Augen der ganzen Welt auf die Scala lenkt und beweist, dass sie nicht tot ist, sondern lebendiger denn je ... dann muss unser Mann denken, dass das, was er getan hat, nichts gebracht hat, und sein Hass wird so sehr anwachsen, dass er erneut losschlägt ...»

«Gegen wen?», fragte Berri.

«Gegen denjenigen, der dann in seinen Augen das Theater verkörpert. Beziehungsweise», ereiferte sich Solara, «gegen denjenigen, der diese Initiative verkörpert, der im Scheinwerferlicht der ganzen Welt steht und Kraft und Vitalität der Scala, ihrer Künstler und ihres Publikums repräsentiert.»

«Mit anderen Worten», schlussfolgerte der Dirigent, «einer müsste den Köder spielen, damit Sie den Mörder fassen, wenn er versucht, ihn zu töten. Ist das so richtig?»

«Vollkommen richtig», antwortete der Staatsanwalt und nahm die Brille ab, um sich die Nasenwurzel zu massieren.

«Ich kann das machen», bot sich Giandomenico Berri an.

Das sagte er, ohne nachzudenken, aus einem Impuls heraus. Als er begriff, was er gesagt hatte, wurde ihm plötzlich ganz warm in der Brust, und diese Wärme sagte ihm, dass er wieder der Alte war. Er legte eine Hand darauf, als wollte er sie festhalten, obwohl er sicher war, dass sie nicht mehr verschwinden würde.

«Ich kann das machen», wiederholte er. «Und ich kann auch problemlos ein Event organisieren, bei dem die Welt nicht aus dem Staunen herauskommt. Die Scala hat überall Freunde, Sie können sich nicht vorstellen, wie viele Solidaritätsschreiben seit diesen verfluchten Morden eingetroffen sind und noch immer eintreffen ... Staatsoberhäupter, einfache Leute, Künstler, Opernfans ... Sie kommen aus allen Teilen der Welt und ... aber ich schweife ab. Ich wollte sagen, ich kann einen Aufruf an die berühmtesten Sänger und die besten Musiker richten, damit sie alle gemeinsam hier auftreten, ein Auftritt, wie es ihn noch nie gab ... Die Scala ist für alle wichtig. Niemand wird sich weigern.»

Solara nickte.

«Sie haben genau verstanden, worum es geht, Signor Berri. Und Ihr Angebot ist sehr großmütig ...»

«Aber was das angeht», mischte sich Loewenstein mit einem vergnügten Funkeln in den Augen ein, «so hatte der Staatsanwalt nicht dich im Sinn. Natürlich nicht, weil du nicht mutig und geeignet genug wärest, sondern eher, weil die Gestalt des Intendanten weniger Eindruck macht, richtig? Sie bündelt weniger die Phantasie der Leute, zieht die Medien weniger an und kann deshalb auch unseren Mörder weniger provozieren als, sagen wir, die Gestalt des Chefdirigenten. Ist das so richtig dargestellt, Herr Staatsanwalt?»

Solara zog eine Grimasse.

«Vollkommen richtig. Aber das hier ist kein Scherz. Es kann eine gefährliche Angelegenheit werden, das wissen Sie.»

«Ich weiß», antwortete Loewenstein und lächelte. «Aber es könnte auch aufregend sein, wer vermag das zu sagen?»

In seinem ganzen Leben hatte Solara noch nie auf eine Drossel geschossen, einen Stein nach einer Eidechse geworfen oder gar einen Hasen getötet. Weder hatte er sich im Morgengrauen auf einem Hochsitz auf die Lauer gelegt, noch hatte er stundenlang unbeweglich in einem Boot darauf gewartet, dass eine Ente vorbeiflog.

Er war nicht gegen die Jagd, er hatte nur nie verstanden, was daran Spaß machen konnte. Deshalb war es für ihn eine Überraschung, festzustellen, dass er nicht nur Jagdinstinkt, sondern auch Jagdlust besaß.

Er wollte Boldini schnappen. Mit allen Mitteln. Er empfand so etwas wie das körperliche Bedürfnis, ihn in die Falle zu locken, ihn festzusetzen. Und der Bau der Falle und die Vorstellung von seiner Gefangennahme sorgten für einen enormen Adrenalinausstoß, der ihn wachsam, bereit und angespannt sein ließ. Er hatte eine Beute, und er musste sie packen. Er musste sich in ihren Kopf hineinversetzen, ihre Empfindungen spüren, ihren Atem atmen, ihre Bewegungen vorwegnehmen, ihre Haken voraussehen. All das erzeugte in ihm eine Spannung, die nichts mit der Ermittlung oder mit seinem Beruf zu tun hatte, das war ihm vollkommen klar.

Die Sache ging tiefer, kam aus grauer Vorzeit, war wohl atavistisch. Er versuchte sie nach Kräften zurückzudrängen, weil sie irrational war, akzeptierte sie dann aber, als er erkannte, dass sie ihm ein zusätzliches Instrument sein konnte, und hegte sie schließlich, als er sich bewusst wurde, dass sie ihm Spaß machte.

Der Plan, den er noch am selben Abend mit Kommissar Guidetti und ein paar Leuten, die dabei mitmachen sollten, ausführlich besprach, war in seiner Struktur sehr einfach, fast zwangsläufig.

Loewenstein sollte sich zum Protagonisten einer Wiedereröffnung der Scala anlässlich eines außergewöhnlichen Konzertabends aufschwingen, an dem die größten Künstler der Welt teilnehmen würden, und diese Initiative so lautstark wie möglich propagieren. Die gewaltigen Sicherheitsmaßnahmen der Polizei, einschließlich des besonderen Schutzes für den Dirigenten, sollten bekannt gemacht und Gegenstand der öffentlichen Diskussion werden. Zeitungen, Radio- und Fernsehsender aus aller Welt würden sich wie die Heuschrecken auf diese Story stürzen und der Initiative den nötigen Schwung geben. Und falls sie nicht von allein darauf kämen, würde ein Wort im richtigen Moment genügen, damit sie über den Dirigenten wie über eine Art Held berichteten, einen Verteidiger des Theaters, der dem Mörder den Fehdehandschuh hinwarf. An der nötigen Statur für die Rolle mangelte es Loewenstein ebenso wenig wie an Charisma.

Falls nicht schon vorher etwas geschah, würde man die Sache bis zum Vorabend des einzigartigen Konzerts, das der Mörder bestimmt zu verhindern versuchen würde, immer weiter aufbauschen. Und wie aus Versehen oder Unachtsamkeit würde irgendwann in dem schützenden Netz, das Loewenstein umgab, ein Durchschlupf gelassen. Klein, auf den ersten Blick unbedeutend, aber deutlich sichtbar für den Mörder, der sich Hals über Kopf hineinstürzen würde und ihnen in die Hände fiele, endlich.

«Gott steh uns bei», sagte Guidetti, nachdem er seinen Leuten letzte Anweisungen gegeben und sie dann entlassen hatte, und massierte sich ohne Zurückhaltung den Magen. «Jetzt, wo wir allein sind, kann ich es sagen. Wenn etwas schief geht, versetzt mich der Polizeichef auf direktem Weg nach Sardinien. Er hat es zwar nicht ausdrücklich gesagt, aber …» Er ließ den Satz unvollendet, weil die Stiche plötzlich übermächtig wurden.

«Es klappt bestimmt alles wie am Schnürchen», antwortete Solara und stellte eine Zuversicht zur Schau, die er für sein Leben gern tatsächlich besessen hätte. «Es muss einfach funktionieren.»

Noch viele Stunden, bis tief in die Nacht, brüteten er und Guidetti über dem Plan, der zur Verhaftung Boldinis führen sollte. Und jedes Mal fingen sie wieder von vorn an, stellten Berechnungen an, wie viele Männer ihn bereits überwachten und wie viele sie ab kommenden Montag benötigten, wenn er sicher wieder im Theater auftauchen würde. Sie gingen die Schutzmaßnahmen durch, die sie für Loewenstein ergreifen mussten und die er selbst ergreifen sollte. In der Nacht von Sonntag auf Montag sollten Fachleute heimlich Videokameras in Loewensteins Garderobe und in dem davor liegenden Flur einbauen. Sie beschlossen, die Identität des mutmaßlichen Mörders möglichst geheim zu halten, damit nicht irgendein Inspektor oder Polizist einen falschen Schritt machte oder ein Verhalten an den Tag legte, das ihn misstrauisch machte. Sie versuchten jetzt schon zu planen, was sie tun sollten, falls Boldini sich nicht rührte.

Mehrmals rekapitulierten sie alles nochmal von vorn, als könnte ständiges Wiederholen den Plan weniger ungewiss machen, konkreter, fast greifbar, unbedingt effektiv.

Eine Art vertrauensbildende Maßnahme, ein weltliches Gebet der Hoffnung.

Doch früher oder später endet auch die Zeit der Gebete, und so starrte Solara in tiefer Nacht auf den Nacken eines unhöflichen, gegen alles und jeden wetternden Taxifahrers, der ihn schließlich vor dem Eingang seiner zu hell erleuchteten Residence absetzte.

Zweifellos gab es auch um diese Uhrzeit irgendwo in einer Stadt wie Mailand ein Loch, wo er etwas Warmes in den Magen bekommen hätte, doch die bleierne Müdigkeit, die ihn nach diesem anstrengenden Tag befallen hatte, hatte ihm nur so viel Energie gelassen, um sich in die vier Wände zurückzuziehen, die vorgaben, sein Zuhause zu sein, und sich den Magen mit kühlschrankkaltem Gorgonzola und abgepacktem Brot voll zu stopfen.

Er schlief schlecht und kurz, und als das aschgraue Dämmerlicht durch die Leisten des halb geschlossenen Rollladens drang, fuhr er schlagartig aus dem Schlaf hoch, außer Atem, mit zugeschnürtem Hals und die Adern voller Adrenalin. Er setzte sich halb auf, keuchte eine ganze Weile, bevor er merkte, dass er nur schlecht geträumt hatte. Ein Albtraum, der sich noch immer ganz klar über die verschwommenen Konturen seines Zimmers legte.

Er befand sich in einem Gang, der wegen einer verzerrten Perspektive extrem lang aussah. Am anderen Ende des Gangs flehte jemand um Hilfe. Er rannte und rannte, doch je mehr er rannte, desto mehr dehnte sich der Flur, als wäre er stets schneller als Solara. Und seine Beine wurden schwerer, und er bekam keine Luft mehr, während der Flur immer tiefer und der Schrei ferner und verzweifelter wurde.

Einen Augenblick lang dachte er an Marta. Sie liebte es, Träume zu analysieren, zu sezieren, zu interpretieren und zu kommentieren. Davon konnte sie nie genug bekommen. Da sie mit ihren schon durch war, hatte sie sich angewöhnt, detaillierte Berichte der seinen einzufordern. Bis er, der sich von niemandem gern erkunden ließ, schließlich behauptete, sich nicht mehr daran zu erinnern.

Diesen Traum hingegen hätte er gern jemandem erzählt. Nicht weil er schwer zu deuten gewesen wäre, er war auch für ihn sonnenklar, wohl eher, um sich durch das Erzählen von dem unangenehmen Gefühl zu befreien, das der Traum bei ihm hinterlassen hatte. Aber Marta war nicht da, und sie würde auch nie mehr da sein.

Er warf die Decke zur Seite, zog den Rollladen hoch,

blieb eine Weile am Fenster stehen und betrachtete den Nebel, der sich langsam aufhellte.

Es würde ein langer Tag werden, genauso lang wie die vielen Tage danach, während derer Guidetti Boldini überwachte, Loewenstein das Sonderkonzert organisierte, Berri sich alle Mühe gab, der Sache so viel Publicity wie möglich zu verschaffen, der Oberstaatsanwalt den Minister beruhigte und er selbst nichts anderes tun konnte, als sich Sorgen zu machen, abzuwarten und zu hoffen.

11

Montagmittag legte Loewenstein die erste große Performance in seiner neuen Rolle als Köder hin. Nachdem Berri die Pressekonferenz eröffnet hatte, die am Tag zuvor mit dem Hinweis auf eine sensationelle Ankündigung einberufen worden war, hypnotisierte der Chefdirigent die Fernsehkameras mit seinen blauen Augen.

Das strahlende Lächeln, das sein Jesusgesicht von Zeit zu Zeit noch zusätzlich betonte, der schwarze Zopf, den er ein paar Mal mit gestellter Beiläufigkeit berührte, die kräftige wohlgeformte rechte Hand, die er wie zufällig auf die Brust legte, wenn er seine Liebe und Hingabe für die Scala bezeugte, und die kraftvolle Begeisterung, wenn er über das Konzert sprach, mit dem er das feindselige Schicksal bekämpfen wollte, das das Theater mit Blut besudelt hatte – all das verfehlte seine Wirkung nicht und fand den direkten Weg in die Imagination der gebildeteren Zuschauer und in die Herzen der schlichteren.

Die zahllosen Wiederholungen seines Auftritts im Fernsehen und seitenweise Zeitungsberichte in allen Sprachen und Ländern machten aus dem umjubelten Orchesterdirigenten Michelangelo Loewenstein einen strahlenden modernen Helden, eine faszinierende und mannhafte Inkarnation des berühmtesten Theaters der Welt.

Der Initiative schlossen sich sofort die gefeiertsten Dirigenten, die vortrefflichsten Solisten und die berühmtesten Sänger an. Alle erklärten sich bereit, selbst um den Preis hoher Konventionalstrafen alle anderweitigen Verpflichtungen abzusagen und am darauf folgenden Samstag zu dem großen Sonderkonzert nach Mailand zu kommen und kostenlos aufzutreten.

Angeführt von Rovetta Valesi sorgte der enthusiasmierte Verein Milano per La Scala dafür, dass die Künstler gebührend empfangen und untergebracht werden konnten, und die Amici della Scala sammelten genug Geldmittel für die nächsten drei Jahre. Die treuen Anhänger der Scala räumten den Platz vor dem Theater, stellten jedoch überall Tische auf und sammelten Tausende von Solidaritätsunterschriften. Eine kleine Firma aus der Gegend um Biella schraubte ihre Bilanz in astronomische Höhen, indem sie in allen Buchhandlungen, Geschäften, Supermärkten und Marktständen Italiens in Taiwan hergestellte Baumwoll-T-Shirts mit der Aufschrift «I (Herzchen) La Scala» verscherbelte.

Unglaublich, aber die Tatsache, dass die Begeisterung für all diese Initiativen durch die Ermordung von drei Menschen ausgelöst worden war, geriet überall in den Hintergrund – überall, außer im Theater. Hier herrschte eine eigenartige Stimmung aus neugeborener Tatkraft und unterschwelliger Angst. Alle versahen ihre Aufgabe mit Leidenschaft und Energie, aber auch mit einer heimlichen Unsicherheit, als bestritten sie eine Schlacht, bei der sie weder sehen konnten, wer der Feind war, noch, wo genau er stand.

Solara hingegen stellte die Streitmacht auf und kannte den Feind. Das heißt, er wusste etwas über dessen Identität, Aussehen, Verhalten und Krankheitsbild. Er versuchte, die Bewegungen dieses Feindes vorauszuahnen und dessen Gedanken zu erraten, aber er verfluchte sich bei der Vorstellung, er könne womöglich nicht so tief in dessen Hirn eindringen, dass er den mörderischen Wahn zur Gänze verstand.

Die Theorien kannte er, die Statistiken auch. Durch sie war es ihm schließlich gelungen, den Mörder mit einer Gewissheit zu identifizieren, die – da war er sich sicher – durch die Fakten bestätigt werden würde. Was er darüber hinaus begreifen, vielleicht auch nachempfinden wollte, waren Boldinis Gefühle.

Wie groß war die Frustration, als er entdeckte, dass man ihn entlassen hatte? Wie schmerzlich die Enttäuschung? Was hatte er in dem Augenblick empfunden, bevor er Luca Gentile Modotti in die Tiefe stieß? Und was, als der Ärmste auf dem Boden aufprallte? Wo hatte er die Kraft gefunden, sich nur wenige Minuten später vollkommen normal zu geben? Hatte es ihm Spaß gemacht, sie alle an der Nase herumzuführen, oder hatte es ihn Mühe gekostet, weil es nun mal nötig war, damit er überlebte? Was hatte er empfunden, als die Caine am Boden lag, und was, als der arme japanische Zuschauer tödlich getroffen war? Jubel? Befriedigung? Wilde Freude? Und jetzt, konnte er nachts schlafen? Oder versetzte ihn der Drang, noch einmal zu töten, in eine Welt unbekannter Empfindungen, die ihm den Schlaf raubten?

Es waren keine leichten Tage. Berri, Loewenstein und Guidetti taten ihr Möglichstes, um sich nichts anmerken zu lassen und sich mit einer Natürlichkeit zu bewegen, als wüssten sie von nichts, als würden sie nicht manchmal von Empörung und Grauen bestürmt.

Solara, der so viele Fragen drängend in sich spürte, hatte es vielleicht am schwersten. Wenn er im Theater Boldini sah oder sich mit ihm unterhielt, fühlte er sich wie dreigeteilt. Ein Teil hätte am liebsten gefragt und verstanden. Der zweite wäre dem Mörder am liebsten an die Gurgel gesprungen, hätte ihn gegen die Wand geworfen und das Gift aus seinem

Körper herausgeprügelt. Der dritte Teil wartete noch ab und beobachtete, tat, als ob nichts wäre. Dieser Teil bewirkte sogar, dass er lächelte und freundlich Konversation betrieb, und überraschenderweise behielt dieser Teil die Oberhand über die anderen beiden, die wahrhaftiger und ehrlicher waren. Nur in tiefer Nacht trat er in den Hintergrund, wenn die intellektuelle Neugier und die moralische Verachtung miteinander zu kämpfen begannen und dafür die ganze Dauer seiner Nachtruhe in Anspruch nahmen.

«Manchmal», gestand er Guidetti, «möchte ich ihn am liebsten hinter Gitter stecken und den Schlüssel wegwerfen. Ohne Beweise, ohne Alibis zu entkräften oder so. Mich einfach auf mein Gefühl stützen, dass er der Mörder ist.»

«Und vor allem, ohne dass Loewenstein seinen Kopf riskiert. Ist es das, was Sie quält?»

Der Staatsanwalt sah ihn lange an, ohne zu antworten.

Seit ein paar Tagen trafen sie sich zum Mittagessen in einem Lokal am Corso Vittorio Emanuele. Das Lokal war ursprünglich eine Bar beziehungsweise ein Café gewesen, doch seit die Kundschaft nicht mehr Stunden im Stau verbringen wollte, nur um ein paar Minuten die Beine unter dem heimischen Tisch ausstrecken zu können, hatte es sich in eine Art Bistro verwandelt, das vor allem Salate anbot.

Guidetti hatte dieses Lokal vorgeschlagen, weil er dort immer etwas fand, das ihm zumindest theoretisch keine Magenschmerzen verursachte. Solara hingegen ließ sich von den Kellnern erobern. Sie waren höflich und kompetent, wie man sie in Rom nicht mal in den besten Restaurants antraf, und besaßen die Fähigkeit, immer präsent zu sein und sie mit Diskretion zu bedienen und sich so wohl fühlen zu lassen, als würden sie sich über dies und das unterhalten und nicht darüber, wie sie einen mehrfachen Mörder fassen sollten.

«Stimmt», gab der Staatsanwalt nach langem Schweigen zu. «Ich fühle mich für Loewenstein verantwortlich. Ich möchte nicht …»

«Loewenstein ist sich vollkommen bewusst, was er tut», unterbrach ihn der Kommissar. «Und er hat das Risiko sehenden Auges auf sich genommen.»

«Aber er hätte nichts riskieren müssen.»

«Wer kann das sagen?»

«Wie meinen Sie das?»

Guidetti sah sich um, als wäre ihm nicht wohl, dann wandte er sich wieder dem Staatsanwalt zu. «Es kommt vor, dass man etwas tut, weil man fühlt, dass man es tun muss. Weil diese Sache anstand. So ist das Leben.»

«Ich wusste nicht, dass Sie ein Philosoph sind», sagte Solara lächelnd.

«Ich bin keiner, sonst würde ich nachts schlafen und nicht unter Panikattacken leiden», gestand der Kommissar. «Dabei tun wir das Menschenmögliche. Boldini wird Tag und Nacht observiert, und Loewenstein wird beschützt, wo immer er hingeht, und von den Videokameras überwacht, die wir in seiner Garderobe und auf dem Gang davor installiert haben. Ich könnte beruhigt sein, oder? Aber nein, je länger diese verdammte Warterei dauert, desto mehr Angst habe ich, dass etwas schief geht.»

«Dann befürchten Sie also auch, Loewenstein könnte etwas zustoßen.»

«Natürlich befürchte ich das, aber trotzdem fühle ich mich nicht für seine Entscheidung verantwortlich.»

«Wofür dann?»

«Dafür, ob der Plan gelingt oder nicht. Denn zu wissen, dass dieses Monster frei herumläuft, als ob nichts wäre, macht mich krank. Regelrecht körperlich krank», sagte er, wobei er sich, ohne es zu merken, den Magen massierte.

«Und der Kerl scheint vollkommen ruhig zu sein und führt sich völlig normal auf, vorausgesetzt, es ist normal, die ganze Zeit zu Hause zu sitzen, immer den gleichen Weg vom und zum Theater zu gehen und außer während der Arbeit niemanden zu sehen.»

«Tja», erwiderte Solara und dachte bei sich, dass er ähnlich lebte, seit er in Mailand war.

«Aber was tun wir, wenn er keinen falschen Schritt macht?», hakte Guidetti nach.

«Bestimmt wird er den machen, noch vor Samstag. Falls wir seine Denkweise richtig verstanden haben, muss er einfach einen Konzertabend wie den kommenden zu boykottieren versuchen. Und wenn er es nicht tut», seufzte Solara und breitete die Arme aus, «dann spielen wir die letzte Karte aus, wie besprochen. Unter einem Vorwand ziehen wir scheinbar alle Polizisten aus dem Garderobenbereich ab, wo der Dirigent sich aufhalten wird, und werden dafür sorgen, dass Boldini davon erfährt.»

«Samstagvormittag ist der letzte Zeitpunkt dafür.»

«Ja. Darüber sind wir uns ja schon einig. Wir können nicht riskieren, dass alles passiert, während die Leute bereits in den Zuschauerraum strömen.»

«Samstagvormittag», wiederholte Guidetti. «Bis dahin habe ich vor lauter Warten die Nerven verloren.»

Auch Solara fürchtete, er könnte die Nerven verlieren, aber er sagte es nicht, und natürlich passierte es auch nicht. An den langen Tagen, an denen nichts geschah, antwortete er mit Gemütsruhe auf die ständigen besorgten Anrufe des Oberstaatsanwalts und ging unzählige Male in dessen Büro, um ihn zu beruhigen. Höflich verweigerte er sich Dutzenden von Journalisten. Tausend Vorwände fand er, um in die Scala zu gehen und sich persönlich zu vergewissern, dass

Loewensteins Wachsamkeit nicht nachließ. Er beglückwünschte sich zu seinem normalen Umgang mit Boldini, kam sich aber die ganze Zeit über vor wie eine gespannte Saite und konnte an nichts anderes denken. Nicht mal an Marta, fiel ihm auf. Und das verblüffte ihn dann doch.

Mailand empfing den Samstagmorgen mit einem so niedrigen Himmel, dass es aussah, als hätte er sich auf die Dächer gelegt. Rauchgrau, kompakt und unbeweglich, bedrängte er die Stadt mit einer Spannung, die immer stärker wurde, als versuchte das dahinter lauernde Gewitter vergeblich, den dichten Wolkenvorhang zu zerreißen. Kein Mailänder, der an diesem Morgen nicht zum Himmel aufgeschaut hätte und darin die Rechtfertigung oder Ursache der Unruhe gefunden hätte, die ihn befallen hatte.

Auch Solara sah nach oben, als er die Residence verließ, doch brauchte er der Spannung, die schon seit der vergangenen Nacht die Adern an seinen Schläfen anschwellen ließ, keinen anderen Namen zu geben. Dies war der Tag, sonst nichts.

Als er in der Scala eintraf, stand Guidetti bereits neben dem Brigadiere, der ständig das Videobild aus Loewensteins Garderobe und dem davor liegenden Gang im Auge behielt. Die Monitore standen in einem mit Kühlschrank ausgestatteten Raum, durch den man nur durch das gelbe Zimmer gelangte, und diesen Raum hatten sie ausgewählt, weil er fast genau über der Garderobe des Dirigenten lag und sie deshalb die Kabel nur durch den Fußboden verlegen mussten.

«Wie geht's?»

«Es geht», antwortete der Kommissar, ohne den Blick von den bläulichen Bildschirmen zu lösen. «Da, sehen Sie, gerade kommt der Dirigent. Bestimmt hat er jetzt schon herausposaunt, man solle ihn nicht stören, er wolle einige Stunden allein in seiner Garderobe verbringen, um sich zu sammeln. Boldini weiß also, wo er ihn findet, falls er will.»

Loewensteins elegante Gestalt erschien auf einem Monitor, er grüßte den Polizisten, der den Flur auf und ab schlenderte, und verschwand in seiner Garderobe, um gleich darauf auf dem anderen Bildschirm zu erscheinen. Er warf seinen Mantel auf ein kleines Sofa, drehte sich um, lächelte in die Videokamera und winkte fröhlich.

«Selig, wer jetzt noch zu Scherzen aufgelegt ist», seufzte Guidetti.

«Ist Boldini schon eingetroffen?»

«Seit fünf Minuten.»

«Wann treten wir in Aktion?»

Es war nicht Solaras Art, unnötige Fragen zu stellen. Guidetti sah ihn an.

«Seien Sie nicht so nervös. Wir sind den Plan tausendmal durchgegangen.»

«Sie haben Recht», gab Solara zu und massierte sich unter der Brille die Nasenwurzel, «aber lassen Sie mich trotzdem rekapitulieren. Also … um halb zwölf ruft Loewenstein Boldini an und bittet ihn in einer dringenden Angelegenheit zu sich. Boldini kommt herauf und biegt in den Gang ein. In diesem Augenblick hört man Schreie. Jemand ruft Feuer, ruft um Hilfe. Der Polizist, der den Gang bewacht, tut so, als wäre er überrascht und wüsste nicht, was er tun soll. Die Schreie werden lauter, der Polizist verlässt seinen Posten, um zu Hilfe zu eilen, genau in dem Moment, als Boldini die Garderobe des Dirigenten betritt … O Gott», unterbrach er sich verwirrt. «Auf einmal habe ich Angst, dass alles zu simpel ist, dass wir etwas übersehen haben. Und wird er überhaupt darauf hereinfallen? Wird er nicht merken, dass wir ihm eine Falle stellen?»

«Nein.» Der Kommissar schüttelte den Kopf, als wäre er sich wirklich sicher. «Auch bei ihm werden die Nerven blank liegen. Es bleibt ihm nicht mehr viel Zeit, das Konzert zu sprengen. Wenn sich ihm eine Gelegenheit bietet, wird er sie nutzen.»

«Hoffentlich. Er betritt also Loewensteins Garderobe, trifft ihn allein an und versucht, ihn zu töten ...»

«Aber sobald er handgreiflich wird, benachrichtigt unser Mann hier, der das Geschehen über die Monitore verfolgt, über Funk die Kollegen, die in der benachbarten Garderobe warten ...»

«Was!?», rief Solara aus. «Das ist doch viel zu gefährlich. Hatten wir nicht beschlossen, die Polizisten sollten sich in der Toilette der Dirigentengarderobe verstecken?»

«Loewenstein wollte sie dort nicht haben. Er sagte, sie würden ihn noch nervöser machen. Er hält es für ausreichend, wenn die Videokameras ihn ständig beobachten und der Polizist draußen den Gang überwacht, falls Boldini früher losschlagen sollte, aus eigener Initiative.»

«Das gefällt mir nicht.»

«Mir auch nicht, aber es war nichts zu machen ...»

«Dann hoffen wir das Beste ...»

«Ja. Also, um den Hergang abzuschließen, sobald Boldini versucht, Loewenstein umzubringen, wird Alarm ausgelöst, die Polizisten kommen aus ihrem Versteck und nehmen ihn fest.»

«Wie im Film», witzelte Solara.

«Wie in den Filmen von früher», korrigierte Guidetti ihn. «Heutzutage gewinnen ja immer die Bösen.»

«Stimmt», sagte der Staatsanwalt lächelnd, doch gleich darauf verfinsterte sich seine Miene. «Und wenn er ihn erschießt?»

«Sie wissen, dass Loewenstein seit mehreren Tagen mit

einer schusssicheren Weste herumläuft. Ich habe es Ihnen doch gesagt, machen Sie sich keine Sorgen. Es wird alles gut gehen.»

Solara fragte ihn nicht, woher er plötzlich dieses Vertrauen hernahm. Falls es echt war, war es töricht, daran zu zweifeln, und falls er es nur vortäuschte, war es genauso töricht, daran zu zweifeln.

Um Viertel vor zehn betastete Boldini zum wiederholten Mal das Stahlseil in der rechten Tasche seines Kaschmirjacketts in Tweed-Optik. Aus der linken nahm er einen winzigen Kassettenrecorder, überprüfte die Position des Bandes, ließ ihn zurück in die Tasche gleiten und verließ das Zimmer.

Er nahm die übliche Abkürzung über den Hof, ging hinter der Bühne vorbei, wo er wie gewöhnlich alle Bekannten und die Polizisten in Uniform und in Zivil grüßte, die überall im Theater postiert waren. Er ging durch den langen Flur, der zu Loewensteins Garderobe führte, wechselte ein paar Worte mit dem Polizisten, der dort Wache stand, ging weiter und bog um die Ecke. Hier, an einer Stelle, wo sich seit Jahrhunderten irgendwelche Kisten stapelten, tat er so, als nähme er einen Anruf per Handy entgegen, sprach, diskutierte, sagte, dass er sofort komme, steckte das Handy zurück in die Tasche, bückte sich, band sich plakativ den Schuh zu, damit es auch jeder sah, schaltete unauffällig den Minirecorder ein und ließ ihn zwischen zwei Kisten gleiten. Dann kehrte er eilig um, grüßte erneut den Polizisten und lief weiter.

Der Polizist versuchte gerade auszurechnen, wie viel von seinem Gehalt er aufbringen musste, um ein Jackett zu kaufen, wie Boldini es trug, als der Schrei einer Frau die Luft zerriss. Der Polizist schaute auf die Uhr. Zehn Uhr fünf.

Laut Plan sollte es um halb zwölf losgehen. Seine Uhr ging richtig. Die Frau schrie wieder. Vielleicht hatten sie die Uhrzeiten verändert. Vielleicht hatte man vergessen, ihm das mitzuteilen. Noch ein Schrei. Die Frau schrie um Hilfe. Vielleicht war sie wirklich in Gefahr. Vielleicht wollte jemand sie ermorden. Was zum Teufel sollte er tun, verdammt?

«Was zum Teufel tut der da, verdammt?», riefen Guidetti und Solara unisono, während sie ungläubig auf den stummen Bildschirm starrten, auf dem sie mit angesehen hatten, wie Boldini kam und ging und der Polizist sich gleich darauf alarmiert umschaute, als hätte er etwas gehört, auf die Uhr sah und schließlich seinen Posten verließ und losrannte – in die entgegengesetzte Richtung als Boldini.

«Da stimmt was nicht», rief Guidetti und befahl dem Brigadiere, der vor den Monitoren saß: «Sag den anderen über Funk Bescheid! Sie sollen sich bereithalten! Ich laufe runter.» Dann folgte er Solara, der bereits aus dem Zimmer gestürzt war. «Gott steh uns bei!»

Der Brigadiere führte den Befehl sofort aus, den Blick fest auf die Monitore geheftet, wo Boldini ruhigen Schritts wieder auftauchte, an die Tür des Dirigenten klopfte, die Klinke herunterdrückte und eintrat.

Der Schlüssel, zuckte Loewenstein zusammen, als er sah, wie Boldini die Tür hinter sich zumachte und unauffällig den Schlüssel umdrehte. Keiner hat daran gedacht, den verdammten Schlüssel abzuziehen! Und wie ein Blitz schoss ihm der Gedanke durch das Hirn, dass die Weigerung, Polizisten in seiner Toilette zu dulden, vielleicht die letzte idiotische Entscheidung seines Lebens sein würde. Aber noch war nichts entschieden. Boldini hatte angebissen. Die

Falle war zugeschnappt, so oder so. Nun kam es darauf an, nicht in Panik zu verfallen. Nur nicht in Panik verfallen. Die Videokamera nahm alles auf, wie geplant. Gleich würde jemand kommen, wie geplant. Er musste nur Zeit gewinnen, Boldini ablenken, ihn zum Reden bringen und lächeln, spielen, spielen und nochmals spielen.

Langsam stand er vom Sofa auf, wo er in der Partitur gelesen hatte, um seine Anspannung zu verbergen.

«Was gibt's? Ich hatte darum gebeten, nicht gestört zu werden.»

«Ich weiß», erwiderte Boldini, während er mit starrem Blick auf ihn zukam.

«Ja, und?»

«Ich war sicher, dass Sie mich erwarten.»

«Ganz gewiss nicht», antwortete Loewenstein mit aller Abgebrühtheit, zu der er fähig war, während er fieberhaft daran dachte, dass er in seiner Garderobe mit einem Mörder eingeschlossen war, dass die anderen es vielleicht nicht mitbekommen hatten oder dass sie es mitbekommen hatten, es ihnen aber vielleicht nicht gelang, die Tür aufzubrechen, dass sie in jedem Fall nicht rechtzeitig hier wären, um ihn zu retten, und dass er, verdammt, auch noch in einer taktisch ungünstigen Position war, vor sich Boldini und hinter sich das Sofa, das ihm den Weg versperrte.

«Weshalb hätte ich Sie erwarten sollen?»

«Du weißt es», zischte Boldini, und dieses plötzliche «Du» klang extrem bedrohlich. Seine Pupillen waren zu Nadelspitzen geworden, und sein Lächeln war einem höhnischen Grinsen gewichen. Er hatte die Maske abgelegt.

Loewenstein nutzte die eigene Maske nichts mehr. Im selben Augenblick, als Solara und Guidetti gegen die Tür zu hämmern begannen, warf er sich zur Seite.

Was folgte, war ein großes Durcheinander. Boldinis

Hände packten ihn und warfen ihn zu Boden, sie rangen, er konnte sich befreien, den anderen fast überwältigen, doch Boldini gewann die Oberhand, Tritte, Schläge, Bisse, eine Stahlschlinge legte sich plötzlich um seinen Hals, schnürte ihm den Atem ab, Axthiebe schlugen gegen die Tür, er packte den zwischen Stahldraht und Nacken eingeklemmten Pferdeschwanz und riss ihn verzweifelt hin und her, um den Draht von der Kehle wegzubekommen, um eine Lücke für die Finger zu öffnen, er hatte das Gefühl zu platzen, da, das Geräusch der nachgebenden Tür, plötzliches Brennen, als der Sauerstoff wieder in seine Lungen strömte, Gewitterdonner draußen ließ die Fensterscheiben vibrieren, eiskalte Luft auf seinem Gesicht, Schreie ... Viele Schreie, aus allen Richtungen, die in seinem Kopf zu einem einzigen Durcheinander wurden.

«Er ist durchs Fenster!»

«Da, auf dem Gesims!»

«Schieß, du Idiot! Schieß, worauf wartest du?»

«Ruft einen Arzt!»

«Wie geht es Loewenstein? Lebt er? Ist er in Ordnung?»

«Lös Alarm aus!»

«Er ist durch ein Fenster weiter hinten wieder ins Gebäude rein!»

«Was ist, hast du schon den Arzt gerufen?»

«Um Gottes willen, lös Alarm aus! Er muss noch hier im ersten Stock sein.»

«Alle Ausgänge schließen!»

«Ruf im Präsidium an, sie sollen Verstärkung schicken! Wir müssen ihn schnappen!»

Wir müssen ihn schnappen ... ihn schnappen ... ihn schnappen.

Speicher, Dach, Keller, Probenräume, Toiletten, Treppenhäuser, Stiegen, Garderoben, Abstellkammern, Bar, Schneiderei, Requisitenlager, Büros, Heizungsraum, Foyer, Flure, Orchestergraben, Souffleurkasten, Künstlergarderoben, gelbes Zimmer, Pförtnerloge, Klimaanlage, Bühne, Lager, Aufzüge, Aufzugswartungsraum, Logen, Parkett, Galerie … jeder Meter des Theaters einschließlich des großen Leuchters im Saal wurde sorgfältig durchsucht, doch vergeblich.

«Sieht aus, als hätte sich dieser Teufel in Nichts aufgelöst», brummte Solara und hockte sich auf einen Stuhl in irgendeinem der unzähligen Räume, die er zusammen mit Guidetti durchsucht hatte. Anspannung und die Schmach von Boldinis Flucht hatten ihre Kräfte erlahmen lassen, nun saßen sie mit grauen Gesichtern und trübem Blick da.

«Wie haben wir das angestellt? Wie zum Teufel haben wir das angestellt, diesen Scheißschlüssel nicht abzuziehen?»

«Meine Schuld», antwortete der Kommissar, grün im Gesicht wegen der Magensäure. «Ich hab nicht dran gedacht. Wir denken immer, der Mörder macht einen Fehler, vergisst etwas, und dann machen wir diesen Fehler. Bis auf den verdammten Schlüssel war der Plan perfekt …»

«Was mich so aufbringt, ist, dass Boldini genau denselben hatte. Mit den aufgezeichneten Hilferufen hat er unseren Plan praktisch vorweggenommen, als hätte er unsere Gedanken gelesen …»

«Deshalb hat auch der Polizist plötzlich nicht mehr durchgeblickt. Ich kann ihm keinen Vorwurf machen.»

«Und wie geht es jetzt weiter?»

«Wir durchsuchen weiter das ganze Theater von oben bis unten. Durch die Türen ist er nicht hinaus. Auf den Dächern ist er nicht. Früher oder später finden wir ihn. Er weiß, dass er in der Falle sitzt.»

«Schon, aber dafür braucht es viel Zeit und viel Umsicht. Boldini kennt dieses Theater wie seine Westentasche», murmelte Solara niedergeschlagen. «Ich geh nachsehen, wie es Loewenstein geht.»

«Er schläft jetzt, er hat ein Beruhigungsmittel bekommen. Mir wurde berichtet, dass es ihm alles in allem gut geht. Ich habe einen Mann zu seinem Schutz abgestellt, und Dottoressa Navarro hat gesagt, dass sie sich nicht von dort wegbewegen wird, bis er wieder aufwacht. Offenbar ist sie sehr mitgenommen.»

«Benedetta …», murmelte Solara bei sich.

«Federica, meinen Sie», berichtigte Guidetti. «Benedetta hieß doch die Witwe von Gentile Modotti, oder?»

«Ja, natürlich. Ich habe da was durcheinander gebracht», sagte Solara kopfschüttelnd. Durcheinander gebracht ja, aber anders, als er glauben machen wollte. Die Vorstellung, wie Federica Loewenstein pflegte, eine Frau, die um einen Mann bangt, hatte ihn einen Augenblick lang schrecklich einsam gemacht, hatte ihn diesen Namen flüstern lassen. Aber was für Gedanken hatte er da, ausgerechnet jetzt, da er einen mehrfachen Mörder zu fassen hatte? Er musste verrückt geworden sein. Er stand auf.

«Ich fühle mich nutzlos hier. Ich drehe eine Runde.»

«Allein? Das kann gefährlich sein.»

«Aber hier wimmelt es doch von Polizisten …», versuchte er einen Scherz.

Guidetti blieb ernst. «Nehmen Sie wenigstens die hier mit», sagte er und reichte ihm eine Pistole.

Ungläubig blickte Solara darauf.

«Aber, wenn Sie bewaffnet waren», murmelte er, «warum … als Boldini auf dem Gesims stand, warum … warum haben Sie nicht auf ihn geschossen?»

Der Kommissar sah ihm in die Augen.

«Vielleicht war auch das ein Fehler», sagte er. «Ja, es war bestimmt ein Fehler. Aber ich wollte ihn lebend haben. Ich wollte ihn vernehmen, versuchen zu begreifen. Verstehen Sie?»

Solara musterte ihn lange und nickte. «Ich verstehe Sie vollkommen», sagte er schließlich. «Auch ich habe oft versucht, in seine Gedanken einzudringen.»

Er nahm die Pistole.

In seine Gedanken eindringen. Ja, genau das hatte er von Anfang an versucht. Die Denkweise des Mörders verstehen. Seine Gefühle begreifen, seine Bewegungen vorausahnen, ihn in die Falle locken. Stattdessen hatte Boldini Solaras Gedanken gelesen und seine Falle umgangen, Loewenstein wäre um ein Haar ums Leben gekommen. Aber das Spiel war noch nicht zu Ende. Boldini war nun demaskiert und wusste das. Ihm blieb kein Ausweg, und er wusste das. Was mochte ihm in diesem Moment durch den Kopf gehen?

Nachdenklich ging Solara durch einen der vielen Flure. Er hatte kein bestimmtes Ziel, er hatte einfach das Bedürfnis, eine Weile allein zu sein und nachzudenken.

Was würde ihm selbst durch den Kopf gehen, wenn er aus Hass auf das Theater drei Menschen getötet und einen vierten zu töten versucht hätte, wenn er sicher wäre, dass seine Verhaftung nur eine Frage der Zeit wäre?

Das Theater in Brand stecken, zum Beispiel. Spektakulär und effizient. Aber einen richtigen Brand zu entfachen, ohne wenigstens entzündliche Flüssigkeiten zur Hand zu haben, war keineswegs leicht, vor allem da der Brandherd rasch von einem der vielen Polizisten entdeckt werden konnte, die jeden Winkel absuchten.

Oder er würde versuchen, ein Blutbad anzurichten und

seine Haut so teuer wie möglich zu verkaufen. Aber solche Grobheiten schienen ihm nicht zu Boldini zu passen, und außerdem hätte er dafür mindestens eine Ausrüstung wie Rambo benötigt.

Sich wie eine Maus in der Falle in irgendeinem Winkel festnehmen und in Handschellen aus dem Theater zerren zu lassen wie ein gewöhnlicher Verbrecher, das war ausgeschlossen. Was dann?

Sich umbringen. Sich umbringen, ja, aber einfach nur sich umbringen reichte nicht, hätte als Aufgeben erscheinen können, als Feigheit. Ein großer Tod musste es sein, erschütternd, voller Verachtung, eindeutig gewollt. Eine Art Harakiri. Ein Tod, der ein Schauspiel war …

Schauspiel. Das Wort ließ ihn innehalten.

Was brauchte man, um ein Schauspiel zu inszenieren? Einen Schauspieler mindestens, natürlich. Und eine Bühne. Und ein Publikum.

Er sah sich um, orientierte sich und rannte los, ohne darauf zu achten, ob er jemanden anrempelte, über Treppen und Flure, bis er atemlos im Parkett ankam.

Niemand war zu sehen. Der leere, schwach erleuchtete Zuschauerraum strahlte melancholische Einsamkeit aus, und die Bühne, mit offenem Vorhang, zeigte eine dunkelgrau-silberne Kulisse, hervorragend geeignet als neutraler Hintergrund für eine Staraufnahme. Doch jetzt, ohne Licht, ohne Musik und ohne Gesang, wirkte sie nur düster.

Solara seufzte tief und entsicherte die Pistole. Er wusste, dass jede Handbreit des Theaters durchsucht worden war, er wusste, dass die Logen abgeschlossen worden waren, er wusste, dass überall Polizisten postiert waren, doch etwas sagte ihm, dass Boldini seinen letzten Akt irgendwie hier inszenieren würde, im Zuschauerraum des Teatro alla Scala.

Er setzte sich auf einen Sitz in der Mitte. Er war das Publikum. Dort war die Bühne. Was fehlte, war der Hauptdarsteller.

Er musste nur warten.

Danksagung

Einen besonderen Dank an Carlo Fontana, den Intendanten des Teatro alla Scala, der mir die Türen des Theaters geöffnet und den es nicht im Geringsten beunruhigt hat, dass ich es als Schauplatz für Morde ausersehen habe.

Eine Umarmung für Paolo Klun, meinen Vergil in der Geschichte und im Labyrinth der Scala, der mir ein unermüdlicher Lieferant von Informationen war und nun ein guter Freund ist.

Dank an Maestro Mario delli Ponti, der mit seiner Kompetenz mein bescheidenes musikalisches Wissen gemehrt hat.

Dank an Dr. Ruggero Perugini, Ermittler am Ufficio Analisi Crimini Violenti der italienischen Staatspolizei, für alles, was er mich über Serienmörder gelehrt hat.

Dank der Pathologin Adriana Decorato, deren Hinweise es mir ermöglichten, beim Töten keine Fehler zu machen.

Und last, but not least erinnere ich mich gerührt an Mario Spagnol, der an diesen Roman geglaubt hat, der mir geholfen, mich angespornt und beraten hat, wie nur er es konnte.

Foto: Carsten Minkwitz

Eiskalte Morde:
Die ganze Welt der skandinavischen Kriminalliteratur bei rororo

Liza Marklund
Studio 6
Roman 3-499-22875-0
Auf einem Friedhof hat man eine Frauenleiche gefunden. Das Opfer war eine Tänzerin im Stripteaseclub «Studio 6». Die Journalistin Annika Bengtzon stellt wieder eigenmächtig Nachforschungen an ...
«Schweden hat einen neuen Export-Schlager: Liza Marklund.» Brigitte

Liza Marklund
Olympisches Feuer
Roman 3-499-22733-9

Karin Alvtegen
Die Flüchtige
Roman 3-499-23251-0
Mit ihrem ersten Roman «Schuld» (rororo 22946) rückte die Großnichte Astrid Lindgrens in die Top-Riege schwedischer Krimiautoren.

Willy Josefsson
Denn ihrer ist das Himmelreich
Roman 3-499-23320-7
Josefssons neuer Erfolgsroman mit neuer Heldin: Eva Ström – der erste Fall der Pastorin von Ängelholm.

Leena Lehtolainen
Alle singen im Chor
Roman 3-499-23090-9
Maria Kallio muss sich bewähren. Ein heikler Fall für die finnische Ermittlerin.

Leena Lehtolainen
Zeit zu sterben
Roman

3-499-23100-X